천국으로 가는 계단

이준성 단편소설

천국으로 가는 계단

초판 1쇄 2025년 10월 10일

지은이 이준성
펴낸이 김미체
표지디자인 오상연

펴낸곳 도서출판 나무야미안해
주소 서울 도봉구 우이천로 32길 67, 4-702
전화 02 741 7719 ● 팩스 0303 0300 7719
홈페이지 www.sorrytree.net ● 전자우편 mglx@sorrytree.net
출판등록 제2016-23호

ISBN 979 11 89474 28 7 (03810)

＊ 값은 뒤표지에 있습니다.

천국으로 가는 계단

이준성 단편소설

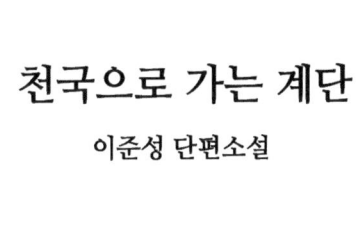

작가의 말

1971년에 돌아가신 아버지의 묘를 얼마 전에 파묘하고 그 유골을 화장해 추모원에 모셨다. 파묘 작업하신 분들이 50여 년 전 땅 속에 묻혔던 아버지의 뼈를 추려서 보여주는데, 그 가운데서 흙과 잡풀이 잔뜩 붙은 두개골이 보였다. 그걸 보니 이제는 너무 많이 사용돼 닳고 닳아 특별한 감흥도 못 주는 '인생무상'이라는 말이 생각났고, 그 진부한 연상이 그래도 이 경우에는 좀 각별하게 느껴져서 앞으로 많이 남지 않은 내 삶을 후회 없이 잘 살아야겠다고 생각했다. 하지만, 문제는 늘 구체적인 데에 있으니 '잘 산다'는 것이 과연 어떤 것인지는 잘 모르겠다. 그래도 2022년, 2024년에 이어서 이렇게 세 번째 책을 내게 됐으니, 읽어주는 사람은 별로 없을지라도 내가 하고 싶었던 일을 뒤늦게라도 하고 있다는 데에서 '남은 삶을 잘 산다'는 의미를 찾아보고 싶기도 하다. 이 책을 나오게 해 준 '나무야 미안해'의 김미체 대표, 그리고 내 글을 제일 먼저 읽고 의견을 주었고 앞으로 남은 삶을 같이 해 줄 그녀에게 깊은 감사를 드린다.

차례

거북이

커다란 타원형 유리 용기 안쪽 바닥 가운데에 꽂혀 있는 가느다란 원통형 기구가 끝에 뚫린 구멍을 통해 사방으로 뿜는 새빨간 물이 용기의 안쪽에 부딪쳐 튀었다가 아래로 떨어져 물을 뿜는 원통형 기구를 빙 둘러싸고 뚫린 여러 구멍을 통해 밑으로 빠졌다. 그렇게 빠진 물을 다시 원통형 기구가 위로 뿜어내고 그렇게 계속해서 순환하면서 빨간 물은 타원형 유리 용기의 안쪽에 순간순간 아주 짧은 시간 동안 무작위로 무늬, 아니 번짐을 그려냈다. 그걸 계속 보고 있으니 왠지 좀 홀리는 것 같은 기분이 들었는데, 제목을 보니 '피의 분수'였다. 피? 제목을 보고 나서 다시 그걸 보니 좀 징그럽기도 했는데, 빨간 물감을 타 피처럼 보이게 만든 물인 듯싶었다.

이놈의 '현대미술'이란 나로서는 참 이해하기 어려웠다. 내 친구가 조각가인지 설치미술가인지 아무튼 중년에 접어든 나이에 뒤늦게 그 바닥에서 조금 작가로 인정받아서 초청받은 합동전시회에 참가해 작품을 전시했다고 꼭 보러 오라고 해서 왔는데, 와서 보니 그의 작품이 바로 이 '피의 분수'였다. 제목 아래에 작품에 대한 설명도 뭐라뭐라 써 있었는데 몇 번을 읽어 봐도 현대미술에 문외한인 나는 그게 무슨 소리인지 알기 어려웠다. 다른 작가들의 작품도 알쏭달쏭한 제목이 붙어 있었고, 설명을 읽어봐도 그 작품이 뭘 의미하는지, 추구하는지 도무지 모를 것들이 대부분이었다.

마침 자기 작품 앞에 등장한 친구에게 나는 축하한다고 인사했고 그는 와 줘서 고맙다고 했다. 나는 돌아오는 대답도 무슨 말인지 알 수 없을 것 같아서 작품의 심오한 의미에 대해서 물어보지는 않았고 다만 그에게 웃으면서 당연히 부정하는 답이 돌아올 것이라 예상하고 농담삼아 이렇게 물었다.

"저거, 설마 진짜 피는 아니지?"

친구는 잠깐 머뭇거리다가 의외의 대답을 했다.

"진짜 피야."

나는 잠깐 동안 아무 말도 못하고 친구의 얼굴을 보았는데 그 말을 듣고 다시 보니 그의 얼굴이 핏기가 없이 유난히 하얗게 보였다.

"설마, 네 피?"

"응, 내 피야."

나는 친구의 얼굴에서 눈을 돌려 작품을 보았다. 제법 많은 양의 빨간 물, 아니 그의 말대로라면 피가 뿜어져 나오고 있었다. 내가 채 입에 올리지 못한 의문을 알아차렸는지 그는 이렇게 말했다.

"조금씩 시간 간격을 두고 오랫동안 빼서 모은 거야. 주기적으로 헌혈하는 사람처럼."

친구에게는 미안한 얘기지만 내게는 그렇게 대단해 보이지 않는 작품을 위해 자기 피를 오랫동안 빼서 모았다니, 정말로 어처구니가 없었다. 빨간 물감을 푼 물이나 아니면 하다못해 소나 돼지의 피라도 구해서 쓰지, 어째서 꼭 자기 피를 써야 했는지 물어보고 싶었는데, 내 표정에 그런 의문이 마구 떠오르는 것이 너무 여실히 보였는지 그는 내 질문을 받기 전에 먼저 내게 말했다.

"인간 생명의 창조적 분출과 영원한 순환을 존재론적으

로 진정성 있게 표현하려면 다름아닌 인간의 피를 사용해야
했어. 다른 사람의 피를 뽑아서 쓸 수는 없으니 내 피를 조
금씩 모아서 쓴 거야."

아까는 무슨 소리인지 이해할 노력을 하지 않고 대충 훑
어만 보았다가 친구의 말을 듣고 다시 보니 제목 밑의 설명
에도 그와 비슷한 말이 써 있었다. 내가 예술적 감성이 없어
서 그런 지는 모르겠지만, 나는 아무리 봐도 거기서 생명의
창조적 분출이나 영원한 순환 같은 것이 느껴지지는 않았다.
그저 인공적으로 만들어 놓은 장치 안에서 빨간 액체가 사
방으로 뿜어졌다가 유리를 타고 아래로 흘러 구멍으로 빠지
는 것이 반복되고 있을 뿐이었다. 친구가 말한 '존재론적인
진정성'이 무엇인지에 대해서는 감도 오지 않았다. 나는 친
구의 말에 그저 조금 느린 속도로 고개를 끄덕여 내 나름의
이해와 동의를 표시했다. 친구는 그가 이미 오래전에 예술에
무지한 부류로 분류해 그런 자들을 위한 분리수거통에 버렸
을 나의 반응에 그리 신경을 쓰지는 않는 것 같았다.

나는 잠시 피 대신 설사를 모아서 저렇게 순환시켰으면
어땠을까 상상을 하다가 나 스스로 역겨워져서 머리를 흔들
며 생각을 털어내 버렸다. 설사보다는 피가 낫긴 했다. 그런

데, 친구는 저 작품을 통해 무엇을 추구하는 것일까? 저것은 그에게 어떤 의미가 있을까? 미술계에서 인정받기 위한 수단일까? 내가 이해못할 어떤 예술적 진리의 추구일까? 그의 지난 삶이 결과적으로 저런 것을 만들게 했을까? 그에게 무슨 트라우마라도 있는 것일까? 이런 질문에 대해 과연 친구는 제목 아래에 적힌 설명 이외에 어떤 답을 할 수 있을까? 모를 일이다.

다 상관없었고, 그는 내 친구였고, 핏기가 없어 보였고, 예전에 비해 말라 보였다. 그래서 나는 그의 팔을 살짝 잡아 끌면서 말했다.

"점심시간 됐다. 내가 나가서 고기 사 줄게."

우리는 고기를 구워 먹으며 낮술도 마셨다.

—

남양주에 있는 능내역은 1956년에 영업을 개시했다가 2008년에 문을 닫은 기차역이다. 지금은 팔당 자전거 도로 옆에 보존된 역사와 철로가 자전거 타는 사람이나 여행자의 발길을 잠깐 머물게 하는 곳이다. 역사 안팎의 벽에는 그곳에서 찍은 오래전 흑백 사진들도 걸려 있었는데, 나는 사진 속 사람들이 아직 살아 있을까 궁금하기도 했다.

내가 자전거 타는 것이 좋아 보였는지 뒤늦게 자전거 타기를 시작한 아버지와 같이 나는 가끔 팔당 자전거 도로를 따라 자전거를 탔다. 팔당역에 차를 세우고 차에 싣고 온 접이식 자전거를 꺼내 펴서 타고 우리 부자는 국수역까지 갔다가 돌아오곤 했는데, 팔당역으로 돌아오는 길에는 꼭 폐역인 된 능내역에 들러서 쉬었다 갔다. 아버지는 이 부근에서 오래 살았기 때문에 기차가 서고 승객들이 내리고 타던 시절의 살아있는 능내역을 잘 기억했다.

아버지는 오래전 능내역에서 누군가를 떠나보냈다. 그리고는 다시 보지 못했다. 아버지가 사랑한 사람이었다. 만나고 헤어진 자세한 사연은 말하지 않아서 알 수 없었다. 그저 능내역에서 이별했다고만 했다. 떠나가는 기차를 보며 한참 서 있었다. 말은 안 했지만, 아마 그때 눈물도 났을 것이다. 같은 동네에 살던 여자였다. 서울로 일을 하러 떠났다. 다시 그곳으로 돌아오지 않을 거라고, 연락도 하지 말고 찾지도 말라고, 좋은 사람 만나 잘 살라고, 수십 년 전 영화에나 나올 그런 상투적인 말을 남기고 여자는 떠났다. 하긴, 실제로 수십 년 전이었다.

남양주에서 서울은 멀지도 않은데 그 후로 여자는 아버지가 그곳을 떠날 때까지 한 번도 오지 않았다. 아니, 어쩌면 아버지 몰래 왔다 갔을 지도 모른다. 아버지도 결국 서울로 갔다. 넓고 복잡하고 사람 많은 서울에서 여자와 한 번 마주친 적도 없었다. 아버지는 어머니를 만나 결혼했고 나와 내 동생은 서울에서 태어났다. 어머니는 몇 년 전 암으로 돌아가셨고, 아버지는 혼자 자전거를 타기 시작했다. 그리고, 나와 같이 자전거를 타고 능내역에 와서 쉴 때 아버지는 어머니가 아니라 옛사랑 여자 이야기를 내게 해 줬다.

그리고, 아버지가 능내역을 자주 찾는 이유는 그녀를 추억하기 위해서이기도 했지만, 그녀도 옛사랑을 잊지 못해 이곳에 오지 않을까 하는 기대가 있기 때문이었다. 내가 그렇게 물어봤을 때 아버지는 별 저항 없이 순순히 그렇다고 대답했다. 아버지는 능내역에서 떠난 여자를 능내역에서 우연히 다시 만나고 싶었다. 물론, 그녀가 아직 살아 있다면. 말만 그런 것이 아니라 아버지는 능내역에 오면 주변을 유심히 둘러보았다. 내게 묻는 건지 혼잣말을 하는 건지, 나이 든 얼굴을 잘 알아볼 수 있을까, 하고 중얼거리기도 했다.

내가 이제 와서 그 여자를 왜 만나고 싶으냐 물으니, 아버지는 그래야 자기 삶이 온전히 의미를 가지고 완결될 수 있을 것 같다고 했다. 그래서 내가 어머니와 함께 한 삶은 의미가 없는 것이냐 물으니, 어머니와의 삶은 어머니가 죽음으로써 이미 완결됐다고 했다. 그 삶과 이 삶은 서로 다른 것이냐고 다시 물으니, 아버지는 잠깐 생각하다가 그렇다고 했다. 본인도 그 말이 정확히 무슨 뜻인지 알지 못했을 것이다. 능내역에 아버지의 옛사랑 여자가 나타나는 일은 일어나지 않았다.

아버지가 말하는 삶의 의미는 무엇인가? 삶에는 죽음과 구별되는 어떤 생물학적 상태라는 의미가 이미 주어져 있는데, 아버지가 말하는 삶의 의미는 그런 차원의 의미는 아니다. 그것은 살 가치가 있었던 것으로 종결되는 삶의 이야기이다. 기승전결을 거쳐 우여곡절 끝에 무언가를 이루고 떠나는 삶. 그것이 자식이든, 작품이든, 성공이든, 사랑이든, 정복이든, 악명이든. 헛된 죽음, 개죽음은 아직 의미를 얻지 못한 삶을 성급히 끝내 버리는 죽음, 누구나 피하고 싶은 죽음이다. 삶의 이야기를 제대로 시작도 못한 아기나 어린아이의 죽음은 그래서 더욱 황망하고 슬프다. 그런데, 오래 살아도 삶의 이야기는 대부분 의미 있게 완결되지 못하기 때문에 우리는 사후세계에 삶에 의미를 부여하는 역할을 떠넘기기도 하는 것이 아닐까?

"아버지, 삶의 이야기라는 건 어쩌다 보니 그렇게 생겨 먹게 돼서 어쩔 수 없이 과거를 기억하고 미래를 생각하고 현재에 사는 우리 인간들이 자기를 위해 꾸며내는 것이 아닐까요? 살아온 삶의 이야기가 없다면 내가 누군지도 모르겠지만, 이야기 없이 '나'를 잊고 살 수 있다면 더 좋을 수도 있지 않을까요?"

"그러면, 너는 너의 모든 기억을 다 지운다고 해도 좋겠니?"

"음. 그렇게 말하니 자신이 없네요."

"어쨌든 앞으로도 가끔은 능내역에 올 거다. 여기 오면 그 여자가 왔는지 돌아볼 거다."

"저도 같이 와 드릴게요."

우리는 자전거를 타고 팔당역으로 출발했다. 어떤 초로의 여인이 혼자 로드바이크를 타고 우리 옆을 지나쳐 반대 방향으로 쌩 달려갔다. 아버지는 잠깐 자전거를 멈추고 방금 지나간 여인의 뒷모습이 멀어져 작아질 때까지 유심히 보았다. 나는 그런 아버지를 보았다. 로드바이크 탄 여인이 아버지의 옛사랑 여자이기를 바라지는 않았다. 그럴 것 같지도 않았다.

———

"고등학생일 때 친구 집에서 생일파티 한다고 초대받아 갔는데 가서 보니까 우리 집하고는 비교할 수 없을 정도로 잘 사는 것을 보고 놀랐고 그 후에 고민이 많이 됐어."

"고민이라니? 어떻게 하면 저 정도로 잘 살 수 있을까, 하는 그런 고민?"

그녀는 그 후 나에게 이별을 고하고 꽤나 부잣집 아들인 의사와 결혼했다. 그녀가 바라는 것을 나는 해 줄 수 없었을 테니 차라리 둘 모두에게 잘 된 일이었다. 남편은 그녀가 바라는 것을 다 해 줄 수 있었는지는 모르겠다. 내 알바 아니다.

집도 있고 빚도 없고 외제차도 굴리면서 내 기준으로는 나보다 훨씬 잘 사는 친구 하나는 늘 돈이 없다고 푸념을 했다.

"네가 사는 동네가 그래서 그래. 거기 사는 사람들과 자꾸 비교를 하니까 그렇지. 다른 동네로 이사가 봐라."

그래도 그는 이사 가지는 않았다.

그래서 내가 사는 꼬라지를 살펴보니, 내 삶의 여건을 구성하고 있는 것들, 그러니까 직업, 집, 사는 동네, 차, 옷, 수입, 예금잔고, 학벌, 어울리는 사람들 같은 것에 촘촘히 등급이 매겨져 있다는 것을 새삼 다시 알아차렸고, 내 것들은 그 등급체계에서 대체로 중하위권에 속한다는 것도 알았다. 뭐 어쩌겠는가?

사람들이 으레 '사회초년생에게 어울리는 차'로 분류하는 차를 중년이 되도록 십수 년 넘게 타고, 대출은 여전히 남아 있는데 집은 못 샀고 아까 그 친구가 사는 동네에 흔히 보이는 때깔 좋은 남녀는 도무지 찾기 어려운 동네를 전월세로 전전해 다니고, 할인마트에서 산 오래 된 옷을 입고, 통장에는 마이너스 표시가 되어 있고, 내가 나온 대학(그나마 나오긴 했다) 이름을 얘기하면 그런 학교가 있었던가 하는 표정을 지으면서도 대놓고 물어보지는 못하는 상대방의 표정을 수시로 보고, 낳은 것을 아주 가끔은 후회하기도 하는 아들 하나 딸 하나가 소위 '인 서울' 대학 갈 가능성은 객관적으로 보아 매우 낮다는 것을 인정하고 받아들이는 나는 그저 이렇게 사는 수밖에.

신통하게도 나는 자존감이 낮지도 않았고 열등감이 있지도 않았다. 좀 모자라서 그런 것일까? 그러니까, 지능이나 인지능력에 있어서도 중하위권이라서? 아니면, 신의 선택을 받아야 사회적으로도 성공하고 잘 산다는 캘빈주의에 따르면 나는 내가 알 수 없는 이유로 신의 선택을 받지 못해서 그런 것일 뿐이니 스스로 자책할 필요도 없다는 것을 깨달아서 그런 것일까? 그게 더 구미에 당기는 논리이지만, 나는 아무리 노력해 봐도 도저히 신이 믿어지지는 않았다.

소고기에도 나라마다 조금씩 다른 기준으로 매긴 등급이 있다. 당연히 높은 등급의 소고기가 더 비싸다. 더 맛있는지는 모르겠다. 그런데, 소고기의 등급은 소 안에 매겨져 있지 않다. 인도 사람의 배나 머리를 가르고 아무리 그 안을 뒤져봐도 죽은 이의 카스트가 글자로 새겨져 있지 않은 것처럼, 소의 몸뚱이 어디에도 등급이 글자로 새겨져 있지 않다. 물론, 죽은 인도인의 뱃속을 갈라 보면 영양이나 건강상태를 알 수 있어 그의 카스트를 대충 알 수 있을지도 모르고, 도축업자나 미식가가 소의 살을 보면 그것이 무슨 등급인지 잘 알 수 있을지도 모르겠지만. 그러나, 바로 그렇기 때문에 사람이나 소의 등급은 다른 데가 아닌 사람들의 의식, 나아가 인간사회의 제도에 새겨져 있는 것이다.

의미와 이야기를 좇는 인간은 그렇게 사회에서 정해지는 틀에 따라 모든 것에 등급을 매긴다. 그렇게 모든 것에 등급이 매겨진 사회 안에서 우리는 자신의 등급과 그에 따른 위치를 자각하고는 만족하고, 절망하고, 비교하고, 질투하고, 경멸한다. 언젠가는 자신이 좋은 등급의 자리로 올라가는 이야기를 꿈꾸고 삶이 그렇게 완결되기를 희망한다.

신과 우주는 우리의 그런 바람을 실현시켜주는 계획을 가지고 있다. 태어난 해와 달과 날짜와 시간에 따라 우주가 부여한 우리의 운명은 우리를 고난 속에서 이끌어 언젠가는 우리에게 행복과 승리를 안겨줄 것이다. 태초로부터 우리 각자에 대한 계획을 가지고 수십 억 인간을 일일이 지켜보며 이끌어주는 신은 혹시 이승이 아니라면 저승에서 우리를 구원해 '좋은 곳', '천국'으로 데려갈 것이다. 신과 우주는 우리 각자에 대한 구성진 이야기를 풀어놓는다. 우리 모두가 하늘이 이끄는 자신만의 이야기를 써 내려가고 있거나 받아 적고 있다. 그것이 집합적으로 모이면 '역사'가 될 것이다. 우리는 우리가 만들어낸 그런 이야기 밖으로 좀처럼 나가지 못한다.

나는 이런 거창한 이야기를 늘어놓는 것을 안 좋아한다. 이 정도에서 내 멋대로의 '이야기에 대한 이야기'는 그만 하기로 한다. 어쨌거나 나를 버리고 간 그녀는 남편이 해 줄 수 있는 것에도 다 만족을 못했는지 어땠는지 정확한 이유는 모르겠지만, 전해 들은 소식에 따르면 우울증에 걸렸다고 했다. 넓은 아파트 안에 틀어박혀 밖으로 나오지도 않다가 결국 병원에 입원도 몇 번 했다고 했다. 그녀가 나와 결혼했더라면 자살이라도 하지 않았을까?

—

알을 깨고 나와 바로 바다를 향해 모래사장을 기어가는 바다거북 새끼들은 바다로 가는 도중에 절반 이상이 새나 게 같은 포식자의 먹이가 된다. 포식자를 피해 드디어 바다로 들어가는 데 성공한 새끼들도 상어 같은 큰 물고기 포식자의 먹이가 되는 녀석들이 부지기수이다. 이런 험난한 과정에서 살아남은 바다거북은 성체가 되면 대형상어나 인간을 제외하고는 더 이상 천적이 없다고 봐도 무방하다. 바다거북의 수명은 80년 정도로 추정되는데, 드물게 수백 년을 사는 녀석들도 있다고 한다.

가장 근본적인 면에서는 우리들도 바다거북과 다르지 않은 것 같다. 차이라면, 우리는 그들과는 달리 내가 누구인지를 의식하는 자의식과 과거, 현재, 미래를 관통하여 만들어 나가는 자기 삶의 이야기에 기반한 정체성을 가지고 있다는 점이 아닐까? 만약 바다거북에게도 그런 것이 있다면, 태어나자마자 맞이해야 하는 시련과 그 과정에서 무수히 죽어가는 다른 바다거북들에 대한 기억 또는 지식(그런 '인간적' 거북이에게도 아주 어릴 때의 기억이 없다면 나중이라도 출생 직후의 상황에 대해 알게 될 테니까) 때문에 자기 종족이 처한 삶의 조건에 대해서 회의적으로 되지 않을까? 괴롭기도 할 것이고, 같은 과정을 겪어야 하는 새끼들과 후손들이 안쓰럽기도 할 것이다. 산란을 거부하는 거북이가 나올 수도 있다.

거북이는 그냥 산다. 할 수만 있다면 망설임 없이 매년 모래밭으로 올라와서 수백 개의 알을 낳고, 알을 깨고 나온 새끼들은 무방비 상태로 포식자들의 먹이가 되면서도 바다로 향한다. 거북이는 이야기를 짓지도 않고, 삶의 의미를 찾지도 않고, 등급을 매기지도 않는다. 자기 알에서 나온 새끼들이 바다로 향하다가 죽었는지 살았는지 신경 쓰지도 않는다. 성체가 되어 바다를 헤엄치면서는 우리는 도저히 알 수 없는, 언어를 매개로 하지 않는 거북이만의 어떤 '자유'를 느낄 지도 모른다. 오래 기억되기를 바라거나 내세를 꿈꾸지도 않고 거북이는 바다를 헤엄쳐 다닌다. 어쩌면 이 행성에서 우리 인간만이 다르게 살고 있다. 그것이 우리의 예외적인 뛰어남일지, 아니면 우리의 질곡일지, 각자가 만들어내는 이야기에 따라 생각하기 나름이겠지. 우리는 이야기를 벗어나서는 존재할 수 없으므로. 이미 그렇게 되어 버렸으므로.

—

　아버지는 꾸준히 자전거도 타고 산에도 다니고 몸에 좋다는 것들을 골라 먹으며 나름대로 건강에 신경을 많이 쓰며 살았지만, 암이 으레 그렇듯이 정확한 이유도 모르게 발생해 급작스레 진행된 췌장암 때문에 곧 죽게 됐다. 아버지는 죽는 것이 두려운 것 같지는 않았다. 다만, 자신의 삶이

다 무엇이었을까, 하는 의문은 계속 가지고 있었다.

"아버지, 잘 살다 가시는 거에요."

"글쎄다. 그 긴 세월을 다 뭘 위해 살아왔는지 모르겠다. 특별히 뭘 이루어 낸 것도 없고, 의미 없는 삶이었던 것 같기만 하고."

"저 같은 훌륭한 아들도 낳아 키우셨잖아요."

"네가 훌륭한지는 잘 모르겠지만, 사랑했고, 지금도 사랑한다. 내 마지막 시간에 네가 옆에 있어서 좋다."

"죽어서 좋은 곳으로 갈 수도 있잖아요. 천국 같은 데요."

"그런 건 없는 게 좋다."

그런 대화를 한 지 얼마 후 아버지는 의식이 꺼졌고 그리고 얼마 후 죽었다. 나는 '돌아가셨다', '세상을 떠났다'라고 하려다 보니 이 말들은 사람이 죽어서 다른 곳으로 간다는 이야기의 틀 안에 있는 것임을 알고 그냥 '죽었다'로 족하다고 생각했다. 아버지와 아직 대화가 가능했을 때 거북이 얘기를 해 줄 걸 그랬다. 아버지는 그 얘기를 좋아했을까?

장례식장에 조문하러 온 사람들은 아버지의 사진 앞에 국화 한 송이를 놓거나 향을 피워 꽂고 절했고, 아무 말없이 또는 위로의 말을 전하며 또는 그 자리에 어울리지 않는 말을 하며 내게 절하고 악수했다. 그런 말과 몸짓이 마치 아버지의 삶을 이야기하는 글의 마지막 문장 맨 끝에 찍히는 마침표인 듯이. 누구도 울지는 않았다. 조문객들은 종이그릇에 담긴 육개장을 먹었고, 전광판에 올라오는 아버지 사진과 추도문을 가끔씩 바라보았고, 반찬을 더 달라고 했고, 음료수를 마셨고, 시끌시끌 다른 이야기를 하면서 앉아 있다가 갔다. 아버지 말처럼 대단한 의미가 있는 삶과 죽음은 아니었다. 그 이야기의 끝을 장식하는 광경도 시시했다. 조문객들 모두 밖으로 나서면 아버지를 잊을 것이다. 그가 누구인지도 모르고 그 자손들을 알아서 온 사람이 대부분이었을 것이다.

나는 아버지가 죽은 이후에도 종종 혼자 자전거를 타고 능내역에 갔다. 딱히 능내역을 보러 일부러 찾아간 건 아니었고 자전거를 타고 팔당 자전거도로를 즐겨 달리다 보니 습관적으로 별 생각 없이 능내역에서 휴식을 취했다. 아니면, 아버지가 이곳에서 자신의 삶의 이야기에 의미를 줄 수 있는 마지막 퍼즐조각을 찾으려 했던 것이 의식에 떠오르지 않는 기억에 남아 있어서 나도 모르게 그런 것이었는지도 모르겠다.

그러던 어느 날 나는 능내역에서 한 여자를 보았다. 아버지 또래의 나이로 보였는데, 혼자 와서 역 앞 벤치에 앉아 주변을 둘러보며 한참을 앉아 있었다. 치마를 입고 있는 것으로 보아 자전거가 아니라 차를 타고 왔을 것이다. 그녀도 아버지처럼 이곳에서 무언가를 기억하며 무언가를 찾고 있는 것 같았다. 그녀도 아버지처럼 삶의 의미나 삶의 이야기를 완결하는 조각을 능내역에서 찾고 있는 것일까?

나는 조금 떨어진 곳에서 그녀를 유심히 보고 있다가 죽은 아버지가 저 여자가 맞다고 내 등을 떠밀기라도 한 듯이 벌떡 일어나 그녀에게 다가갔다. 알고 싶었다. 혹시 그녀가 아버지가 기다리던 여자인지. 나는 그녀에게 가서 정중하게 고개 숙여 인사를 했다.

"저, 혹시 괜찮으시다면 제가 잠깐 여쭤보고 싶은 것이 있습니다. 잠깐만 시간을 내 주실 수 있을까요?"

그녀는 나를 찬찬히 살펴보더니 고개를 끄덕였다. 나는 그녀 옆에 앉아서 잠시 말없이 있다가 내 이름을 밝혔고 종종 자전거를 타고 능내역에 온다고 했다. 그녀는 또 고개를 끄덕였다.

"제 아버지도 이곳에 자주 왔습니다. 지금은 돌아가셨지만. 아버지는 이곳에서 누군가를 만나고 싶어했습니다. 오래

전에 이곳에서 헤어진 여성분을 말이죠. 그 분을 만나야 자기 삶의 이야기가 완결될 수 있을 것 같다고도 했습니다."

그녀는 고개를 끄덕이지 않고 조용히 내 말을 들었다. 나는 그녀에게 아버지의 이름을 밝히고 물었다.

"실례지만, 혹시 수십 년 전에 제 아버지와 능내역에서 헤어진 분이 아니십니까?"

그녀는 내 얼굴을 보고 잠시 가만히 있었다. 나를 보는 그녀의 눈동자에서 나는 그녀가 아버지가 기다리던 사람이 맞다는 느낌을 받았다.

"아니에요. 처음 듣는 이름이네요."

그녀는 자리에서 일어나 내게 가볍게 인사하고 자리를 떴다. 멀어지면서 그녀는 한 번 고개를 돌려 나를 다시 보았다.

아버지가 완결하고 싶어했던 이야기는 그렇게 열린 채로 끝났다. 작가가 지어낸 이야기나 후대가 쓴 역사 말고는 모든 이야기가 그렇게 열린 채로 끝날 것이다. 그리고, 완결되어 끝났든 열린 채로 끝났든, 모든 이야기는 각자에게 할당되는 짧거나 긴 존속의 시간이 지난 후 깊고 넓은 우주의 침묵 속으로 떨어져 흔적 없이 사라질 것이다.

나는 자리에서 일어나 근처에 세워놓은 자전거를 올라타고 다시 페달을 밟았다. 가볍게. 거북이가 바닷속을 헤엄치듯이.

빨리빨리

나는 어린 시절에 빨리 어른이 되고 싶은 생각은 조금도 없었다. 수시로 엄마가 아빠한테 생활비가 모자란다느니 그거 가지고 어떻게 사냐느니 쏘아대면 아빠가 내가 얼마나 힘들게 일하는 줄 아냐느니 내가 돈 버는 기계냐느니 하고 맞받아치고, 계속 꼬리에 꼬리를 물고 뭐라뭐라 둘이 돈 문제로 싸우는 걸 듣다 보면 어른이 되는 건 사양하고 싶었다. 둘이 나한테 돈 벌어오라고는 하지 않았으니 그럴 때면 나는 내 방에 문 닫고 앉아서 조용해지기를 바라면 됐다. 그리 오래지 않아 조용해졌을 때 거실로 나가면 으레 언제 그랬냐는 듯이 둘이 TV를 보며 시시덕거리는 것이 그나마 다행이었다. 매일 직장에 나가 남의 밑에서 일을 한 대가로 받은 돈으로 그다지 장래가 촉망되지 않는 나 같은 아이를 책임지고 키워야 하는 삶이라면 그것은 참으로 한심한 삶이겠다는 생각이 들었다.

집구석 꼬라지는 그랬어도 나는 어릴 때 즐거웠다. 엄마 말마따나 집에 돈이 별로 없어서인지 나는 나보다 훨씬 잘 살면서도 주로 피곤하고 우울한 얼굴을 하고 있는 다른 애들처럼 매일 학원 몇 개씩을 다니지 않아도 됐다. 한 군데 학원을 기껏해야 일주일에 한 두 번 갔다. 그 학원은 수업료가 싼 학원이었는지 선생들도 별 의욕이 없어 보였고 학교에서 잘 나가는 애들은 하나도 보이지 않았다. 나처럼 '불우한' 애들이 대부분이었는데 그나마 다들 수시로 빠지곤 했다. 물론, 나도 그랬다. 그 학원은 그저 내 부모가 자기들의 불안함과 미안함을 달래기 위해서 절대 양보할 수 없다고 그어 놓은 마지막 선 바로 앞에 아슬아슬하게 걸쳐 있는 곳이라고 보면 된다. 그나마 애가 나 하나였으니 여기라도 보낼 수 있었던 것이라고 생각한다.

내게 뭐가 그리 즐거웠냐고 묻는다면, 나는 미래에 대한 별 걱정 없이 그냥 놀아서 즐거웠다고 하겠다. 희한하게도 이름 맨 앞 글자를 따서 줄지어 순위를 매긴 수도권 대학들 중 중간 이상은 되는 대학을 나왔다고 하는 아빠 사는 꼴을 보니 대학 따위 안 가도 좋다고 생각했다. 못 살아도 좋았고, 일찍 죽어도 좋았다. 결혼하고 애를 낳는 것은 미친 짓이라고 생각했다. 진짜로 그랬다. 내가 좀 조숙했나 보다.

중학생이 되면서부터 사는 게 그렇게 즐겁지 않기 시작했다. 초등학생 때 놀았던 짓들이 더 이상 별로 재미있지 않았고, 내 주변의 온 세상이 벌써부터 대학입시를 중심으로 돌아가기 시작했다. 너나없이 학원 뺑뺑이를 도는 친구들과 만날 시간도 대폭 줄어들었다. 다들 고작 내 아빠처럼 살기 위해서 그리 분투하는 것을 보니 믿을 수 없었다. 아빠보다 더 좋은 대학을 나오면 좀 다를까 생각해 보기도 했지만 좋은 직장을 가진 다른 집 아빠들 사는 꼴을 보면 우리보다는 조금 아니 꽤 나은 것 같았지만 그래도 근본적으로는 별 차이 없어 보였다. 우리 집에 돈이 엄청 많으면 좀 더 다를 수 있을까 생각도 해 보았는데, 나를 세상에 자기들 마음대로 내보낸 두 분이 잊을만하면 돈 문제로 싸우는 지경인 우리 집에서는 그게 어떤 것인지 상상이 잘 안 됐다. 나는 대학에 가지 않겠다는 선언을 했다가 엄마한테 두들겨 맞기 직전까지 갔다. 아빠가 서글프면서도 멍한 눈빛으로 그런 엄마와 나를 한참 보고 있다가 냉장고에서 맥주를 꺼내 왔다.

즐겁지 않았다. 사춘기가 왔는지 삶의 권태와 무의미함을 느꼈다. 중학교 다니는 내내 그랬다. 성적은 중하위권을 맴돌았고, 장래의 꿈 같은 것도 없었다. 팍 자살해 버릴까 생각도 했지만 막상 그러기에는 좀 아쉬웠다. 내 앞으로의 삶에 아직 내가 모르는 무엇인가가 있을 것 같았고, 있기를 바랐다. 내가 이렇게 말하면 아마도 대부분의 어른들은 이렇게 꾸짖었을 것이다. 미래에 뭔가 있기를 바라기만 할 게 아니라 네가 노력해서 네 미래를 만들어야지! 어른들은 자기도 믿지 못하는 말을 너무 천연덕스럽게 아이들에게 내뱉곤 한다. 그래서 그들은 어떤 미래를 만들었나? 고작 이 따위 세상에서 돈 좀 버는 한 구석 자리를 차지하는 데 인생을 다 바쳤고 앞으로도 그 자리를 유지하기 위해서 그럴 것이면서.

고등학생이 되니 삶은 참을 수가 없는 지경에 이르렀다. 그러다가 나도 세상을 좀 알고 타협하려고 했는지 남들처럼 공부를 해 보려고도 했다. 그래서 성적이 약간 오르기도 했지만 그 정도로는 웬만한 대학을 가기에 턱도 없었다. 나는 고등학교 2학년이 됐을 무렵 비로소 어찌 되든 빨리 시간이 지나가 미성년 학생 딱지를 떼 버리고 법적으로 내 마음대로 할 수 있는 어른이 되고 싶었다. 그리고, 그것을 넘어서 일찍 죽을 운명이 아니라면 차라리 빨리 늙어 노인이 돼서 삶의 끝에 있고 싶었다. 별 기대도 되지 않으면서 너무 길기만 한 삶이었다. 불확실한 미래를 바라보는 삶보다는 다 지나와서 과거를 뒤돌아보기만 하면 되는 삶이 그리웠다. 돌아봤을 때 별 볼 일 없었던 인생이었더라도 조금만 더 살면 미련 없이 사라질 수 있는 그 때라면 나는 홀가분할 것이다. 아직 10대인 청소년이 하기에는 어처구니없는 생각이었으니, 누구에게도 그런 이야기는 하지 않았다.

그러던 어느 날, 그 전에는 한 번도 겪어보지 못했던 두통이 왔다. 내 뇌를 누군가 숟갈로 떠먹기라도 하는지 머릿속이 뒤집어지면서 미칠 듯이 아팠다. 엄마는 타이레놀을 주면서 엄살 그만 피라고만 했다가 내가 며칠을 학교도 못 가고 땀을 뻘뻘 흘리며 앓는 것을 보고는 나를 병원에 데리고 갔다. 가자마자 찍은 엑스레이에는 별게 안 나왔고 의사는 MRI를 찍어 보자고 했지만 찍는 비용을 듣고 엄마는 기겁을 하며 일단 약이나 처방해 달라고 했다. 그 후 이 기회에 머리가 깨져 죽으면 좋겠다는 생각마저 들었던 어느 날 밤 그래도 간신히 잠이 들었다가 깨어난 다음 날 아침에 눈을 떠 보니 머리가 더 이상 아프지 않고 말끔했다. 엄마는 MRI 안 찍길 잘 했다고 좋아하며 얼른 일어나 학교에 가라고 했다. 나는 안도감과 실망이 섞인 묘한 기분이 들었다.

곧 기말고사가 시작됐다. 머리가 아파서 시험 공부는 거의 하지 못했다. 머리가 안 아팠더라도 내가 과연 제대로 시험 공부를 했을 지는 의문이지만. 시험 첫날 국어 시험지를 받아서 문제를 읽는데 첫 문제에 바로 막혔다가 혹시나 하고 아래로 내려가며 차례로 다음 문제들을 읽어보아도 도무지 한 문제도 답을 알 수 없었다. 지난 중간고사를 생각해 봐도 내가 이 정도는 아니지 않았나? 자괴감이 들었다가, 어차피 오래전부터 못 보던 시험 새삼스럽게 뭐 마음을 쓰냐는 생각이 들었다가, 4일간을 꼬박 이런 기분으로 자리에 앉아 있어야 하나 싶어서 이제 그만 시험장 책상에 앞으로 쓰러져 죽어 버리고 싶다는 생각이 들었다가, 시간이야 알아서 지나가겠지만 그래도 4일간의 시험기간이 어서 빨리 지나가기를 간절히 바랐다.

바로 그때 주변 세상 전부가 영화를 몇 배속으로 빨리 돌려 볼 때처럼 그렇게 빨리 돌아가기 시작했다. 시험 보는 학생들이 손을 움직이는 것이 놀랍도록 빨라졌고 감독하는 선생이 교실을 왔다 갔다 하는 걸음도 정신없이 빨라졌고 어느새 시간이 다 돼서 선생이 답안지를 걷어갔고 다들 교실 밖으로 나왔다. 그리고는 다음 시간 시험이 시작됐고 마찬가지로 시간은 순식간에 지나갔다. 어느새 나는 집으로 가고 있었는데 내 걸음도 축지법을 쓰는 사람처럼 빨랐다. 집에 가서 밥을 먹었고 TV를 좀 보다가 책상에 앉아 다음 날 과목 시험공부를 했고 침대에 누워 잤다. 아침에 눈을 뜨니 세상이 돌아가는 속도는 점점 더 빨라졌고 그렇게 금방 4일이 지나 시험이 끝났다.

시험이 끝나자 세상은 예전의 속도를 되찾았는데, 놀랍게도 나는 4일간 있었던 일을 시험을 죄다 망친 것과 집에서 엄마와 나눈 대화까지 포함해서 4일에 적합한 길이와 내용으로 대부분 기억했다. 나는 이게 대체 무슨 일인가 알 수 없었다. 꿈을 꾼 것은 아닌데. 설마 미미한 존재인 내가 우주의 시간에 영향을 미칠 능력을 가지게 됐을 리는 없을 테니, 내가 세상의 시간을 빨리 가도록 만들 능력을 가지게 된 것은 아닌 것 같았다. 그렇다면 이건 뭔가? 내 머리가 미친 듯이 아팠던 며칠 동안 내 뇌 안에 어떤 변화가 생겨 시간이 빨리 가는 것으로 인식할 수 있게 된 것이 아닐까? 실제로 4일을 다 산 것으로 느껴지고 또 4일간 있었던 일이 기억나는 것을 보면 나는 4일을 평소처럼 살았다. 다만, 몇 배속으로 돌려보더라도 영화의 내용이 다 이해될 수 있는 것처럼 내 뇌가 세상을 몇 배속으로 느끼면서도 그 시간 동안 있었던 일을 다 알 수 있었던 것이다. 나는 나에게 새로 생긴 능력을 깨닫고 기쁘기 그지없었다. 지겨운 날들은 빨리 돌려서 보내 버리면 될 것이다. 그렇게 빨리 지나간 시간만큼 나도 늙겠지만.

그렇지만 그 능력을 발휘해 시험적으로 몇 번 삶을 짧게 빨리 돌려본 결과 나는 곧 평소의 삶과 몇 배속의 삶 사이에 중요한 차이가 있다는 것을 알아차렸다. 시험은 영 잘 못 보는데 이런 미묘한 통찰은 누구에게 배운 것 없이도 잘 할 수 있다는 데에 스스로 감탄하며 말하자면, 몇 배속으로 삶을 빨리 돌릴 때는 너무 빠르기 때문인지 평소와는 달리 내 의식이 매 순간의 감각, 느낌, 생각을 그 순간에 속하면서 직접적으로 경험하지 못하고 시간이 빨리 돌아간 후 과거의 일로서 "그때 그랬었지"라는 식으로 기억할 수 있을 뿐이었다. 너무 빠른 삶의 속도로 인해 경험의 직접성이 증발하고 그 순간순간에 대해 다 지나와서 다시 떠올리는 기억만이 남았다. 어쨌든 바로 그것이 새로 얻게 된 내 능력을 발휘함에 따라 겪어야 하는 부작용이었는데, 모든 시간을 그렇게 빨리 돌릴 것은 아니었으니 그 정도는 감수할 만했다.

또 하나, 빨리 돌린 시간의 앞부분에 대한 기억은 뒷부분에 대한 기억보다 선명하지 않았다. 직접적인 경험의 느낌도 없는데 기억도 희미해지는 것은 좋지 않았다. 만약 며칠이 아니라 몇 년을 그렇게 빨리 돌린다면 삶이 빨리 돌기 시작하는 무렵의 일들은 나중에 잘 기억이 나지 않을 수도 있었다. 어떻게 하면 좋을까? 궁리 끝에 나는 빨리 돌아가는 삶 속에서도 내가 하루하루를 꾸준히 기록해 두도록 일기를 쓰는 습관과 일상에서 사진을 찍는 습관을 들이기로 했다. 그래야 만약 내가 나중에 꽤 긴 시간을 빨리 돌려버리더라도 그렇게 빨리 돌아가는 삶 속에서 하루하루가 너무 빨리 망각되는 것을 어느 정도는 줄일 수 있을 것이다. 나는 바로 컴퓨터에 일기 폴더를 만들고 일기를 쓰기 시작했고 사진 폴더를 만들고 그 안에 날짜별로 만든 폴더 안에 폰으로 찍은 사진을 정리해 놓기 시작했다. 내가 생각해도 참 대견했다. 수시로 빨리빨리 돌려 버릴 수 있다고 생각하니 오히려 삶에 애정이라도 생겼는가?

나는 주로 시험기간, 몸이 아플 때, 아무것도 할 일 없이 지루하기만 한 날 등을 빨리 돌려보냈다. 그렇게 삶이 빨리 돌아가는 중에는 삶의 직접적인 경험을 놓칠 수 있다는 것 때문에 아직은 제법 긴 시간을 과감하게 빨리 돌리는 것은 두려워 차마 못하고 있었다. 나는 결국 아빠와 엄마가 안도 감과 실망이 뒤섞인 표정을 짓게 한 어중간한 대학의, 좋은 대학이었더라도 별로 돈 버는 데 전망이 안 좋을 것 같은 학과에 들어갔지만, 지긋지긋한 고등학교에서 벗어난 해방감에 공부는 뒷전이고 해 보고 싶은 온갖 짓을 하며 잠시나마 즐겁게 살았다. 그때는 삶을 빨리 돌려버릴 생각은 들지 않았다. 그래도, 언젠가는 필요할 것이라는 생각에 일기는 꾸준히 썼고, 거의 매일 일상을 사진으로 남겼다.

결혼은 사양해도 연애는 하고 싶었으나 끝내 여자친구는 사귀지 못했고, 원 없이 술 처먹고 또 국내외로 싸돌아 다니고 살던, 나름 즐거워 절대 빨리 돌려 버리고 싶지 않았던 2년이 지난 후 나는 군대에 가기로 했다. 남들은 그 기간을 어떻게 견디냐며 죽도록 가기 싫어했지만 나는 병역의 의무를 순식간에 끝낼 비책이 있었으니 여유로웠다. 2년 정도의 꽤 긴 기간을 한 번에 빨리 돌려버리는 것은 아직 해 보지 못했으니 입대는 내 능력의 새로운 지평을 열고 시험을 해 보는 좋은 기회이기도 했다. 군인이 되면 일기는 제대로 쓰지 못할 것 같다는 게 아쉬웠지만 군대에서 기억하고 싶은 날들은 별로 없을 것 같았다. 그리고, 고참이 되면 수첩에 매일 간단히 메모라도 할 수 있을 것이다.

머리를 박박 밀고 논산훈련소에 입소해 배정받은 내무반에 들어가 군복 명찰을 바느질로 꿰매 붙이고 차려 부동자세로 빨간 모자 쓴 훈련교관의 위협성 말을 듣고 있다가 나는 더 참지 못하고 그 시점에서 그냥 제대할 때까지의 시간을 빨리 돌려 버리기로 했다. 그곳에서는 직접적인 경험에 미련을 둘 이유가 없다고 생각했다. 모든 것이 놀랍게 빠르게 돌아가기 시작했고, 그 속도는 점점 더 빨라졌다. 다 보고 들었고, 많은 것을 기억했다가 많이 잊기도 했고, 메모가 남았고, 다행히 별 사고 없이 제대했고, 제대해서 부대 문을 나서는 순간 내가 느끼는 시간은 갑자기 다시 예전으로 돌아와 축 늘어져 천천히 가기 시작했다. 뉴스나 드라마에서 본 것 같은 괴롭힘이나 탈영이나 지뢰폭발 같은 극적인 일도 없이 내 군대생활은 무사히 다 지나갔다. 너무 빨리 다 지나가게 해 버려서 조금은 아쉬운 기분이 들 정도였다. 그렇지만, 특별히 기억하고 싶은 일이나 새로 알게 되어 다시 만나고 싶은 사람이 있는 것도 아니었다. 그 전까지의 삶과 크게 다르지 않은 그저 그런 삶일 뿐이었다.

복학생으로 돌아와서 남은 대학 2년은 남들처럼 살아보려고 노력했다. 군대에 있을 때 현실에 적응하려는 마음이 커졌는지, 어릴 때와는 달리 미래에 대한 걱정도 했고 취직 준비도 하기 시작했다. 결코 행복과 즐거움이 넘치는 삶은 아니었지만 안 그래도 충분히 빨리 지나가 버리는 젊은 시절이 아쉬워 특별히 삶을 더 빨리 돌리고 싶지는 않았다. 졸업할 때까지 여자친구는 생기지 않았다. 일어나 화장실에 가서 거울 속 내 얼굴을 봐도 참 볼품없어 보였으니, 그런 외모까지 포함해 아무래도 내가 여러 이유에서 남자로서 매력이 없는 모양이라고 생각하고 마음을 접기로 했다.

나는 내가 가진 특별한 능력이 다른 모든 결함을 상쇄시켜 줄 정도로 믿음직하고 좋다고 치부하기로 결심했다. 물론, 그 결심은 때때로, 자주, 거의 늘, 흔들리기 마련이었지만. 대체 그 따위가 뭐라고. 그것은 인생을 낭비할 능력이라고 해도 할 말이 없지 않은가? 아니, 할 말은 있었다. 인생은 사람들이 말하는 것처럼 그렇게 큰 살 가치가 있는 것은 아니니 가볍게 후딱 지나가게 내버려 둬도 상관없는 것이 아닌가?

자살할 게 아니라면 그런 허망한 삶은 기왕이면 빨리 살아 버리고 끝내는 것이 더 낫지 않은가?

졸업하고 나서 휴대폰 액세서리를 유통하는 작은 회사에 가까스로 취직했다. 사장은 대기업에 오래 있다가 나와서 독립해 회사를 차렸다는 50대 남자였는데 눈이 부리부리하고 목소리도 크고 배도 나오고 체격도 커서 나와는 여러모로 달라 보였다. 회사 직원들은 사장의 신임을 받는 몇 명 빼고는 대부분 일에 열의도 없었고 내가 봐도 한심할 정도로 일을 못했는데 다른 회사에 자리가 있으면 언제든지 그만 두고 떠날 사람들이었다. 대학교에서 배운 건 소용도 없었고 사장과 사장의 신임을 받는 몇 명이 가르쳐주는 것을 흡수해서 그대로 잘 하면 됐는데 그것도 그리 쉽지는 않았다. 그래도 나는 그나마 별것도 없는 부모한테 손 안 벌리고 내 힘으로 먹고 살기는 해야 했고 내 주제를 알았으니 이 회사에서 버티면서 그래도 좀 잘 하려고 열심히 노력했다. 다행히 사장과 사장의 심복들은 내가 그래도 다른 놈들보다는 쓸 만하다고 여기는 것 같았다.

바쁘게 하루하루를 살았다. 월급이 많지는 않지만 그래도 다른 데 신세 지지 않고 근근이 내 몸 하나 추스르고 살 정도는 됐다. 내가 어릴 때 생각했던 것과는 꽤나 다른 삶이었다. 출퇴근 시간이 한참 걸리는 시 외곽의 작은 원룸에 혼자 살면서 매일 크게 다르지 않은 일을 하고, 아주 가끔 친구들을 만나 소주나 마시고, 주말에는 집에서 게임을 하거나 영화를 보거나 그것도 싫으면 그냥 침대나 소파에 누워 있었다. 나이가 더 들었을 때 내가 계속 이 회사에 있을지, 아니면 다른 어디서 뭘 하고 있을지 가늠이 되지 않았다. 결혼과 연애는 남의 일이었고, 미래의 전망은 밝지 않았고, 다른 일을 도모할 능력이나 돈도 내게는 없었다. 어느 주말 오후에 방구석에 누워서 자다 깨다 하고 있다가 문득 내 미래가 궁금해졌다. 계속 이렇게 살다가 나중에 어떻게 돼 있을까? 나도 사장의 측근 정도는 될 수 있을까? 이 회사가 망하지는 않을까? 이미 50대인 사장은 몇 살까지 사업을 할 생각일까? 나는 아직 20대였다.

사장이 재고가 남아 돌아 직원들에게 하나씩 돌린 블루투스 스피커로 휴대폰 라디오 앱의 음악을 들으면서 건빵과 소주를 먹던 어느 일요일 오후에 나는 사는 게 너무 지겹고, 과연 앞으로도 이렇게 살 수밖에 없는 것일까 궁금해져 가까운 나의 미래로 빨리 가 보기로 했다. 제대하고 난 후 젊은 날들이 아까워 왠지 그러면 안 될 것 같아서 그동안 오래 참았다. 하지만, 고작 그런 젊음이라면 별로 아까울 것도 없었다.

나는 남은 소주를 마저 비우고 나서 심호흡을 한 번 하고 망설임 없이 정신을 집중하여 군대에 들어가 있을 때의 2배 정도인 4년으로 기간을 정하고 시간을 흘려보내기 시작했다. 그 정도는 보내 봐야 나의 미래에 대한 감이 잡힐 것 같았다. 한동안 그다지 다르지 않은 삶의 순간들이 획획 지나갔다. 나는 사장에게 인정받았고 승진도 했고 월급도 올랐다. 여전히 혼자였다. 대통령이 바뀌었고 먼 나라에서 전쟁이 났다. 그러던 중에 나는 1년이 지나간 어느 순간 빨리 흐르는 삶을 멈추고 싶었다. 그러나, 내 마음대로 되지 않았다. 내 삶은 망가졌다. 다른 누구의 잘못도 아닌 바로 나의 잘못으로 인해서.

삶의 속도가 다시 예전처럼 돌아온 순간에 이르러 주위를 둘러보니 그새 4년이 지났고 나는 4년 전 내가 살던 곳에서 멀리 떨어진 어느 외딴 지역의 아주 작은 방에 웅크리고 누워 있었다. 일요일이었다. 내가 누운 자리 주변에는 빈 소주병들이 이리저리 나뒹굴고 있었다. 머리가 아프고 속이 쓰렸다. 일기를 저장해 놓은 노트북 컴퓨터는 용케 챙겨 가지고 와 작은 탁자 위에 놓여 있었다. 일기에 많은 날들이 비어 있다는 것도 알았다. 4년의 기간 중 기억나지 않는 일들도 많았지만, 내가 모든 걸 그르친 일과 그 후에 있었던 일만큼은 생생했다.

삶을 빨리 돌린 날로부터 1년쯤 됐을 때 쌀쌀한 바람이 불기 시작한 초겨울 무렵, 비수기에 휴가를 낸 나는 차가 없었기에 렌트카를 빌려 역시 차가 없는 친구와 같이 동해안으로 놀러갔다. 바닷가에서 파도소리를 들으며 술이나 마실 작정이었다. 고속버스나 타고 갈 것이지 차는 뭐 하러 빌렸는지, 바닷가에서 술을 진탕 먹고 나는 거듭 말리는 친구를 뿌리치고 운전대를 잡았고, 그러다가 사람을 치었고, 그 사람은 그 자리에서 죽었고, 친구의 신고를 받고 출동한 경찰이 사고 현장 길바닥에 한 번 토사물을 게워낸 후 망연자실 앉아 있던 나를 체포해갔다.

모든 게 그날 끝났다. 회사에서는 당연히 잘렸고, 월세계약은 수감 중에 기간 만료로 종료되어 2년여 후에 출소해 남은 보증금과 집주인이 보관해 놓은 몇 가지 중요한 물건들만 간신히 챙겼고, 출소한 후 아무 데서도 일자리를 구할 수 없었던 나는 아무도 나를 모를 것 같은 외진 곳으로 와서 일당을 받고 농사일을 돕기 시작했다. 농촌에는 워낙 일손이 달렸기 때문에 뒷조사 같은 것도 없이 일 하겠다는 사람은 웬만하면, 특히나 젊은 사람이면, 다 받아줬다. 나와 같이 일 하는 사람 중에는 동남아시아나 중앙아시아에서 온 외국인도 몇 있었다.

그 일들을 이제 다 지나온 시점에 과거의 일로 기억만 하고 있을 뿐 그 순간들의 직접적인 경험은 모면했다는 것이 오히려 위안이 됐다. 나 때문에 죽은 사람에게는 너무 미안했지만 돌이킬 수는 없는 일이었다. 한심한 인생이었다. 그래도 다행인 것은 비록 술을 너무 많이 마시고 있기는 하지만 아직 어디 아픈 데 없이 살아 있고, 일도 하고 있고, 일기도 쓰고 있고, 삶을 빨리 돌려 버리는 내 능력도 그대로 남아 있다는 것이었다. 부모님과는 이미 오래전에 연락이 끊겼다. 아들이라고 하나 있는 것이 이 모양이니 실망스럽기도 했을 것이다. 나도 그 분들을 볼 면목이 없었고, 보고 싶지도 않았다. 그냥 그렇게 살기로 했다. 언제 죽더라도 좋을 것 같았다. 그렇게 마음먹으니 슬프기는 했지만 얼마나 길지 모를 남은 삶도 견딜 만해 보였다.

내가 주로 일을 해 주는 집에는 농사일을 하는 아버지와 그 부인, 그리고 아들 하나와 두 딸이 있었는데, 자식들은 모두 농사일은 하지 않고 그곳에서 버스를 타고 한참을 가야 하는 작은 도시에 있는 직장에서 일을 했다. 그들이 새벽에 출근하러 버스정류장으로 가는 모습을 보면 예전에 내가 회사 다니던 때가 생각났다. 그때가 전혀 그립지 않다고 하면 거짓말일 것이다. 밤 늦게 그들이 하나둘씩 집에 돌아오는 모습을 보면, 오래전에 부모님과 같이 살던 때가 생각났다. 부모님이 아니라 그때의 내가 그리웠다. 내 부모님도 이런 곳에서 농사를 짓고 살았더라면, 그래서 나도 같이 농사일을 도우며 살았더라면 좋았을 것을.

그때까지 연애 한 번 못 해 봤지만, 경험이 없어도 마음은 움직이는 것이니, 나는 나와 나이가 비슷한 그 집 둘째 딸을 좋아하게 됐다. 그렇다고 뭘 어떻게 해 보려고 한 건 아니고, 그저 혼자 마음속으로만 좋아했다. 내가 이제 와서 누굴 사랑하고 누굴 책임지겠냐마는, 나도 내 마음을 억지로 바꿀 수는 없었다. 그저 멀리서 속으로만 좋아하는 거야 뭐 어떻겠나 싶었다. 오다가다 마주치면 인사만 할 뿐 그녀와 제대로 이야기해본 적도 없었다. 그걸로 좋았다. 다행히 그녀는 내 이런 마음을 전혀 눈치채지 못하는 것이 틀림없었다.

그렇게 시간이 갔다. 다시 내 삶은 단조로워졌다. 그런 평온한 단조로움이 싫지는 않았지만, 내 삶은 이미 다른 가능성을 소진한 채 끝에 다다른 것 같은 느낌이 들었다. 이렇게 이곳에서 일하며 살다가 죽을 것이다. 아니면, 다른 데로 떠돌면서 비슷한 일을 하다가 죽을 것이다. 오래 살지는 못할 것이다. 술도 줄이지 못하겠다. 거의 매일 술이었다. 거울을 보면 실제 내 나이보다 더 들어 보였다. 원래부터 볼품없었던 외모가 빨리 돌려버린 4년 동안 더 망가졌다. 거울 속 내 얼굴을 1초 이상 보고 있기 힘들 지경이었다. 그러다가 멀리 창 너머로 출근하고 퇴근하는 그녀를 보면 가슴이 뛰었다. 하지만, 그녀와 어떤 미래도 꿈꾸지 않았다.

그러던 어느 깊은 밤 나 혼자 술을 마시고 있는데 초인종이 울려 나가 보니 그녀가 서 있었다. 나는 깜짝 놀라 인사를 하고 무슨 일인지 물었다. 그녀는 다짜고짜 안으로 들어오더니 술이나 한잔하자고 했다. 당황한 나는 식탁 위에 지저분하게 널려 있던 빈 소주병, 과자봉지, 과자 부스러기를 급히 치우고 그녀와 마주 앉았다. 나는 그녀에게 소주 한 잔을 따라주고 내 잔에도 따라 건배를 하고 단숨에 마셨다. 그녀도 잔을 한 번에 비우고 식탁 위에 내려놓았다. 나는 또 한 잔을 따라줬고, 내 잔도 채웠다. 그렇게 서로 아무 말없이 몇 잔을 비웠다.

"무슨 일 있으세요?"

"그냥, 사는 게 지겨워요. 이 촌구석에서도 떠나고 싶어 요."

나는 그녀가 그런 기분이 들었을 때 왜 평소에 제대로 말 한 마디 안 나누어 본 나를 찾아왔는지 묻고 싶었지만 묻지 못했다.

"멀리서 날 지켜보는 거 알고 있어요. 나 좋아해요?"

"아, 그게, 그런 게 아니라..."

"아니라고요?"

그녀와 나는 더 이상 별말 없이 같이 몇 잔을 더 비웠다. 그녀는 곧 술 잘 마셨다고 말하고 일어나 나갔다. 나는 멍청 한 대답을 한 것을 후회했다. 쫓아가서 좋아한다고 말할 용 기는 나지 않았다. 내가 그녀와 앞으로 뭘 어쩔 수 있을 거 라고.

그 날 이후 그녀는 다시 내게 찾아오거나 말을 걸지 않 았다. 길에서 마주쳐 내가 인사를 하면 그녀는 내 눈을 보지 않고 가볍게 고개를 끄덕이기만 했다. 그녀는 예전보다 더 잘 웃지 않게 됐다. 항상 좀 슬픈 표정이었다.

이미 가능성이 다 소진된 삶을 그냥 그대로 살다 가겠다고 다잡았던 마음이 나를 찾아온 그녀 때문에 흔들렸다. 내게 남은 삶이 이게 다는 아니지 않을까? 그렇다고 분연히 떨쳐 일어나 그녀에게 다가갈 엄두는 내지 못했다. 밤마다 술을 더 마셨다. 술 때문에 탈이 나서라도 일찍 죽을 것 같았다. 결국 내 삶을 타개할 행동을 취할 생각은 하지 못하고 또 몇 년을 빨리 돌려 보자는 비겁한 생각이 들었다. 마치 그렇게 빨리 돌아가는 삶 속의 나는 나와 다른 사람이고 그에게 내 대책 없는 삶을 어떻게 좀 해 달라고 부탁이라도 하려는 듯이.

나는 보름달이 뜬 깊은 가을밤에 소주 몇 병을 비우고 나서 깊이 숨을 들이쉬는 수고도 하지 않고 취기에 젖은 마음으로 내 괴이한 능력을 저주하면서 이번에는 5년간 삶을 빨리 돌려보내기 시작했다. 삶이 제 속도로 돌아왔을 때 어지러운 머리를 가까스로 추스르고 일어나 나는 창 밖으로 파도 치는 바다를 보았다. 나는 그 자리에 엎드려 한동안 펑펑 울었다.

그녀는 다시 나를 찾아왔고, 나는 그녀에게 내 마음을 고백했고, 한동안 남들 몰래 버스를 타고 멀리 가야 하는 시내에서 데이트를 했고, 우리는 그녀 부모의 반대를 이겨내고 모두 축하해주는 조촐한 결혼식을 올렸다. 오랜만에 내 부모도 연락해서 결혼식에 초대했다. 그리고 우리는 함께 그 동네를 떠나 그녀의 직장 근처에 작은 방을 얻어 살았고, 나는 다시 시내에서 그녀 부모의 집을 오가면서 농사일을 했다. 우리는 가난했지만 행복했다. 나는 술도 끊었다. 어떻게 그런 일이 있을 수 있었을까? 다 지나고 보니 믿을 수 없는 일이었다. 그러나, 행복의 경험은 억울하게도 과거의 기억으로만 남았다. 그녀는 회사에서 집으로 돌아오려고 길을 건너다가 신호를 위반하고 달려오는 차에 치어 죽었다. 운전자는 예전의 나처럼 술에 취해 운전했다.

그녀의 장례를 치르고 나는 우리가 살던 그곳을 떠나 바닷가 마을로 왔다. 다시는 그곳으로 돌아가지 않았다. 어렵사리 배에 조수로 취직해 일을 했다. 아마도 내 삶에서 가장 빛났을 시간을 나는 그냥 순식간에 지나쳐 버렸다. 다 지나고 나서 추억만 남은 행복은 그 순간에 직접 느꼈을 행복과는 비교할 수 없는 것이었다. 눈물이 그치지 않았다. 나는 삶을 허비해 버렸다. 그녀와 같이 한 몇 년을 다시 살아볼 수 있다면 얼마나 좋을까? 내가 매일 남겨 놓은 그 기간의 일기를 몇 번이고 다시 읽고 또 읽었다. 일기를 읽으면 그날그날의 일이 기억은 났지만 그것은 그저 문자로 쓰여진 과거에 있었던 일의 기록일 뿐이었다. 지나간 과거의 기억은 부정확하고 희미하기도 했다. 바닷가 마을에서 내가 사는 방에도 빈 소주병들이 널브러져 있었다.

이제는 정말로 다 끝난 것이니 노년에 이르기까지 길게 삶을 빨리 돌려버리는 것이 좋지 않을까 생각도 했지만, 삶을 빨리 돌려버리다가 그녀와 함께 한 시간을 잃었다는 생각에 선뜻 또 그럴 수가 없었다. 앞으로의 삶이 어떻게 될지는 모르는 것이었다. 적어도 아직 할 일이 있었고, 노숙자나 걸인은 되지 않았다. 그리고, 이렇게 술에 빠져 살다가는 노년을 맞지 못하고 그 전에도 죽을 수 있는 것인데, 삶이 빨리 돌아가는 와중에 죽는 것은 원하지 않았다. 적어도 내 숨이 끊어지는 마지막 순간만큼은 직접 느끼고 싶었다.

지금 나는 일을 마치고 바닷가 식당에서 고깃배 사람들과 같이 밥을 먹고 술을 마시고 있다. 내일은 풍랑이 세서 바다에 나가지 못할 것이다. 거세진 바람에 식당 유리창이 떨리는 소리와 취기 오른 사람들 떠드는 소리가 먼 세상에서 들려오는 소리 같다. 나는 앞으로 나를 기만하는 내 능력을 더 이상 쓰지 않고 살겠다고 다짐한다. 다짐하면서도 완전히 믿지는 못하지만. 그래도, 다시 또 살아보고자 한다. 천천히, 무슨 일이 일어나는지 보면서, 무슨 일이든 내가 만들어내면서, 망설이지 말고, 후회 없이. 빨리 돌아가는 삶 속의 타인 같은 나에게 책임을 떠넘기지 말고.

에스페로

준세가 에스페로 행성에 온 지도 지구 시간으로 5년, 에스페로 시간으로 3년이 지났다. '에스페로'라고 이름이 붙은 우주선을 타고 지구를 떠난 선발대가 지구시간으로 300여년이 걸려 에스페로 행성에 도착했고 우주선 안에서 동면상태에서 깨어난 지구인들이 행성에 관한 여러 정보를 분석하고 적당한 곳에 거주지를 건설하기 시작했다. 그 무렵 그들이 다시 지구로 보낸 메시지가 지구시간으로 50여년만에 지구에 도착했다. 처음부터 무리하고 가망 없는 프로젝트라는 비판이 많았는 데다가 항해 도중 우주선의 시스템이 자동으로 보내오던 메시지가 어느 시점부터는 잘 오지 않게 되는 바람에 프로젝트는 실패한 것으로 간주됐고, 선발대를 보냈던 당시 인류의 생존이 달렸던 총체적 위기가 다행히 그 후에 극

복됐기 때문에 시간이 흐름에 따라 선발대가 떠난 사실도 먼 과거의 일이 되어 잊혔다. 그래서 갑자기 도착한 그 메시지는 모두를 놀라게 했다.

과학자들이 그 메시지에 담긴 정보를 검토한 결과 에스페로 행성은 지구인이 정착해 살 수 있는 곳이라는 결론이 났다. 이번에도 반대가 많았지만 긴 논의 끝에 세계연방정부는 인류의 다양한 미래를 위하여 두 번째 우주선을 에스페로 행성으로 보내기로 했다. 준세는 다시는 지구로 돌아오지 못한다는 각서에 사인한 자원자 중 하나가 되어 이번에는 그 사이 기술이 가일층 진보해 지구시간으로 150여년이 걸려 이곳에 왔다. 첫 선발대가 지구를 떠난 이후 지구시간으로 500여 년 만에, 그리고 선발대가 이 행성에 도착한 후 지구시간으로 200여 년 만에 두 번째 우주선이 온 것이다.

선발대가 도착한 후 이미 지구시간으로 200여 년이라는 오랜 시간이 지났기 때문에 처음 이곳에 온 사람들은 모두 죽었고 여러 세대가 지났다. 도시가 생겨났고, 지구인의 주거지역은 늘어났고, 사법시스템, 경찰, 학교, 병원, 교통, 발전소, 수도시스템, 시장 등 지구에 있었던 제도 및 인프라가 구축됐다. 민주주의 원칙에 입각해 제정된 헌법에 따라 에스페로 정부도 구성됐는데, 그동안 지구에서와 마찬가지로 여러 번의 정쟁과 개혁과 퇴보와 쇄신을 거쳤고, 준세가 도착했던 무렵에는 비교적 안정된 정체가 유지되고 있었다. 다행히 꽤 긴 기간에도 불구하고 서로 죽고 죽이는 혁명이나 내전 같은 사태는 없었다.

긴 동면에서 깨어난 준세가 공중에서 처음으로 본 에스페로 행성은 초록색이었다. 대륙 사이의 대양에서도 초록빛이 났다. 지구인 정착지역으로 다가가 착륙을 위해 고도를 낮추니 온 땅을 뒤덮은 온갖 무성한 나무가 보였다. 그 짙은 초록색 숲 사이에 지구인이 건설한 도시가 빛나고 있었다. 숲 옆으로 구불구불 강이 흘렀고 처음 보는 모습의 새들이 날았다. 그는 지구와 비슷한 풍경이 반가워 눈물이 났다.

두 번째 우주선인 '에스페로 2호'를 타고 온 그들은 지구 기준으로는 이미 150여 년 전 것이기는 하지만 지구인 정착지를 획기적으로 업그레이드할 수 있는 기술과 장비와 물자를 갖추고 지구를 출발했다. 수십 억 인구가 사는 지구 전체의 역량이 모여 만들어진 기술이 그에 훨씬 못 미치는 수의 이곳 지구인이 그동안 개발해낸 기술보다는 상당히 우월한 것은 사실이었다. 틀림없이 큰 도움이 될 것이었고, 금세 협력작업이 시작됐다.

그런데, 이곳에서 태어나 살고 있는 지구인의 후예들은 후발대를 그렇게 반기지 않았다. 오히려 경계의 눈빛으로 보았다. 특히 두 번째 우주선을 타고 온 꽤 많은 군인들과 먼저 이곳에 온 사람들이 접하지 못했던 무기들을 보고는 더욱 그랬다. 마치 후발대가 그들의 땅에 들어온 잠재적 침략자라도 되는 듯이. 에스페로 공화국 정부 인사들과 후발대가 타고 온 우주선의 선장과 군대의 사령관이 만나 오랜 시간 대화를 했다.

후발대 대표들은 에스페로 공화국 헌법과 그에 따라 구성된 정부의 권한을 인정하고 에스페로 시민권을 부여받아 이미 이곳에 살고 있는 사람들과 동일하게 현 시스템 하에서 산다는 데에 동의했다. 다만, 시간이 흐르면 서로 교류하고 섞이면서 같이 살게 되겠지만, 현재의 도시 인프라로서는 후발대 사람들을 전부 수용할 수 없기 때문에 후발대는 정착촌을 스스로 건설해 그곳에서 살기로 했다. 그렇게 해서 지구 시간으로 5년, 에스페로 시간으로 3년이 지났고 준세는 에스페로 2호를 타고 온 다른 사람들과 같이 새로 건설된 도시에서 살게 됐다.

준세는 군의 장교였다. 혹시 있을지도 모르는 분쟁에서 후발대 사람들의 안녕을 지킨다는 것이 지구를 출발하기 전부터 후발대 군이 공식적으로 밝힌 목적이었다. 선발대가 에스페로 행성에 도착한 때로부터 많은 시간이 지났으니 그들이 어떻게 달라졌을지 모를 일이었다. 그러나, 와서 직접 보니 그들이 오히려 후발대를 경계해야 마땅했다. 후발대는 먼저 온 그들에 비해 과도하게 무장하고 있었다. 그들은 그동안 이미 자기들만의 굴곡 있는 '역사'를 만들었고 안정된 정체 하에 상당히 평화롭게 살고 있었다. 후발대가 출발할 때까지도 지구에 만연했던 과도한 불평등도 없어 보였다. 준세는 그들이 만들어 놓은 사회의 일원이 되어 살고 싶었다.

그리고, '에스페리안'이 있었다. 지구인이 에스페로 행성에 오기 아주아주 오래전부터 이곳에서 살아온 원주민이었다. 허락도 받지 않고 무작정 이곳에 들이닥친 지구인이 이들을 '원주민'이라고 부르는 것이 부당하다는 것은 이해하지만, 여기에 온 지구인이 이 말을 자주 사용하기 때문에 일단 편의상 이렇게 썼다. 지구인이 이들을 '원주민'이라고 부르는 이유는 이들이 자신들을 부르는 말인 '케탈크차우틀크룩스'라는 말을 발음하기가 너무 어렵기 때문이었다. 좀 복잡하지만 천천히 읽으면 되지 않느냐고 생각할지 모르겠지만, 그렇지 않았다. 이들의 언어는 지구의 이런저런 언어와는 달리 음절들이 마치 노래의 곡조처럼 계속해서 다른 음계로 변했다. 그 변화의 정도는 중국어처럼 성조가 있는 언어는 물론이고 지구의 어느 음악과도 비교할 수 없을 정도로 복잡하고 풍부하고 다채로워서 지구인은 이들이 사용하는 단어 하나도 제대로 발음하기 어려웠다.

지구인은 '원주민'이라는 말을 안 쓸 때면 편의상 이들을 '에스페리안'이라고만 불렀다. 준세도 원주민보다는 에스페리안이라는 말이 더 좋았기 때문에 이들을 그렇게 불렀다. 에스페리안은 천체에 대한 이해를 하지 못하고 있었기 때문에 그들의 말에 자기네들이 사는 행성을 가리키는 단어는 없었고, 그저 지구 말로 '세상'에 해당하는 단어만 있었다.

에스페리안은 전체적으로는 지구인과 비슷한 모습을 하고 있었다. 대칭적인 신체에 눈, 코, 입, 그리고 두 팔과 두 다리. 지구에서 멀리 떨어진 이곳에서도 지구에서와 비슷한 구조와 모습으로 생물의 진화가 이루어졌다는 사실은 놀랍고 흥미로웠다. 하지만, 이들의 뇌는 지구인의 뇌와 상당히 다른 구조로 이루어져 있다고 했고 아주 긴 손가락은 한 손에 열

개씩 있었다.

지구인과 이들의 결정적인 차이는 언어와 음악에 있었다. 에스페리안의 언어는 지구인이 듣기에 그 자체로 음악이었다. 그것도 아주 아름답고 복잡하고 도저히 지구인이 따라할 수 없는 음악. 거기에다 에스페리안이 단순히 의사소통을 위한 말을 하는 것을 넘어서 노래를 부르거나 자기네 악기 또는 지구인의 악기로 연주를 하면 그 노래와 음악은 지구인의 노래나 음악과는 도저히 비교할 수 없을 정도로 차원이 다르게 너무나도 아름답고 황홀해서 대부분의 지구인은 압도되어 가슴이 벅차고 눈물이 났다. 지구인은 이들을 흉내낼 엄두도 내지 못했다. 그 노래와 음악을 듣고 있으면 준세는 세상에 어떻게 이런 소리가 있을 수 있을까 하는 느낌이 들면서 정신을 차리지 못했다.

선발대가 여기에 온 후 지구시간으로 이미 200여 년이 지났으니 지구인과 에스페리안의 교류의 역사도 오래 됐고, 후발대가 도착한 때는 서로 공존하며 비교적 조화롭게 어울려 살고 있었다. 준세가 전해 들은 바로는, 지구에서 선발대가 왔을 때 이 부근의 에스페리안은 서로 떨어진 지역에 부족별로 작은 마을을 이루고 수렵과 채집으로 살고 있었는데,

기술이 월등히 앞선 지구인들은 에스페리안을 정복하고 복속 시킬 수도 있었지만, 그러지 않았다. 아니, 어쩌면 못 했던 것일지도 모른다고 했다. 바로 이들의 음악 때문에. 그것을 듣고 있으면 그 누구도 이들에게 감복하지 않을 수 없었고, 그래서 이들에게 폭력을 행사한다는 것은 상상하기 어려웠다.

처음에는 언어의 차이가 너무 커서 의사소통이 어려웠다. 지구인은 아주 오래전 신대륙에 진출한 유럽인들이 그랬듯이 아주 어린아이를 매일 아침에 에스페리안에게 보냈다가 저녁에는 지구인 가족에게 돌아오게 해서 자연스럽게 양쪽의 언어를 배우게 해 통역자를 만들어 보려고 했다. 하지만, 그런 어린아이도 자라면서 어느 정도는 이들의 언어를 구사할 수 있었지만 도저히 그 운율이나 가락이나 리듬은 그대로 따라할 수 없었다. 세월이 흐르면서 차차 자동통역기계도 만들어졌지만, 이 기계 역시 의사소통은 가능했지만 이들의 언어를 그대로 재현하는 것은 하지 못했다. 에스페리안은 지구인이나 자동통역기계가 자기네들 말을 구사하는 것을 들으면 꽤나 우스운지 빙그레 웃음을 지었다. 결국 에스페리안이 지구인의 언어를 배우는 쪽이 빨랐다.

시간이 감에 따라 에스페리안 중에는 조상 대대로 살던

마을을 떠나 지구인이 건설한 도시에 들어와 이런저런 일을 하면서 사는 이들도 많아졌다. 이들 중 일부에게도 지구인 도시가 제공하는 편안하고 풍족한 삶에 대한 동경이 있었던 것이다. 후발대가 새로 건설한 도시에 온 에스페리안 중에서 준세는 그가 도저히 제대로 발음할 수 없는 '크우틀프차라릭스마리'라는 이름을 가진 친구를 알게 됐다. 준세는 양해를 구하고 그를 간단히 '마리'라고 불렀다. 이들도 남녀 성별의 구별이 있었는데, 마리는 남성이었다. 마리는 지구인이 주로 오는 바에서 바텐더 겸 가수 겸 연주자로 일했다.

마리는 준세에게, 지구인이 말하는, 아니 흉내내는 에스페리안 말을 듣는 것은 정말 곤혹스러우니 제발 에스페리안 말을 배우려고 하거나 자동통역기계를 사용하지 말라고 하면서 자기가 지구인의 대표 언어인 영어를 잘 하니 영어로 얘기하자고 했다. 그러면서 마리는 자기가 어떤 지구인의 언어로 말해도 입으로 에스페로 행성의 땅을 기어다니는 '파라파라루글리루와스키라'라는 커다란 벌레의 배가 땅을 스치는 소리를 흉내 내고 있는 것 같아서 기분이 이상하다고 하며 웃었다. 어떻게 지구인들은 그런 소리로 서로 소통하며 살 수 있냐며. 그렇게 말하는 마리의 영어에도 그가 아무리

자제하더라도 지구인이 말할 때와는 다른 운율과 가락이 어쩔 수 없이 배어 있었다.

정해진 시간이 되면 마리와 친구들은 바에서 피아노, 기타, 드럼, 관악기, 현악기 같은 지구인의 악기를 가지고 라이브 공연을 했다. 지구인에게 익숙한 악기로 그들이 하는 음악은 음악이 지구상에 생긴 이래 그 어떤 지구인도 연주하거나 들어보지 못한 것이었다. 지구인에게 익숙한 지구의 곡도 그들이 연주하면 아주 다른 곡이 됐다. 모두들 숨을 죽이고 그들의 연주와 노래를 들으면 넋이 나갈 지경이었다. 역사에 이름을 남긴 뛰어난 지구의 음악가, 아티스트도 그 앞에서는 누구라도 좌절을 느끼지 않을 수 없을 것이다. 그런 연주를 마리와 친구들은 아무렇지도 않은 듯 노는 듯 너무 쉽게 했다. 그런 마리는 준세에게 자기가 에스페리안 중에서 연주와 노래에서 그렇게 뛰어난 편은 아니라며 대부분 자기 정도는 한다고 했다. 지구인이 너무 못하는 거라고도 했다. 그들은 가끔 이상하게 생긴 에스페리안의 악기를 가지고 에스페리안 고유의 음악을 연주하기도 했는데, 그 음악은 처음에는 생소하고 이질적이었지만 들으면 들을수록 온몸에 전율이 돌면서 황홀감에 빠져 준세는 이내 다른 세상에 와 있는 느낌이 들었다. 아, 이곳은 실로 다른 세상이지!

어쩌면 지구시간으로 200여 년 동안 지구인은 거의 모두가 에스페리안의 음악에 중독된 것인지도 모른다. 에스페리안이 이를 이용해서 지구인에게 어떤 방식으로든 해를 끼치고자 했다면 능히 그럴 수 있었을 것이다. 하지만, 이들은 평화로운 종족이었다. 그리고, 지구인이 제공한 기술로 의식주 면에서 많은 혜택을 보기도 했다. 에스페리안의 음악을 듣고 있으면 도저히 이들에게 적대행위를 할 수 없었기 때문인지, 지구에서 수천 년간 끊이지 않고 이어진 분란의 폐해를 익히 알고 있어 이곳에서는 그런 역사를 반복하지 않기로 이성적인 결정을 했기 때문인지, 지구인도 꽤 오랜 기간 동안 에스페리안과 평화롭게 공존해 왔다. 에스페로 행성에서의 분쟁은 오히려 지구인 사이에서 일어났다(이를 보더라도 에스페리안의 음악 덕분에 지구인과 에스페리안 사이에서는 분란이 없었던 것이 아닐까?). 에스페리안의 중재로 지구인 사이의 분쟁이 해결된 적도 많았다고 하는데, 그런 중재 자리에는 으레 이들의 음악이 흐르고 있었다고 한다.

에스페리안에게도 문자는 있었지만 기록물은 거의 없었는데, 그들의 역사나 이야기나 신화는 모두 노래를 통해서 전승되어 왔다. 그런 에스페리안에게 지구인이 책을 모아놓은 도서관은 꽤나 신기한 곳이었다. 지구인이 에스페리안의 음악에 빠지듯이 마리는 지구인의 책에 빠져 수시로 지구인이 만든 도서관에 와서 지구인이 쓴 책들을 읽었다. 물론, 마리가 지구의 언어와 글자를 읽히고 책을 읽게 되기까지는 많은 시간이 걸렸다. 마리는 쇼펜하우어라는 준세에게는 이름도 생소한 19세기 독일의 철학자의 말을 인용했다.

음악은 세계 속에 있는 어떤 존재나 이념을 재현하는 것이 아니라 의지 자체의 모사이다. 다른 예술은 그림자에 관해 말하고 있지만, 음악은 본질에 관해 말한다. 음악은 현상을 표현하는 것이 아니라, 모든 현상의 내면적인 본질을 표현한 것이다.

그리고, 이렇게 말했다.

"음악을 입에 올리는 게 민망할 정도로 음악을 못하는 지구인 중 하나가 음악에 대해서 저렇게 심오한 듯한 말을 하는 것이 좀 우습기도 하지만, 저 말이 왠지 이해가 되는 듯도 하다. 에스페리안에게 음악은 삶을 끌고 나가는 생명력이고 우리가 사는 세상 모든 것이 들려주는 노래이다. 지구인들이 교묘하게 말은 참 잘 지어낸다. 우리는 그런 건 잘 못하지만 지구인 흉내를 내서 말을 해 보면 그렇다는 거다. 어쩌면 지구인들은 세상 모든 것들을 우리가 처음 접했을 때 정말 기괴하게 보였던 소리를 표기하는 글자로 된 텍스트로 만들어 거기에 가두어 버림으로써 세상 모든 것이 매일매일 불러주는 노래를 들을 수도 없고 따라할 수도 없게 된 것일지도 모른다. 내가 여기서 너무 많은 시간을 보내다가 살던 마을로 잠깐 돌아가면 가족이나 친구가 나보고 자꾸 지구인처럼 생각하고 말한다는 소리를 하기도 한다. 하지만, 나 같은 에스페리안이 지구인과 에스페리안 사이의 가교 역할을 더 잘 할 수 있지 않겠는가?"

준세는 쇼펜하우어가 누군지도 모르고 마리가 하는 말이 무슨 소린지도 잘 모르겠다고 했다. 도대체 에스페리안이 지구시간으로 수백 년 전의 지구인 철학자의 책을 왜 읽느냐고 물었다.

———

에스페로 행성에 온 지구인 모두가 에스페리안의 노래와 음악에 빠지는 것은 아니었다. 아주 드물게 에스페리안의 음악을 싫어하거나 들어도 아무 감흥이 없는 사람도 있었다. 그런 사람은 지구의 음악에 대해서도 마찬가지였다. 음악을 좋아하지 않는다고 해서 사회에 해를 끼치는 것은 아니니 단지 그것 때문에 이들이 무슨 문제가 된다고 할 수는 없었다. 그러나, 그런 사람이 위험한 생각을 하고 있고 게다가 권력을 가지고 있다면 얘기는 다르다.

후발대의 군 사령관인 사카르 중장은 어떤 곡선도 허용하지 않는 듯한 각진 얼굴과 몸에서 강한 의지와 냉철함이 뾰족한 침엽수 잎처럼 튀어나오는 듯했고, 다리를 약간 벌리고 딱 버티고 서면 지진이 나도 흔들리지 않을 철기둥 같았다. 그가 위험한 출정에 나선 후발대의 사령관으로서 제격인 사람이라는 데에는 누구도 이의를 제기하지 않았지만, 실은 그가 후발대 프로젝트를 주도한 몇 강대국의 장성들 중 지구로 다시 돌아오지 않는다는 조건을 받아들이고 지원한 유일

한 자이기도 했다.

평생 독신으로 살아 아내도 자식도 없었던 그는 남은 삶을 지구의 병원을 전전하며 쓸쓸히 허비하기보다는 용감하게 미지의 세계로 날아가기를 택했다. 너무 오래 지속되는 지구의 평화가 답답하기도 했던 사카르 중장은 이 멀고도 먼 새로운 세계에서 분쟁, 나아가 전쟁을 원했다. 후발대 군의 중무장을 강력히 주장해 관철시킨 것도 그였다. 하지만, 와서 보니 싸울 상대는 마땅치 않았다. 에스페로 공화국은 이미 지구시간으로 200여 년의 역사를 통과해 와 이제는 큰 문제없이 평화롭게 잘 돌아가고 있었고, 에스페리안이라는 괴상하고 유순한 종족은 원시적인 방식으로 살면서 노래와 음악에만 출중했고 사실상 그들의 땅을 침범했다고도 볼 수 있는 지구인에 대항하여 싸울 의지도 능력도 전혀 없어 보였다. 에스페로 공화국은 원하기만 하면 얼마든지 인근 에스페리안 부족들을 손쉽게 정복할 수 있음에도 불구하고 이들과 우호적인 관계를 유지하고 오히려 많은 혜택을 무상으로 제공하면서 잘 지내고 있었다. 사카르 중장에게 이곳은 어쩌면 지구보다도 더 지루한 곳이었다.

그래서 어째서 지구시간 200여 년이 지나서도 공화국은 여전히 처음 착륙해 정착한 지역과 그 부근에만 머물러 있고 새로운 개척을 하지 않는 것인지 납득할 수 없었던 사카르 중장은 '프런티어 정신'을 들먹이며 에스페로 행성의 다른 지역까지 진출해 새로운 도시를 건설할 것을 공화국 정부에 요구했다. 정부는 이미 지구시간 200여 년 동안 인구가 늚에 따라 조금씩 영역을 확장했고, 인구가 안정화된 지금 자원이나 식량이 부족한 것도 아니니 그런 확장은 필요하지 않다며 사카르 중장의 요구를 받아들이지 않았다. 정부가 든 또 하나의 이유는 다른 지역으로 확장하기 위해서는 그곳에 있는 다른 에스페리안 부족의 영역을 또 침범해야 하는데 선발대가 온 이후 현 지역의 에스페리안 부족에게 지구인이 행한 노력을 돌이켜 볼 때 새로운 침범은 불필요하기도 하고 더 이상 하지 않는 편이 바람직하다는 것이었다. 다른 지역의 에스페리안과도 좋은 관계를 유지하며 교역을 하고 있으니 그것으로 충분하다고도 했다.

사카르 중장은 분통이 터졌다. 그까짓 에스페리안 다 쓸어버리면 될 것을! 이러려고 이곳에 온 것은 아닌데! 그렇다고 그는 직접 에스페리아 공화국의 정치에 참여해 정당이라도 하나 만들어서 선거에 이겨 집권하는 것을 도모할 생각은 전혀 하지 않았다. 그는 그런 데에는 어울리지 않는 사람이었다. 후발대 군의 압도적인 무력을 사용해서 쿠데타로 정부를 뒤집을 생각은 수없이 했다. 하지만, 그가 부하들을 보고 있으면 그들 모두 이미 전쟁과는 관계없는 유약한 인간들이 돼 가고 있었다. 하긴, 진정한 군인이 된 적이 없으니 그럴 수밖에!

후발대 군은 형식적으로는 에스페로 공화국의 군대에 편입되어 있었지만 실질적으로는 사카르 중장의 지휘 하에 독자적인 편제를 유지하고 있었다. 후발대 군을 빼고 나면 별 것도 없는 공화국 군대 사령관의 명령에 따를 생각은 사카르 중장에게 아예 없었다. 공화국 군대는 군대라고 할 만한 조직 자체가 없는 에스페리안에 비해서는 월등한 무력을 가지고 있었지만 후발대 군에게는 무력으로 상대가 되지 못했다. 사카르 중장은 언젠가는 공화국 정부가 그를 제거할 계획을 꾸밀 거라는 나름의 확신을 가지고 있었다.

사카르 중장도 에스페리안의 노래와 음악을 들어 보았다. 그는 지구에 있을 때에도 음악 따위에는 아무 흥미도 없는 인간이었다. 어떤 음악을 들어도 슬프거나 기쁘지 않았고 의지가 고양되거나 흥이 돋지도 않았다. 심지어 그는 군가도 싫어했다. 음악은 나약하고 저열한 인간이나 듣는 마약이라고 생각했다. 그리고, 에스페리안의 음악 역시 그에게는 다를 바 없었다. 아니, 훨씬 더 지독했다. 그것을 들으며 황홀해하는 주변의 지구인을 보고 사카르 중장은 에스페리안의 음악이야말로 지구의 어떤 음악보다도 가장 중독성 강한 최악의 마약이라는 믿음을 굳혔다. 그에게 그것은 인간의 정신을 침탈하고 점령해 의지를 마비시키는 것이었다.

그는 지구에 있을 때부터 세상의 모든 음악을 지우고 싶다는 은밀한 욕망을 품고 있었다. 음악은 과잉이었다. 의지와 이성으로 세상을 헤쳐 나가는 데 음악은 장애였다. 빗소리, 바람소리, 번개소리, 파도소리, 강물소리, 이런 자연의 소리와 짐승소리, 총소리, 폭발소리, 경고의 외침소리, 상관의 명령소리, AI의 분석이나 설명 소리 등 인간이 위험을 피하고 역할을 수행하게 하는 소리로 충분했다. 음악, 나아가 모든 예술은 없어져 마땅했다. 특히 음악은 자기 의지로 듣기를 선택하지 않아도 음악이 나오고 있는 장소에 있으면 어쩔 수 없이 계속 귀에 들린다는 점에서 가장 음흉하고 성가신 것이었다. 어디를 가도 사방에서 음악이 들렸다. 어떤 기계를 작동할 때 나오는 신호음에도 곡조가 섞여 있었다.

사카르 중장은 어떤 기계에 대한 설명서처럼 철저하게 산문적인 세상을 꿈꿨다. 곡조나 비유나 감정토로나 감상感傷이나 하는 것들이 일체 없는 그런 세상. 비가 오면 빗소리를 듣고 바람이 불면 바람소리를 듣고 번개가 치면 번개소리를 듣고 파도가 치면 파도소리를 듣고 강물이 흐르면 강물소리를 듣고, 거기에 그 이상의 어떤 것도 더하지 않는 모자라지도 넘치지도 않는 삶을 지향했다. 그에게는 그것이 순수한 삶의 정수였다.

그런데, 에스페로 행성은 어떠한가! 음악이 넘쳐났다. 지구에서는 들어보지 못한 해괴하고 기괴한 음악이었다. 사람들은 모두 그 음악에 빠져버려 인간성을 상실했다. 그것은 인간성의 퇴보였다. 마약을 빨고 바닥에 자빠져 있는 것과 다름이 없었다. 공화국 정부가 새로운 지역의 개척을 일찌감치 포기한 것 역시 에스페리안의 음악과 관계가 있었다. 정부 인사들도 모두 마약쟁이나 다름없이 되어서 인간 고유의 강건한 정신의 힘을 잃어버린 것이다. 순수한 악의 본질인 에스페리안은 다 쓸어버려야 마땅했다. 그래서 그 사악한 음악이 더는 이 행성에 들리지 않게! 그것이 사카르 중장이 남몰래 품은 생각이었다.

—

　루보는 태어날 때부터 귀가 멀었다. 어떤 치료도, 보조장치도 별 효과가 없었다. 귀가 아니라 선천적으로 뇌에 이상이 있었다. 루보는 자라나면서 다른 사람의 입술 움직임을 읽고 말을 이해하는 능력을 가지게 되었지만, 벙긋거리는 입술에서 아무 소리도 들을 수 없었다. 바람에 나뭇잎이 일제히 흔들릴 때, 비가 땅 위에 떨어질 때, 파도가 해안으로 몰려와 부서질 때, 피아니스트의 손가락이 건반 위에서 빠르게 움직일 때, 루보는 거기서 들리는 '소리'가 과연 어떤 것일지 상상해 봤지만 결코 알 수 없었다. 눈에 보이는 세상은 아름다웠지만, 그 세상은 아무 소리도 없는 정적에 싸여 있었다. 세상 자체가 그런 것이 아니라 소리로 통하는 문이 그에게만 닫혀 있었기 때문에 그는 더욱 슬펐다. 음악을 듣는 사람들의 변화하는 표정을 보고 있으면 그는 참을 수 없는 비통함을 느꼈다. 연주가 끝났을 때 환호하며 박수를 치는 사람들을 보면서 그는 좌절했다.

　루보는 세상의 모든 소리를 끄고 싶었다. 그걸 듣는 것이 어떤 느낌인지 그로서는 도저히 알지 못하는 모든 소리를 없애 다른 이들도 공평하게 그처럼 정적 속에 머물게 하고 싶었다. 하지만, 그는 눈에 보이는 아름다움에 이르는 문이 닫혀버린 눈 먼 자들을 보고 어쩌면 자신의 불행이 그들보다는 그나마 조금 덜한 것일 수도 있다고 생각했다. 그는 바람에 나뭇잎이 흔들리는 모습, 빗방울이 땅에 떨어져 튀는 모습, 파도가 해안에 몰려와 부서지는 모습, 피아니스트의 손가락이 건반 위에서 빠르게 움직이는 모습에서 귀가 뚫린 자들은 미처 알아보지 못하는, 가려지고, 세밀하고, 풍부한 아름다움을 발견했다고 믿었다. 소리가 꺼진 대신 시각적으로 증폭된 세상이 그의 위안이었다.

그뿐 아니라 루보는 오묘하고 풍요로운 수많은 향과 냄새를 세밀하게 구분해 맡을 수 있었다. 비에 젖은 풀, 흙탕물이 된 개울, 비 내리기 전의 공기, 타고 남은 재, 봄에 땅을 뚫고 올라온 새싹, 프라이팬에 한 숟갈 떨어트린 올리브유, 엄마가 살짝 뿌린 향수, 막 뚜껑을 딴 위스키, 여과지를 통해 떨어지는 커피방울, 기계장치에 바른 윤활유, 오래 된 플라스틱 그릇, 껍질이 벗겨진 늙은 나무, 오만가지 꽃들, 파도치는 바다와 잔잔한 바다, 녹이 슨 레일, 인조인간의 피부, 돼지의 내장, 썩어가는 시체, 변기에 떨어진 배설물, 케이크 위에 얹힌 크림, 높은 고도의 공기, 환기 안 된 건물 안, 옆사람의 땀, 촘촘히 연결된 전자부품, 나란히 누워 있는 물고기, 빳빳하고 하얀 종이, 이런 향과 냄새도 그의 위안이었다.

또한 루보는 섬세하고 우아한 손끝으로 그 누구보다 다채로운 촉감을 느꼈다. 같은 물체도 계절에 따라 온도가 달라지면서 표면의 질감도 달라졌다. 눈 먼 사람처럼 점자로 된 책도 눈을 감고 손으로 읽을 수 있었다. 직물, 돌, 나무, 금속, 피부, 털, 흙, 물 등이 손끝에 전달하는 저마다 다른 촉감은 루보의 세상에 풍부함을 더했으니 그 또한 그의 위안이었다. 그리고, 루보는 감각을 넘어선 추상적인 관념과 이론의 세계에 빠져들었다. 수학은 그 세계의 소리 없는 음악과 같은 것이었다. 그동안의 과학적 성과를 따라오지 못하는 낡은 것으로 여겨져 거의 아무도 찾아보지 않는 아주 오래전 관념과 논리만으로 행하는 철학도 그는 읽었고 오히려 거기에서 큰 매력을 느꼈다.

루보는 생체 공학 엔지니어가 되었다. 그는 아주 뛰어난 엔지니어였고, 자기 분야에서 독보적인 입지를 다졌다. 그는 그 후 삶의 거의 전부를 쏟아 넣어 자연세계에 비해 엄청나게 빠른 속도로 스스로 진화할 수 있는 인공 생물체의 시조를 만들었고 그것은 지구에서 진화해 온 동식물과는 다른 생명나무를 그리면서 다양하게 진화했다. 세계연방정부는 그것이 너무 위험한 실험이고 자칫 인류를 멸종시킬 새로운 종을 출현시킬 수도 있다고 판단했다. 그래서, 아직 거대한 실험공간에 한정돼 있던 그 새로운 생태계를 완전히 소멸시키기로 결정했고 실제 그렇게 했다. 자신이 창조하여 아름답고 완벽하게 진화하고 있던 새 생태계가 멸망하는 것을 보고 루보는 다 버리고 혼자 적막한 침묵의 세계로 돌아왔다. 곁에는 아무도 없었다. 어쩌면 인류의 멸종은 그가 내심 바라던 것이었을 지도 모른다.

늙어가기 시작하는 나이가 된 루보는 생체 공학 엔지니어로서 직접 자신의 신체의 중요 부분을 인공적인 대체물로 바꾸어 젊음을 되찾을 수도 있었지만, 그렇게 하지 않았다. 그렇게 해서까지 오래 살아 있을 이유가 없었다. 모든 것을 잃고 나니 아무도 없이 혼자 잠겨 있는 적막함이 더 비참하게 느껴졌다. 눈과 코와 피부의 감각이 주는 위안도 예전 같지 못했다. 소리가, 음악이 듣고 싶었다. 뛰어난 생체 공학 엔지니어인데도 그깟 소리 하나 되살리지 못하는 데에서 심한 무력감을 다시 느꼈다. 그래서 다시 빠져든 오래 된 철학도 그의 절망을 오히려 부추겼다. 이제는 아무도 읽지 않는 19세기의 쇼펜하우어, 22세기의 옥타브, 그리고 23세기의 이강원의 철학은 음악에 대해 매혹적인 철학적 이론을 제시했고, 아무것도 들리지 않는 그에게 더욱 깊은 좌절감을 주었다.

그러던 중 놀라운 소식이 전해졌다. 350년 전에 지구를 떠난 에스페로호가 에스페로 행성에 무사히 도착했고 그곳의 환경은 인간이 살 수 있는 것이라는 기별이 50년에 걸쳐 우주공간을 날아와 지구에 다다랐다. 루보가 어릴 때 역사책에서나 접했던 350년 전의 에스페로호가 저 멀고 먼 에스페로 행성에 실제로 아직 현실로서 살아 움직이고 있다는 것, 아니 정확히는 살아 움직이고 있을 가능성이 작지 않다는 것이었다. 긴 논란 끝에 세계연방정부는 인류의 또 하나의 선택지를 유지하기 위해 에스페로 행성을 향해 두 번째 우주선을 보내기로 결정했고, 전 세계 국가의 시민들에 대해 분야별로 나누어 다시 지구로 돌아오지 못할 자원자를 모집했다. 루보는 이에 지원했다. 의외로 많은 지원자가 몰렸지만, 그는 지원한 바로 다음 날 탑승자로 선발됐다. 그가 선발되지 않았다면 오히려 이상했을 것이다.

루보는 에스페로 행성은 인간과 도시가 빽빽이 들어찬 지구와 달리 아직은 개발되지 않고 자연 그대로 남아 있는 공간이 많을 것이고, 어디를 가더라도 온갖 소리와 끊이지 않는 음악으로 가득한 지구와는 달리 상대적으로 고요하고 적막한 공간을 많이 찾을 수 있을 것이라고 생각했다. 아니, 그렇게 희망했다. 더 중요한 것은 그가 삶을 갈아 넣어 만들어낸 세계를 잃고 그만 죽고 싶었던 그에게 죽지 않고도 선택할 수 있는 새로운 길이 열렸다는 것이었다. 부디 그곳의 태양과 땅과 물과 산과 하늘은 그저 고요하게 아름답기를! 또한, 인간들은 에스페로 행성을 탐사 및 개척하고 건물을 짓고 식량을 조달하고 괴생명체 및 미지의 질병과 싸우느라 정신없이 바빠서 여유 있게 물과 바람의 소리에 귀를 기울이거나 음악 들을 시간 따위 없이 살고 있기를!

—

사카르 중장은 자기 앞에 앉은 루보를 잠시 조용히 지켜보았다. 루보는 다른 데로 눈길을 돌리고 사카르 중장이 군인도 아닌 자기를 왜 보자고 했는지 궁금해하고 있었다. 방은 엄숙할 정도로 조용했다. 루보에게도 그것이 느껴졌는데, 그는 방을 둘러보고 그곳에 아무 소리도 나고 있지 않다고 직감했다. 깊은 물 속에 잠겨 있는 듯한 방이었다. 방 안을 채운 정적을 눈으로 보는 것 같았다. 루보는 그곳이 에스페리안의 가공할 음악으로부터 퇴각하여 위태롭게 구축해 놓은 요새 같다고 생각했다. 그곳에는 스스로를 외부의 무차별적인 음악 포격으로부터 차단해 고립시킨 사령관이 오래전에 죽은 전쟁영웅의 동상처럼 홀로 굳건하게 버티고 있었다. 이해하기 어려웠지만 사카르 중장이 에스페리안의 말과 노래와 음악을 참을 수 없을 정도로 싫어 한다는 것은 그를 아는 대부분의 사람들이 잘 알고 있었다. 그는 그런 사실을 굳이 숨기려 하지 않았다.

사카르 중장의 머리 옆의 허공에 그가 귀에 꽂은 장치를 통해 쏟아진 말풍선이 떴다. 그 장치는 머릿속 생각을 최적의 말로 변환해서 홀로그램 글자들로 띄워주는 것으로서 사카르 중장은 루보를 위해 그 장치를 사용하고 있었다. 루보도 같은 장치를 귀에 꽂고 있었다. 사카르 중장이 그 장치를 통해 글자로 띄우는 말은 평소 성대와 혀로 하는 말과는 달리 엄혹한 군인의 말투가 배어 있지 않아 자기에게도 훨씬 부드럽게 느껴졌는데, 그는 그것이 마음에 들지 않았다.

"내가 루보 박사님을 보자고 한 것은 부탁이 있어서입니다."

"말씀하십시오."

"지금 우리가 사용하고 있는 이 장치는 생각을 변환해 허공에 문장을 띄워 소통을 하도록 하는데, 저는 이 장치를 장착한 사람들 사이에서 생각만을 통하여 직접 소통할 수 있도록 업그레이드하고 싶습니다. 지구에는 이미 이런 장치가 있었던 것으로 압니다."

"아시겠지만, 꽤 오래전에 만들어졌습니다. 다만, 그 장치를 조작해서 타인의 생각을 일방적으로 읽을 수 있는 위험성이 컸기 때문에 거의 모든 국가에서 사용이 금지됐습니다. 지구에서는 계속 평화가 유지됐으니 군사적으로도 필요가 없었고요. "

"그럼 바로 작업을 시작해 주십시오. 빠를수록 좋습니다."

"그런데, 그런 장치가 왜 필요합니까?"

"그건 지금은 말씀드릴 수 없습니다. 군사기밀이라고만

알아주시기 바랍니다."

"군사기밀이라..."

"한 가지 요구사항이 더 있습니다. 이 장치를 장착한 사람들끼리 생각을 통해 직접 소통할 때에는 외부의 소리는 차단되어야 합니다. 그래야 생각으로 오고 가는 메시지에 집중할 수 있을 테니까 말입니다."

"그렇군요."

"지금 이 이야기는 우리 둘만의 비밀로 해야 합니다. 그래야 할 겁니다."

루보는 방에서 나와 복도를 걸으면서 사카르 중장의 의중이 무엇인지 생각해 보았는데, 그것이 너무 뻔히 들여다 보여서 과연 그게 진실일까 의심이 들 지경이었다. 다른 무슨 함정이 있는 것이 아닐까? 그럴 것 같지는 않았다. 루보는 사카르 중장이 어떻게 평소에 별 친분도 없던 자기를 믿고 그렇게 노골적으로 반역의 의도를 내비치면서 비밀스러운 작업을 요구했는지 의아했다. 루보가 생각하기에 그 또한 너무 뻔했다. 사카르 중장에게 필요한 일을 해 줄 능력을 갖춘 루보가 전혀 소리를 듣지 못하기 때문이었다. 오만하고 단순한 인간 같으니! 사카르 중장이 마지막에 한 "그래야 할 겁니다"라는 말은 분명 위협이고 협박이었다.

　루보가 얼마나 에스페리안의 음악을 듣고 또 느껴 보고 싶어 하는지 사카르 중장은 짐작조차 하지 못했다. 에스페로 행성에서 루보가 잠겨 있는 정적은 지구에 있을 때보다 더 그를 비참하게 했다. 에스페리안의 음악을 들으며 얼굴에 빛이 나는 것 같은 사람들을 보고 그는 이곳에 오기로 한 결정을 후회했다. 이럴 줄 알았다면 지구에서 그만의 침묵에 싸여 조용히 죽었을 것이다. 사카르 중장이 무슨 짓을 하려는지 알겠다. 아무 소리도 못 듣게 귀를 막은 자들로 구성한 군대를 지휘해 공화국 정부를 전복하려는 것이다. 에스페리안 음악은 법으로 금지될 것이다. 그리고 나서는 아마도 에스페리안을 살육하면서 영토를 넓혀갈 것이다. 에스페로 행성에서 자신의 제국을 건설할 욕심까지 품고 있을지도 모른다. 루보는 사카르 중장의 그런 야심에 구역질이 나고 치가 떨렸지만, 에스페리안 음악을 없앨 가능성에는 자기도 모르게 마음이 끌렸다. 그것을 자기 말고도 아무도 듣지 못하도록. 그런 자기가 스스로 생각해도 한심하고 처연했다.

　사카르 중장은 자신이 에스페리안의 음악을 혐오하는 것과는 달리 소리를 듣지 못하는 루보는 음악에 아무 관심이 없을 것이라고 생각했다. 사카르 중장은 루보가 딱 한 번 에스페리안이 음악을 연주하는 곳에 갔다가 그 후로는 절대 그곳에 가지 않았다는 사실을 전해 듣고 루보 역시 자기와 같은 이유로 에스페리안 음악을 싫어하고 나아가 에스페리안을 싫어한다고 생각했다. 사카르 중장은 자신의 생각과 판단에 늘 확신이 있었다. 그는 루보의 깊은 절망은 절대 헤아릴 수 없는 사람이었다. 사카르 중장에게 루보는 이미 모든 번잡한 소리와 음악이 꺼진 평화 속에 사는 사람이었다. 사카르 중장은 루보가 자신의 요구를 절대 거절하지 않을 것이라고 믿었다. 그는 만약 루보가 그의 요구를 거절하고 나아가 이를 누설하여 자신에게 해가 될 것이라고 생각되면 주저 없이 그를 제거하기로 마음먹고 있었다. 이미 루보를 감시할 사람도 붙여 놓았다.

루보는 몸이 좀 안 좋다고 하고 며칠간 방에 틀어박혀 나오지 않았다. 그가 수장인 연구부서에서 급하게 할 일은 없었기 때문에 누구도 그를 찾지 않았다. 그를 걱정해 문을 두드리는 사람도 없었다. 음식을 나르는 로봇만이 그의 방을 드나들었다. 로봇이 가져온 음식도 대부분 손대지 않고 남은 채로 음식물 쓰레기 파이프 안으로 버려졌다. 그가 좋아하는 에스페로의 울지 못하고 잘 날지도 않는 작은 새 한 마리가 방 안에 세운 인공나무의 가지에 앉아서 그를 흥미 없는 눈으로 보았다. 그는 새처럼 훨훨 하늘을 날아다니는 자유를 꿈꾸지 않았다. 자유는 성가신 관념이었다. 루보에게는 실제로 어떤 존재도 기만적인 관념과는 달리 자유롭지 않았다.

루보는 자기가 태어난 이유를 알고 있었다. 그저 그의 엄마와 아빠가 엄마의 가임기에 섹스했기 때문에 태어났을 뿐이다. 루보는 그의 삶의 목적은 알지 못했다. 그의 삶의 시작이 부모의 섹스라는 인과관계의 선상에 있는 것일 뿐이라면, 그의 삶의 목적은 누구도 그에게 주지 않는 것이었다. 그런 것은 애초부터 있을 리가 없었다. 사람들이 말하는 삶의 의미 또한 지어낸 이야기에 불과했다. 삶의 목적이나 의미는 머릿속 망상이었다. 그는 평화를 위해 에스페로 행성에 왔지만, 여기서도 평화를 찾지 못했다. 그가 에스페로 행성에서 바란 평화는 사카르 중장이 에스페로 행성에서 진력난 평화와는 사뭇 다른 것이었다. 그의 삶이 다를 수도 있었을 것이다. 장애가 있거나 삶에서 실패해도 쾌활하고 활발하게 사는 사람들이 있었다. 하지만, 그는 그렇지 않았다. 애써도 달라지기 어려웠다. 그런 자기가 싫었다.

그렇다면, 계속 그런 자기혐오와 좌절 속에서 우울하게 살다가 죽을 것인가? 아무것도 해 보지 않고 똑같은 정적 속에 잠겨 원한을 품고 살다가 갈 것인가? 삶에 목적이나 의미 따위 없으니 이성적이고 윤리적인 판단에서 벗어나 마음 가는 대로 해 보고 싶은 대로 한 번 해 봐도 상관없지 않은가? 그래서 타인들이 고통을 받는다고 해도 뭐 어떻단 말인가? 한때 마음 깊은 곳에서 인류의 멸종을 바라는 자기를 발견하고 놀랐던 때도 있었는데, 음악의 소멸과 에스페리안의 학살을 마음 깊은 곳에서 용인하는 자기를 그대로 인정하면 어떻겠는가? 그에게 닫혀진 문을 다른 이들에게도 닫아버린다 한들 그게 이 우주에서 무슨 의미를 가지겠는가? 모두 우주의 침묵 속으로 소멸하고 잊힐 것을. 그런 면에서 실로 우주는 루보의 편이었다. 다 사라질 것이다.

—

준세는 종종 자기가 왜 지구를 떠나기로 결정했을까, 곰곰 생각해 보았다. 아직 젊고 건강했고, 좋은 여자를 만나 결혼해서 가정을 꾸밀 계획도 세우고 있었다. 계속 진급해서 장성이 될 꿈도 꾸었다. 그렇다면 왜? 평화가 정착된 지구에서 군인으로 사는 게 가치가 없어서 그랬을까? 그렇다고 그가 사카르 중장처럼 에스페로 행성에서 전쟁을 바란 것은 아니었다. 새로운 세상을 접하고 싶어서? 그런 바람이 없지는 않았다. 너무 완벽하게 체계가 잡혀 그의 미래가 뻔히 예측 가능한 지구 사회의 틀에서 벗어나고 싶어서? 그렇지 않다고 할 수는 없었다. 하지만, 준세는 그런 이유들이 결정적이지는 않았다고 느꼈다. 지구시간으로 150년 동안 에스페로호 안에서 동면상태에 있었기 때문에 그새 지구에서 했던 결정의 가장 중요한 이유를 잊은 것이 아닐까? 그럴지도 모른다. 준세가 사랑하는 사람이 에스페로호에 타기로 해서 그녀와 같이 가고 싶었을까? 그건 아니었다. 몇 번의 사랑이 끝나고 준세가 지구를 떠날 때 그가 사랑하는 여자는 없었다. 사랑이 다 실패로 돌아가서 그랬을까? 모르겠다.

준세는 혼자 오래 고심하던 어느 날 갑자기 하늘에서 번쩍이는 번개처럼 기필코 떠나야 한다고 마음이 섰다. 가족들이 이유를 물었을 때 준세는 떠나기를 원한다고만 답했다. 그 이상은 스스로도 잘 알 수 없었다. 어쨌든 준세는 에스페로 행성에 오기로 한 결정을 조금도 후회하지 않았다. 미지의 것들로 가득한 새로운 세상, 에스페리안 음악, 그리고 지구인이 아닌 친구, 모든 것이 좋았다. 전쟁은 결코 바라지 않았다. 싸울 상대도 없었다. 그는 여기서 가정을 꾸밀 생각도 하기 시작했다. 한 여자를 사랑하게 되었다.

그는 근무를 마치고 늘 가던 바에 갔다. 그날도 마리와 친구들이 연주하기로 돼 있었다. 그는 늘 앉던 자리에 앉아 늘 마시던 맥주를 하나 시켜 마시며 늘 같이 오는 동료와 함께 특별할 것 없는 이야기를 하고 있었다. 그는 마리와 친구들이 무대에 올라오기를 기대했다. 수없이 들었어도 그들의 음악은 참을 수 없이 좋았다. 그렇게 좋은 이유를 말로 설명할 수는 없었다. 그보다 먼저 여기에 온 누군가가 에스페리안 음악에 대한 이론을 펼치는 책을 썼다는데 군인이라서 그런지 책과 그리 친하지 않은 그는 읽어보지 않았고 읽어볼 생각도 하지 않았다. 어쩌면 마리는 지구인의 도서관에서 그 책을 읽었을 지도 모르겠다. 읽고 나서는 책을 집어던지고 코웃음을 쳤을지도 모른다.

입구 쪽에서 웅성대는 소리가 났다. 준세는 무슨 일인가 해서 그쪽을 보고 깜짝 놀랐다. 사카르 중장이었다. 바 안에 있는 군인들은 모두 자리에서 일어나 차려 자세를 취했다. 준세도 자리에서 일어났다. 사카르 중장은 비어 있는 가운데 자리에 가서 앉으면서 차려 자세를 하고 서 있는 군인들에게 앉으라고 손짓했다. 온다는 말을 듣고 지배인이 자리를 미리 비워 놓은 모양이었다. 사카르 중장과 같은 테이블에는 준세도 누군지 아는 고위장교 두 명과 처음 보는 젊은 남자가 배석했다. 사카르 중장이 술도 마시지 않는 데다가 에스페리안 음악을 싫어한다는 것은 누구나 알고 있는 사실이어서 준세는 대체 그가 무슨 바람이 불어 그곳에 왔는지 궁금했다. 마음이 변한 것일까? 사카르 중장은 투명한 색의 칵테일도 한 잔 시켜 앞에 놓았는데, 준세는 그가 잔을 들어 입으로 가져가는 것은 보지 못했다.

마리와 친구들이 무대에 올라왔다. 기대에 찬 박수소리가 바 안을 가득 채웠다. 사카르 중장은 박수를 치지 않고 가만히 앉아 있었다. 같은 테이블의 다른 세 사람은 박수를 쳤다. 연주가 시작됐다. 익숙한 듯 익숙하지 않고 새로운 듯 새롭지 않은 음악이었다. 준세는 음악에 빠져들었다. 언제 들어도 마찬가지였다. 정신이 높아지고 마음이 충만해지고 감정이 풍부해지는 것 같았다. 누군가를 사랑하고 싶었다. 그가 사랑하는 여자가 그리 멀지 않은 테이블에 앉아 있는 것이 보였다. 아직은 혼자 하는 사랑이었다. 준세 앞에 놓인 맥주병은 이미 비어 있었다. 준세에게 삶은 지구보다 여기서 가치와 의미가 가득했다. 모두에게 평화와 행복을! 공정하고 평화롭고 민주적이고 자유로운 세계를 이 먼 행성에서 만들어 낸 인류와 우리의 친구인 에스페리안과 그 음악에 축복을!

준세가 한껏 고양된 도취감을 느끼고 있던 그때 음악을 죽이고 귀를 찢는 굉음과 함께 폭발이 일어났다. 테이블과 의자와 술병이 부서지고 깨지며 사방으로 날아갔고 사람 몸에서 떨어진 팔과 다리도 허공에 날았다. 바 안에 있던 모든 이들이 패닉 상태에 빠져 폭발 직후 얼마간 그곳의 광경은 잠시 정지 화면처럼 보였고 곧 움직일 수 있는 사람들은 앞다투어 그곳을 빠져나가기 위해 문을 향해 뛰었다. 상처 입은 사람들은 바닥에 쓰러져 비명과 신음소리를 냈다. 준세는 폭발소리에 반사적으로 바닥에 엎드렸다가, 큰 상처는 입지 않았고 사지를 움직일 수 있다는 것을 확인한 후 몸을 일으켜 주변을 살펴보았다. 귀가 멍멍해서 사람들 울부짖는 소리가 아주 멀리서 들려오는 것 같았다. 준세는 옆에 있던 동료와 무대 위의 마리와 친구들도 무사한 것을 확인하고 일단 안도했다. 아주 큰 폭발은 아니었다.

준세는 사카르 중장이 앉아 있던 자리를 보았다. 같이 왔던 고위장교 두 명은 폭발에 몸이 찢겨 날아갔는지 흔적도 없었다. 그 자리 바닥에는 피가 흥건했다. 폭탄은 그 테이블을 노린 것 같았다. 아마도 사카르 중장을. 그런데, 그 자리에는 피로 얼룩진 은색 알 같은 것이 놓여 있었다. 준세가 그게 무엇인지 의아해하던 차에 알이 쪼개지듯 열렸다. 그 안에 사카르 중장이 웅크리고 있었다. 준세가 처음 본 젊은 남자가 양 팔에 커다란 날개 같은 것을 펼치고 있었다. 준세는 그가 사카르 중장을 보호하기 위해 같이 온 인조인간이라는 것을 알았다. 그는 폭발음과 함께 순간적으로 커다란 날개 형태의 특수 방호막으로 사카르 중장을 감싸 알 속의 병아리처럼 보호했다. 사카르 중장은 일어나서 말없이 사방을 둘러보았다. 그의 얼굴은 분노의 표정을 띠었지만, 그 안에는 만족스러운 표정이 섞여 있었다.

루보는 폭발이 일어난 당시가 녹화된 영상을 보고 사카르 중장의 뻔뻔함과 잔인함에 기가 찼다. 경호 인조인간은 폭발이 일어나기 직전에 방호막을 폈다. 세심한 관찰자라면 그것을 놓칠 리 없었다. 폭발음이 들린 후에 방호막이 펴졌다면 그것이 아무리 빨랐어도 사카르 중장이 그렇게 아무 상처도 없이 멀쩡할 수는 없었을 것이다. 게다가 사카르 중장은 옆에 앉아 있던 고위 장교 두 명은 물론이고 여러 명의 자기 부하들과 무고한 민간인들을 거리낌 없이 죽였다. 루보가 보기에 그것은 전쟁을 일으키고 싶어 안달이 난 나라의 군대가 개전의 명분을 만들기 위해 수백 년 전에 여러 번 자행한 적이 있는 것과 같은 아주 고전적인 자작극이 명백했다. 사카르 중장은 굳이 그런 것을 숨기려고도 하지 않았는지 사건의 구성이 어설프기 짝이 없었다. 곧 내전이 일어날 것이고 사카르 중장의 군대가 승리할 가능성이 높다. 루보가 업그레이드해서 사카르 중장에게 제공한 장치가 거기에 중요한 역할을 할 것이다.

처음부터 이럴 것을 예상하지 않았던가? 루보는 사카르 중장의 생각을 알 것 같았다. 인간이 아닌 로봇부대로 공화국을 초토화하고 시민들을 모두 몰살시킬 수도 있겠지만, 그것은 선택지에서 제외된다. 공화국의 시민들이 아니라 자신을 암살하려고 했고 무고한 신도시 주민들을 죽인 공화국 정부를 응징한다는 명분으로 전쟁을 일으키는 것인 이상 민간인의 희생은 최소화하면서 정부 인사들을 생포하여 사카르 중장의 측근들만으로 구성된 군사재판에 회부해야 한다. 그리고, 이긴 이후에도 지구인 정착지가 변함없이 제대로 돌아가게 하기 위해서는 후발대의 신도시에 이제 세워지기 시작한 시설로는 턱없이 부족하고 오랜 시간을 들여서 만들어진 공화국의 시설, 공장, 발전소 등이 필요하다. 어느 것 하나 파괴돼서는 안 된다. 그렇기 때문에 주로 파괴와 격멸을 위해 만들어진 로봇부대만으로는 안 된다. 인간 부대가 진입하여 정부인사들을 체포하고 전역을 고스란히 장악해야 한다. 또한, 그래야만 공화국의 원 시민들의 지지도 그나마 기대할 수 있을 것이다. 물론, 그렇게 하더라도 사카르 중장이 그들의 지지를 얻기는 어려울 것이라고 루보는 생각하지만.

그래서 사카르 중장은 루보의 장치가 필요하다. 공화국 정부의 본거지로 진입하는 인간 부대의 귀를 막고 에스페리안 음악을 차단하기 위해서. 사카르 중장은 에스페리안 음악을 싫어하는 것을 넘어서 두려워한다. 루보는 이 모든 것을 간파하고는 크게 웃고 싶었지만 웃음이 나오지는 않았다. 모든 것이 혐오스러웠다. 자기 자신조차도.

대대적인 선전전이 시작됐다. 공화국 정부는 당연히 폭발 사건은 그들이 한 일이 아니고 사카르 중장의 자작극이라고 주장했다. 사카르 중장은 그것은 공화국 정부가 자신을 암살하려고 자행한 테러행위였다고 주장했다. 이내 신도시에서는 사카르 중장이 혁명을 독려하는 영상만이 송출됐다. 그날 바에서 죽어간 사람들의 얼굴이 계속해서 화면에 나타났다. 공화국 정부의 주장은 더 이상 접할 수 없었다. 그러다 보니 많은 사람들은 점차 사카르 중장의 말이 맞는 것이 아니냐는 쪽으로 의견을 모으게 됐다. 그에 반대하는 사람들은 체포됐다. 에스페리안은 일체 집 밖으로 나오지 말라는 명령이 내려졌다. 지구 역사상 숱하게 많이 일어났던 상황이 여기에서도 일어나는 것을 보고 루보는 인류의 멸종을 다시 바라게 되었고, 지구에서는 강제로 폐기됐던 자기만의 새로운 생태계를 여기에서 재창조할 계획을 세우기 시작했다. 인류와 에스페리안을 모두 대체할 새로운 존재를 꿈꾸었다. 세상의 모든 소리도 꺼버릴 것이다.

—

준세가 이끄는 부대는 산산이 파괴된 정부군 전투로봇의 잔해를 헤치고 앞으로 나아갔다. 앞에 공화국 정부청사와 의회가 눈에 들어왔다. 시민들은 모두 집 안에 숨어 있는지 거리에 아무도 보이지 않았다. 정부군은 전의를 상실하고 모두 투항할 준비를 했는지 준세 부대는 더 이상 아무 저항도 받지 않고 천천히 전진했다. 다른 부대들이 진입하기로 돼 있는 다른 방향에서도 더 이상 전투가 벌어지고 있지 않은 것이 확실했다. 일방적이고 싱거운 싸움이었다.

준세의 머릿속에는 간간이 사카르 중장의 명령과 다른 부대 지휘관의 상황보고가 울렸다. 준세도 오른손 엄지와 검지를 맞붙이고 현재 상황을 생각으로 알렸다. 사령관부터 졸병까지 모든 군인들이 그 보고를 머릿속에서 접할 것이다. 외부의 소리는 들리지 않았다. 미세한 소리까지 감지하는 로봇이 공중에 떠서 필요한 정보를 수시로 루보장치를 통해 그들의 머릿속으로 전달했다. 준세는 새로 귓속에 장착한 소위 루보장치가 무엇을 위한 것인지 알 것 같았다. 오딧세우스가 부하들의 귀를 밀랍으로 막아 사이렌의 노래를 듣지 못하도록 한 것처럼 사카르 중장은 부하들의 귀를 그 장치로 막아 에스페리안의 노래와 음악을 듣지 못하도록 한 것이다. 준세는 그 장치가 싫었다. 사카르 중장은 무엇이 그토록 두려운가?

준세는 공화국 정부가 사카르 중장을 암살하려고 했다는 것을 믿지 않았다. 사카르 중장의 명령에 따라 공화국 정부청사로 진입하려고 하는 그때에도 그는 자기가 잘못된 일을 하고 있다고 믿었다. 군인이기에 명령에 따르고 있을 뿐이지만, 잘못된 명령에도 따라야 할까? 이것은 명백히 반역이고 쿠데타이다. 사카르 중장이 승리하고 정부를 장악할 것이 확실한 상황에서 명령에 거역하면 나중에 어떻게 될지 모르기 때문에 그냥 이대로 가야 할까? 혹시 저항하는 에스페리안이 있으면 그들도 죽여야 할까? 준세는 처음으로 에스페로 행성에 오기로 한 결정을 후회했다. 이런 역을 맡으려고 멀고 먼 이곳까지 온 것은 아니었다.

사카르 중장은 귀에 루보장치를 끼고 상황실에 앉아서 부대장들이 각자의 위치에서 필요한 정보를 생각으로 교환하는 것을 머릿속에서 받으면서 느긋하게 앉아 있었다. 그는 사령관으로서 그때그때 필요한 명령을 생각을 통해 내리기도 했다. 저항은 미미했다. 작전은 곧 끝날 것이고, 그는 공화국 정부를 접수할 것이다. 그는 이미 그 후의 일을 구상하고 있었다. 정부 인사들을 그의 꼬나풀로 구성한 군사재판에 세울 것이고, 다른 에스페리안 부족들을 정복하면서 영토를 넓혀갈 것이다. 얼마가 걸릴 지는 모르겠지만 종국적으로는 에스페로 행성 전체를 장악할 것이다. 그 과정에서 최대한 많은 에스페리안을 없애버릴 것이고, 그렇지 못할 경우에는 남은 에스페리안의 혀와 손가락을 모두 잘라서라도 그들의 끔찍한 노래와 음악이 더 이상 들리지 않게 만들 것이다.

루보는 루보장치에 문제가 생기면 바로 필요한 기술적 조치를 취하라는 사카르 중장의 명령에 따라 그와 가까운 자리에 앉아 있었다. 루보장치는 지금까지는 아무 문제없이 작동했다. 루보도 귀에 루보장치를 끼고 부대원들이 주고받는 메시지, 사카르 중장이 내리는 명령을 머릿속에서 받고 있었다. 루보는 사카르 중장의 의기양양한 옆모습과 그가 거들먹거리며 내리는 명령에 그만 이 모든 일에 대한 혐오감이 들기 시작했다. 하지만, 그에게 협조하지 않았다면 어쨌을 것인가? 루보는 그로서는 어쩔 수 없었다는 변명이 통하지 않는다는 것을 알았다. 사카르 중장에게 거역해서 죽거나 아니면 몰래 빠져나가 공화국 정부로 가서 그들에게 필요한 정보를 주며 협조할 수도 있었다. 지구에서 실패한 프로젝트를 다시 하기 위해서는 새 권력자가 될 사카르 중장에게 협력해야 하기 때문이었을까?

준세와 부대원들은 청사 앞 중앙광장에 막 진입했다. 그때 공중에서 소리를 감지하는 로봇이 그들에게 에스페리안 음악이 크게 들려온다는 메시지를 전달했다. 준세는 아무 소리도 들을 수 없었다. 준세는 공화국 정부가 에스페리안 음악으로 반란군의 마음을 돌리려고 하는 최후의 방법을 쓰고 있는 것이라고 생각했다. 하지만, 들리지 않는 것을!

사카르 중장은 눈살을 찌푸렸다가 부하들이 아무 동요 없이 계속 전진하는 것을 보고 웃음 지으며 흡족함을 공유하려는 표정으로 루보를 살짝 보았다. 루보는 그가 만든 장치가 제대로 작동하는 것을 알았지만 기쁘지 않았다. 루보는 광장에 울려퍼지고 있는 에스페리안 음악을 듣고 싶었다. 나중에 어떻게 되든 혐오스러운 사카르 중장의 얼굴에서 웃음기를 지워버리고 싶었다. 모든 루보장치의 스위치를 꺼 버릴까? 그러지 못했다.

공화국의 총리와 각료들은 도망가지 않고 정부청사 지하

상황실에 모여 있었다. 에스페리안 음악을 크게 틀어도 반란군은 그대로 전진했다. 이제 더 이상 어찌 해 볼 도리가 없었다. 정보에 따르면 반란군은 귀에 외부의 소리를 차단하고 생각으로 소통하는 특수한 장치를 끼고 있다고 했다. 지금 저들에게는 아무 소리도 들리지 않는다. 동요하고 한숨 쉬고 분해하고 소리치는 각료들에 둘러싸여 총리는 조용히 생각에 잠겼다. 싸우다 죽을 것인가, 아니면 후일을 기약하고 굴복할 것인가? 싸우고자 해도 그들이 죽여주지도 않을 것이다. 자결이라도 해야 할까? 하지만, 각료들 거의 모두의 의견은 일단 굴욕을 감수하고 살아남아 후일을 도모해야 한다는 것이었다.

지구의 역사를 보더라도 적어도 20세기 정도 이후로는 무력만으로 폭압적인 통치를 하는 독재자의 권력은 그리 오래 가지 못했다. 사카르 중장은 결코 민주적인 지도자가 되지 못할 것이다. 시민들의 권리는 제한될 것이고, 강권정치에 시민들 사이에서 저항의식이 퍼질 것이다. 사카르 중장은 에스페리안을 박해하고 다른 에스페리안 부족을 침략해 일방적인 학살이 될 전쟁을 벌일 것이고 그 과정에서 많은 폐해가 생길 것이다. 오래 지속될 수 없는 체제이다.

"참담하지만 여러분의 말이 맞습니다. 어떤 굴욕과 모욕을 감수하더라도 살아남아야 합니다. 우리가 사카르 중장의 군사재판에 회부되더라도 여기 모인 모두가 다 죽게 되지는 않을 것입니다. 누구라도 살아서 정의로운 에스페로 공화국을 기필코 회복해야 합니다. 반란군이 이곳까지 들이닥치면 싸우지 않고 순순히 항복하기로 하겠습니다. 이곳 경비대에게도 무기를 버리고 투항하라고 명령하겠습니다. 무의미한 희생은 피해야 합니다. 지금은 그것이 최선이라고 생각합니다. 이의 없으십니까?"

—

중앙광장에는 공화국의 건립과 번영을 기념하는 뾰족하게 높은 석조 아라베스크와 그 앞에 지구시간으로 200여 년 전 에스페로 공화국의 기틀을 다진 초대 총리의 동상과 함께 지구인 정착 이후 지구인과 평화적인 공존 협력관계를 구축한 당시 에스페리안 지도자의 동상이 나란히 서 있었다. 그것은 두 종족간 영원한 우의의 상징이었다. 사카르 중장도 그것들을 파괴하라는 명령을 내리지는 않았다.

준세와 부대원들이 두 동상이 서 있는 곳에 가까워졌다. 준세도 이곳에 와 본 적이 있었다. 에스페로 공화국 초창기 두 종족의 지도자 동상이 나란히 서 있는 모습은 감동적이었다. 지구인은 불청객이자 침략자였지만 에스페리안을 정복하거나 해치지 않고 그들에게 손을 내밀고 기술을 지원했고, 에스페리안은 갑자기 하늘에서 내려온 지구인을 증오하거나 배척하지 않고 그들에게 땅을 나눠주고 음악을 선물했다. 그렇게 지금까지 이어져 왔는데, 이제 어쩌면 사카르 중장과 그 명령을 따르는 군대 때문에 두 동상이 상징하는 우호관계가 깨지고 참혹한 일이 벌어질 지도 몰랐다.

준세는 두 동상 앞에 꽤 많은 에스페리안이 줄지어 서 있는 것을 보았다. 그들은 지구 역사상 무모하면서도 용감한 자들이 그랬듯이 아무 무기도 없이 나란히 팔짱을 끼고 도열해 있었다. 에스페리안들도 알고 있었다. 공화국 정부가 무너지고 사카르 중장이 권력을 잡으면 자기네 삶이 위험해진다는 것을. 준세는 그들 가까이 이르렀을 때 손을 들어 부대원들을 정지시키고, 공중에 떠 있는 로봇을 통해 모여 있는 에스페리안들에게 물러나라고 말했다. 그들은 움직이지 않았다. 사카르 중장은 일말의 주저함도 없이 준세에게 발포하라고 루보장치를 통해 명령했다.

준세는 방아쇠에 손가락을 댄 채 머뭇거리고 있다가 에스페리안들의 입이 일제히 함께 움직이기 시작하는 것을 보았다. 그 순간 로봇이 공중에서 에스페리안 노래 중 하나가 들린다고 하면서 친절하게도 그 곡명까지 알려줬다. 준세는 그 노래를 잘 알고 있었다. 에스페리안이 지구인을 위하여 만들어 준 노래, 지구인이 그나마 비슷하게 따라 부를 수 있는 노래, 아마도 지구인이 가장 좋아하는 에스페리안 노래, 준세가 들을 때마다 눈물과 웃음이 나던 노래, 그 노래의 곡명은 지구인이 이 행성에 붙인 이름인 '에스페로'였다.

하지만, 노래는 준세의 귀에 들리지 않았다. 준세는 앞에 나란히 서서 노래를 부르고 있는 에스페리안들 중에서 마리를 발견했다. 둘은 서로 눈이 마주쳤다. 마리는 눈빛으로 준세에게 간절히 호소하고 있었다. 지금 에스페리안이 반란을 저지하기 위해 내세운 마지막 수단은 루보장치를 낀 반란군 병사들에게는 들리지도 않는 노래뿐이었다. 사카르 중장은, 멍청한 것들, 이라며 비웃었다. 그리고, 준세에게 뭘 하고 있느냐고 다그쳤다.

바로 그때, 누군지는 모르지만 병사 하나가 머릿속으로 따라 부르는 그 노래가 루보장치를 통해 모두의 머릿속에서 울렸다. 그것은 에스페리안이 직접 부르는 노래에는 한참 못 미치는 것이기는 했지만, 머릿속에서 기억에 따라 부르기 때문에 지구인이 입으로 소리를 내어 따라 부르는 것보다는 그래도 훨씬 에스페리안의 노래에 가까운 것이었다. 게다가 그 노래는 에스페리안이 지구인이 쉽게 듣고 그래도 좀 비슷하게 따라할 수 있게 지구인 수준에 맞춰 만들어 준 곡이었으니. 누군가가 규율을 어기고 오른손 엄지와 검지를 맞붙인 채 머릿속에서 노래를 따라해 루보장치를 끼고 있는 모두에게 그 노래가 울리게 하고 있었다. 루보는 누구로부터 그 노래가 나오고 있는지를 바로 확인해서 알려줬고, 사카르 중장은 그 병사에게 당장 그만하라고 명령을 내렸다. 듣기도 싫은 그 혐오스러운 노래가락이 머릿속에서 울리다니! 그는 준세에게 당장 그 병사를 사살하라고 명령했다.

그러나, 이제 그 한 명만이 아니었다. 노래를 머릿속으로 따라 부르는 병사는 점점 늘어났다. 이내 한 명이 시작한 머릿속 노래는 합창이 되어 루보장치를 귀에 낀 모든 이들의 머릿속에 울려 퍼졌다. 외부에서 들리는 에스페리안 음악을 차단하기 위해 만들어진 루보장치는 장착한 사람이 마음대로 끌 수 없게 설계되었기 때문에 사카르 중장도 꼼짝없이 그 머릿속 합창을 듣고 있어야 했다. 루보장치는 이어폰처럼 마음대로 빼낼 수도 없었다. 사카르 중장은 참을 수 없는 분노의 비명을 질렀다. 그의 부하들은 모두 전진을 멈췄고 줄지어 선 에스페리안을 향해 겨눴던 총구를 내렸다. 사카르 중장은 미친 듯이, 전진하라, 사살하라, 진입하라, 명령을 내렸지만, 그 명령은 병사들이 머릿속으로 부르는 노래의 파도에 휩쓸려 밑으로 가라앉아 거의 들리지 않았다.

루보는 눈을 감고 그 노래의 울림을 느끼고 있었다. 아니, '듣고' 있었다. 머릿속에서. 루보는 태어나서 처음으로 음악을 느꼈다. 처음으로 에스페리안 노래를 '들었다.' 모든 것을 잊고 그저 그렇게 그 노래의 울림에 자기를 맡겼다. 비록 지구인 병사들이 머릿속으로 따라 부르는 불완전한 노래였지만, 루보에게는 그 자체로 놀라운 것이었다. 마음이 무너져 내렸다. 루보의 뺨에 눈물이 흘러내렸다. 아, 이런 것이었구나! 자기가 만든 장치가 이렇게 사용될 수 있을 줄은 몰랐다. 루보는 이번에는 쉽게 끄고 뺄 수 있도록 설계한 루보장치를 에스페리안의 귀에 장착해서 그들이 머릿속으로 부르는 노래를 느껴 보겠다고 마음먹었다. 꼭 그럴 것이다. 루보는 사카르 중장에게 감사한 마음이 들 지경이었다. 루보는 계속 흐르는 눈물 때문에 앞이 보이지 않았다.

그 노래의 합창과 사카르 중장이 외치는 소리 사이로 이젠 하나둘씩 이런 말이 떠오르기 시작했다. 우리는 반역을 거부한다. 에스페리안은 우리의 친구이다. 우리는 공화국의 군대이다. 우리는 사카르 중장의 사병私兵이 아니다. 사카르 중장은 물러나라.

주체하기 힘든 기쁨에 휩싸인 루보는 자기도 모르게 모두에게 전달되도록 머릿속으로 이렇게 외쳤다. 그날 그 바에서 그대들의 동료를 죽게 만든 자는 바로 사카르 중장이었다. 다 거짓이고 허위였다. 그대들도 다 알고 있지 않았는가? 그대들은 사카르 중장을 체포하라. 그러면 모든 것이 끝난다. 공화국 만세.

사카르 중장은 루보의 얼굴과 입술과 손가락을 보고 그것이 루보에게서 나온 말이라고 직감했다. 말의 내용도 그의 부하가 아니라 루보가 할 만한 것이었다. 더러운 배신자! 머릿속에서 악마들이 와글대는 것 같은 노래와 말이 끊이지 않아 이성을 잃을 지경이 된 사카르 중장은 총을 꺼내 루보의 머리를 향해 겨누고 쏘았다. 머리에 총구멍이 뚫린 루보는 뒤로 쓰러져 바닥에 누웠다. 죽은 루보의 얼굴에는 야릇한 웃음이 남아 있었다. 후회는 보이지 않았다.

사카르 중장은 끊이지 않는 머릿속 '소리'의 소용돌이에 미칠 것 같았다. 제발 이 머릿속 소리를 꺼 줘! 하지만, 그 장치를 제어해 줄 수 있는 루보는 방금 자기가 죽여 버렸다. 루보의 부하이든 조수이든 누구든 루보 말고도 루보장치를 조작할 자가 또 있겠지만 그게 누군지 알 수 없었다. 이제 아무도 그의 편은 없는 것 같았다. 루보가 쓰러진 후 상황실에 있는 다른 부하들은 정신이 나간 것 같은 사카르 중장을 그냥 보고만 있었다. 상황실 스크린에는 중앙광장까지 갔던 병사들이 비행정을 나누어 타고 본부로 돌아오는 모습이 비쳤다.

사카르 중장의 뒤에 있는 문이 열리고 총을 든 두 명의 장교가 들어왔다. 그들은 사카르 중장에게 총을 겨누고 총을 버리라고 머릿속으로 외쳤다. 그중 하나는 사카르 중장의 지시에 따라 바에 폭탄을 설치한 자였다. 아직도 끔찍한 노래와 그에게 거역하는 말은 사카르 중장의 머릿속에서 끊이지 않는 빗소리처럼 울려대고 있었다. 이제 그만 좀 하란 말이야! 아무도 그 명령을 따르지 않았다. 더 이상 누구도 그를 지휘관으로 여기지 않는 듯했다. 이렇게 다 끝난 것인가? 끝났으면 조용하기라도 해야 하는데, 그의 머릿속은 여전히 지옥처럼 들끓었다.

사카르 중장은 들고 있던 총을 자기 관자놀이에 대고 방아쇠를 당겼다.

도서관을 따라서

이혼했다. 이제는 너무 흔하게 된 이혼이지만, 내게는 그 전까지 애써 최선의 길을 선택하며 꾸준히 구축해 왔다고 믿은 내 세상의 한 구석이 무너져 내린 것이었다. 왜 그렇게 됐을까? 어느 한쪽만의 잘못이라고 할 수는 없겠지만, 어쨌든 남편은 바람을 피웠다. 그리고, 나는 더 이상 그와 같이 할 수 없었다. 참 똑똑하고 잘난 남자였는데, 왜 그랬냐는 내 물음에 그는 그저 미안하다고만 했다. 의사였던 그는 나와 이혼하고 나서 바람을 피웠던 상대하고도 금세 헤어졌고, 그 후 얼마 지나지도 않아 자기 병원에서 일하던 후배 의사와 결혼했다.

여섯 살인 딸아이는 내가 맡아서 키우기로 했다. 그는 이혼할 때는 모른 척하더니 재혼한 후에는 '일에 파묻혀 사는'

내가 혼자서 애를 키우기는 어려우니 자기가 맡겠다고 했다. 나는 절대로 다른 여자가 내 아이를 키우는 것은 볼 수 없다면서 거절했다. 그와 그의 새 배우자도 하루 종일 일하는 사람들이 아니냐 따지니 그는 자기 어머니에게 맡길 생각이었다고 했다. 그 말을 들으니 더 싫어서 더 이상 아이를 키우겠다는 말은 하지도 말라고 했다. 아이 아빠이니 보고 싶으면 미리 연락하고 오면 보게 해 주겠다고 했다. 하지만, 그는 몇 번 다녀간 이후로는 아이를 보러 오지도 않았고, 점차 연락도 하지 않았다. 딸은 처음에는 아빠를 보고 싶어했지만, 차차 잊어갔다.

아이가 죽었다. 유치원 버스에서 내려 바로 집으로 오지 않고 친구 따라 다른 아파트 단지 놀이터에 가서 놀고 집에 돌아오는 길에 배운 대로 오른손을 번쩍 들고 횡단보도를 건너다가 신호를 무시하고 과속하던 자동차에 치어 한참 공중을 날아가 떨어졌다. 집에서 손녀가 돌아오길 기다리고 있던 내 아빠가 경비원에게 소식을 듣고 달려나갔을 때 아이는 머리가 깨진 채 이미 숨이 끊어져 있었다. 119 구급차가 곧 도착했지만 구급대원들은 아이 상태를 살펴보고 아빠에게 고개만 가로저었을 뿐 아무것도 할 수 없었다. 전 남편은, 나 때문에 아이가 죽었다고, 그러니 애초에 자기한테 맡겨야 했다고, 나는 엄마 자격이 없다고, 소리질렀다. 그 말이 틀린 말이라는 것은 알았지만, 나는 아이를 내가 죽인 것만 같았다.

아빠는 얼마 후 폐암 말기 선고를 받았다. 담당의사는 수술도 소용없다고 했다. 얼마가 남았는지는 정확히 말할 수 없지만 아마도 1년을 넘기지 못할 거라고 했다. 나는 아빠한테 어째서 평소에 건강검진도 제대로 받지 않았냐고 울면서 뭐라고 했다. 엄마는 오래전에 이미 돌아가셨는데, 아이에 이어서 아빠까지 내 곁을 떠날 것이라고 생각하니 나는 뭐 하러 계속 살아가나 싶었다. 내가 일을 통해 이루어 내려고 했던 것이 가족이 다 사라지고 난 이후에는 과연 무슨 의미가 있을지 알 수 없었다. 내가 정말로 이 일을 사랑하고 좋아해서 그 길고 힘든 과정을 다 거쳐온 것일까?

아빠는 딸이 겪는 고통을 조용히 지켜보다가 홀연 죽기 전에 혼자 여행을 떠나겠다고 했다. 오래전부터 가 보고 싶었지만 아직 못 가 본 곳을 죽기 전에 가 볼 거라고 했다. 짐을 싸서 집을 나서는 아빠는 내게 슬픈 듯, 홀가분한 듯, 기쁜 듯, 나아가 성스러운 듯 보였다. 몇 개월 후 돌아온 아빠는 반 년을 더 사셨다. 어디에 갔다 왔냐고 물으니 아빠는 웃으면서 그저 '여기저기'라고만 답했다. 좋았냐고 물으니, 더할 나위 없이 좋았다고 했다. 그러더니 아빠는 내게 풀로 봉해 놓은 봉투를 하나 주면서 자기가 죽고 나면 열어 보라고 했다. 절대 그 전에는 열어보지 말라고 했다.

아빠가 세상을 떠난 뒤 나는 직장도 그만두었다. 그만 살고 싶었다. 십 년 넘게 일했던 로펌 문을 나올 때 잠깐 뒤를 돌아보았지만, 아쉬움은 없었다. 그 시간은 하찮게 느껴졌다. 여전히 그 안에서 바쁘게 움직이는 사람들은 유령 같았다. 내가 떠나는 모습을 길게 지켜보는 사람도 없었다. 내가 맡던 몇몇 주요 회사를 고객으로 넘겨받은 동료 변호사는 덕분에 늘어날 수입 때문인지 섭섭함 뒤로 기쁨을 완전히 감추는 데에 실패했다.

며칠 동안 혼자 집에 멍하니 있었다. 아무 데도 가고 싶지 않았다. 어떤 먼 나라의 이국적인 광경도 새롭지 않을 것이었다. 누구도 만나지 않았고, 전화도 받지 않았다. 이 사람 저 사람에게 내가 왜 일을 그만두는지 반복해서 설명하고 나를 걱정하는 듯한 눈길을 다 받아내야 할 것이었다. TV도 틀지 않았다. 세상 돌아가는 꼴이 하나도 궁금하지 않았다. 음악도 듣지 않았다. 내 마음속에 음악이 울릴 공간이 없었다. 끼니를 건너뛰기 일쑤였고, 체중계에 올라 놀랍게 줄어든 숫자를 보고도 그다지 놀라지도 않았다.

아빠가 편안한 얼굴로 돌아가신 후 형제도 없었던 나 혼자 장례를 다 치르고 나서 텅 빈 집에 돌아와 침대에 하루 종일 누워 있다가 문득 아빠가 준 봉투가 생각나 열어 보았다. 그 안에는 쪽지 하나가 들어 있었는데, 거기에는 내가 사는 동네 도서관의 서가 번호와 책 한 권의 제목이 적혀 있었다. 그것이 남겨줄 재산도 없었던 아빠가 남긴 유일한 유언이자 재산이었다.

어쩌라는 건지 알 수 없었지만, 나는 그 쪽지에 적혀진 대로 집 근처 도서관에 가서 그 책을 찾았다. 미셸 투르니에의 『마왕』. 들어본 적도 없는 책이었다. 열람실에 앉아 책을 읽고 있는 사람들은 나와는 달리 평화로워 보였다. 나도 그 틈에 끼어 그 책을 읽었다. 오랜만이었다. 처음에는 공허한 마음에 글자를 따라가기도 힘들었지만, 곧 나도 세상도 잊고 그 안으로 빠져들어갔다. 이런 끔찍한 남자와 지독한 세상의 이야기라니. 대체 이런 이야기는 누가 왜 쓰는 건지. 아빠는 이런 책을 왜 나더러 읽으라고 한 건지. 그 다음 날 다시 왔고, 그 다음 날 또 왔다. 그렇게 사흘만에 그 책을 다 읽고 마지막 장을 넘기니 그 끝에 또 다른 도서관의 이름과 서가 번호와 책 제목이 적혀 있었다. 아빠의 글씨였다. 웃음이 났다. 어떻게 하나? 따라가볼 수밖에. 다른 할 일도 없지 않은가?

나는 몇 개월 동안 전국 구석구석 도서관들을 찾아다녔다. 여행을 떠났던 몇 개월 동안 아빠는 이 도서관들을 내가 다니는 순서와는 역순으로 다니며 딸을 위해 고른 책 끝부분에 메모를 남겨놓았을 것이다. 아빠가 출발한 첫 도서관이자 내가 도착할 마지막 도서관은 아마도 내가 어릴 적 살던 고향 동네의 작은 도서관일 것이다. 아빠가 도서관장으로 일했던 그곳.

어떤 곳에서는 며칠 묵으며 책을 읽었고, 찾는 책이 대출되어 서가에 없을 때는 연락처를 남겨놓고 집에 돌아왔다가 며칠 후에 다시 찾아가기도 했다. 생전 처음 가보는 지방 소도시의 어느 도서관 열람실에 앉아서 아빠의 메모가 남아 있는 낡은 책을 읽는 느낌은 특별했다. 작은 도서관이 있는 동네를 걸으며 시장과, 식당과, 가게에서 사람들을 만났다. 어느 이름난 국내외의 여행지보다도 어쩌면 세상의 구석이라고 할 수도 있는 그곳들이 내게는 더 좋았다.

내가 외지인인 것을 알고 바로 좀 덜한 사투리로 말투를 바꾸는 시장 아줌마한테서 과연 내가 먹을지 어떨지 모를 잔멸치 큰 봉지 하나를 샀다. 내가 과연 죽기 전에 여기 다시 올 일이 있을까 하는 느낌이 드는 작은 강가에서 흔들리는 꽃을 보며 한참을 앉아 있었다. 외진 마을 작은 장례식장 앞에서 울고 있는 사람들을 보고 세상 어디서나 사람들은 계속 죽어서 남은 사람들을 슬프게 한다는 걸 알았다. 손바닥만 한 시외버스 터미널 대합실에서 이제 몇 편 남지도 않은 버스편을 기다리다가 점점 사라지고 허물어져가는 것들의 한숨을 듣는 듯했다. 어느 절로 걸어가는 길에 두서없이 내게 말을 걸어 자기 얘기를 한참 하던 어느 촌로에게서 삶의 쓸쓸함을 느꼈다.

아빠가 고른 책들. 그 책들은 아빠가 나에게 들려주고 싶었던 이야기를 대신하고 있는 것 같았다. 물론, 내 취향이 아빠 취향과 똑같지는 않았기 때문에 그 책들이 다 내 마음에 들지는 않았다. 제대로 이해하기 어려운 것들도 있었다. 어쨌든, 서두르지 않고 다 읽어 내기로 했다. 가끔은 이렇게 말하고 싶기도 했다. 아빠, 이 책은 너무 구닥다리 같은 거 아시죠? 꼰대 같다니까요.

나는 마지막 책 속에 아빠가 남긴 진짜 유언이 있을 것이라고 생각했다. 그건 천천히 보고 싶었다. 아빠가 책 끝에 남긴 메모를 슬쩍 미리 봤더라도 한 권의 책을 다 읽기 전에는 다음 도서관으로 가지 않기로 했다. 그래야 할 것 같았다. 아빠가 세상을 떠난 다음에 비로소 같이 이렇게 긴 여행을 함께 하게 되다니. 내 속에서 뭔가 조금씩 씻겨 나갔다.

책을 읽다가 열람실 창밖을 보면 비가 오기도 했고, 눈이 오기도 했다. 아이들 뛰노는 소리에 잠시 책에서 눈을 떼고 내 어린 시절, 죽은 내 아이의 어린 시절을 생각하기도 했고, 아빠의 어린 시절을 상상하기도 했다. 세상의 구석에서 날 기다리고 있던 저자들과 책 속의 인물들이 좋든 싫든 내게 눈짓하고 말을 건넸다. 책 속의 모든 악인들도 그저 정겨웠다. 나도 죽어 책 속에만 존재하고 싶었다.

마침내 내 고향 동네의 그 도서관에 왔다. 여기가 마지막일 것이다. 설렜고, 짧지 않은 여정이 끝난 것이 아쉬웠다. 마지막 메모를 들고 서가 앞으로 갔다. 마지막 책은 에밀 졸라의 『인간짐승』. 이틀간의 고통스러운 독서였다. 대체 아빠는 무슨 생각으로 이런 책을 마지막으로 골랐는지 묻고 싶었다. 하지만, 끝부분에서 떨어져 죽은 기관사들 없이 돌진하는 출정기차 안을 가득 채우고 술기운에 떼로 군가를 부르는 병사들을 상상해 보니 뭔가 알 듯 말 듯하기도 했다. 잊었는지, 책에 빠졌는지, 아빠의 마지막 유언은 최대한 늦게 보고 싶었는지, 이번에는 마지막 장을 먼저 펼쳐보지 않았다. 숨을 돌리고 마지막 장을 펼치니 그 도서관의 어느 사무실 위치와 누군가의 이름이 적혀 있었다. 끝에 물음표가 붙어 있었다. 기대했던 다른 유언은 없었다.

내 옛사랑. 나보다 부족해서 나와 어울리지 않는다고 생각했던 남자. 잘난 나는 당연히 더 훌륭한 남자를 만나야 한다고 생각해 이별을 고한 남자. 우리가 사귈 때 아빠는 그를 좋아했다. 나는 그때 알았다. 잊고 있었지만, 잊지 못했다.

한참을 망설이다 떨리는 걸음으로 그에게 다가갔다. 그는 내가 올 것을 알고 있었던 것 같았다. 열람실에서 책을 읽고 있는 나를 멀리서 보았을지도 모른다. 그를 보니 눈물이 났다. 우리는 인사했다. 그에게 할 얘기가 많았다. 물어볼 것도 많았다. 미안했다고 말하고도 싶었다. 우리에게 남은 시간은 얼마나 될지.

딸이 이혼했다. 사위가 바람을 피웠다는데, 나로서는 어쩔 수 없었다. 사위는 누가 봐도 잘난 놈이었지만, 나는 처음부터 이상하게 그가 그렇게 마음에 들지는 않았다. 상견례에서 그의 부모가 나를 좀 무시하는 듯해서 기분이 상하기도 했지만, 딸이 사랑하는 사람이고 직업도 번듯하니 다 괜찮다고 생각했다. 딸은 내게 성공하고 잘난 사람에 대한 열등감이 있다는 말까지 했다. 잘나고 자랑스러운 딸이 하는 말이라 그저 한 귀로 들어 넘겼지만 과연 내 삶이 그렇게 못난 것이었나 되돌아보게 됐다. 성공과 잘남의 기준이 나와는 다른 사람들에게 썩 내세울 만한 삶은 아니었지만 나 자신에게는 결코 부끄럽지도 못나지도 않은 삶이었다.

손녀가 사고로 죽었다. 연락을 받고 급히 사고현장으로 뛰어갔을 때 아이는 이미 죽어 있었다. 깨진 머리에서 흐른 피가 아스팔트 도로에 번져 있었다. 경찰과 구급차가 와 있었고 호기심에 찬 눈으로 사람들이 모여들었다. 참담했다. 내가 해 줄 수 있는 일이 없었다. 유치원 버스가 서는 곳까지

나가서 아이가 차에서 내리는 대로 바로 집으로 데리고 오지 못한 것이 후회됐다. 딸은 내 잘못이 아니라고 했지만, 그날의 일은 죽을 때까지 지울 수 없는 회한으로 남았다.

딸은 한동안 밥도 제대로 먹지 않고 죽은 사람처럼 누워만 있었다. 그러다가 갑자기 가슴을 찢는 듯한 울음을 울었다. 나도 옆에서 울면 안 될 것 같아서 매일 간신히 울음을 참고 입에 대려고도 하지 않는 밥도 떠 먹여주고 소용도 없는 위로의 말도 건네면서 딸을 보살폈다. 그래도 얼마간 시간이 지나 딸은 자리에서 일어나 배가 고프다며 밥도 먹고 밖에 나가 햇빛도 쐬었다. 나는 한숨을 돌리고 딸과 같이 나가 천천히 공원을 걸었다. 서로 별말은 하지 않았다. 그렇게 낮게 깔린 슬픔을 헤치며 시간이 갔다.

그러던 어느 날, 나는 갑자기 가래에 피가 섞여 나오고 가슴에 통증이 심해져서 병원에 갔다. 이런저런 검사를 한 결과 의사는 내게 폐암이라고 했다. 이제는 수술하기도 늦었고 얼마 못 살 거라고 했다. 난 괜찮다고 했다. 그 와중에 나까지 아픈 게 딸에게 미안할 뿐이었다. 딸에게도 솔직히 말했다. 딸은 울었다. 아빠까지 떠나면 자기는 어떻게 하냐며. 그러면서 돈은 많이 모아 놓았으니 치료에 필요한 건 자기가 다 해 주겠다고 했다. 나는 병원은 다니겠지만 더 이상 치료를 받지 않을 것이고 의사가 처방해 주는 진통제로 버티다가 조용히 갈 테니 내 의사를 존중해 달라고 했다. 살 만큼 살지 않았는가 말이다.

살 날이 얼마 남지 않았다는 것을 알고 나니 매일 과거의 온갖 일들이 줄을 지어 떠올랐다. 그러다가 딸이 어릴 때 사귀었던 고향 마을의 남자 기억이 났다. 나지 않을 수가 없었다. 나는 그 녀석이 마음에 들었다. 서울대를 졸업하고 변호사가 된 딸은 서울 사람들은 들어도 어딘지 모르기 십상인 지방 대학을 졸업하고 고향 마을의 작은 도서관에서 일하는 그를 버렸다. 누구나 그렇게 될 거라고 예상한 으레 일어날 만한 일이었다. 너무 예상대로 흘러가서 나는 참으로 실망스럽기도 했다. 내가 세상물정을 몰라서 그랬는지 딸은 좀 다를 것이라고 기대했건만. 딸이 그 녀석하고 살았더라면 헤어지지 않고 잘 살지 않았을까? 사람 일은 모르는 일이긴 하다.

그런데 나는 무심코 지나가던 대화 중 딸에게 그의 이야기를 툭 꺼냈다가 그 이야기를 듣는 딸의 눈빛과 그가 어찌 살고 있는지를 묻는 딸의 목소리에서 그에 대한 그리움과 회한을 읽어냈다. 그 후에도 몇 번 그랬다. 이혼하고 아이까지 잃은 지금, 딸이 과거에 그 안으로 걸어 들어갔던 사회적 위계에 기한 판단의 틀은 다 깨지지 않았을까?

그래서 나는 고향에 남아 있는 친구를 통해 현재의 그에 대해 알아보았다. 친구에 따르면 그는 한때 결혼할 뻔했지만 결혼식을 얼마 안 남기고 여자가 서울로 떠나 버렸고 그 후로도 쭉 혼자 산다고 했다. 여자에게 다른 남자가 있었단다. 못난 놈. 한 번으로 부족했구나. 그리고, 여전히 내가 있던 그 도서관에서 일하고 있다고 했다. 몇 날 잠을 설치며 생각하다가 나는 딸에게는 말하지 않고 일단 가서 그를 만나 보기로 했다. 죽기 전에 혼자 여행하고 싶다는 진부하고 감상적인 거짓말을 남기고 나는 떠났다.

어찌어찌 연락이 닿아 그와 도서관 근처 커피숍에서 만나기로 약속했다. 그는 일 때문에 조금 늦겠다고는 했는데 생각보다 꽤 늦길래 나는 빈 커피잔을 앞에 두고 핸드폰을 꺼내 퍼즐게임을 하고 있었다. 왔지만 내가 게임에 열중해 있어서 조용히 뒤에서 내가 하는 것을 보고 있었는지 그는 내가 퍼즐 깨는 것에 실패하고 게임 앱을 꺼 버리자마자 내게 인사하고 앞자리에 앉았다.

관장님, 게임도 하시네요. 저도 그거 잠깐 했었습니다.

이런 실없는 녀석. 그도 그새 나이가 들어 보였다. 하지만, 두 번의 버림받음에도 불구하고, 아니 어쩌면 그것 때문에, 그는 예전과는 달리 오히려 편안하고 여유 있어 보였다. 그는 무너지거나 부러지지 않았다. 어떻든 자신을 추스르고 강해졌다는 인상을 받았다.

그는 내 딸이 이혼한 사실, 내 손녀가 사고로 죽은 사실도 알고 있었다. 어떻게 알았는지는 묻지 않았다. 내가 폐암 걸린 사실은 모르길래, 말해 주었다. 곧 죽을 거라고 했다. 놀라서 말을 잇지 못하는 그에게 술이나 마시자고 했다. 머뭇거리는 그에게 난 간암이 아니라 폐암이니 괜찮고, 또 술 마셔서 나빠진다 해도 한 두 달 일찍 죽을 뿐이니 괜찮다고 했다. 그날 우리는 술을 꽤 많이 마셨다. 많은 이야기를 했다.

그는 원래 그런 놈이었지만, 속내를 감추지 못하고 드러냈다. 나는 그에게 대놓고 아직 내 딸을 좋아하는지 물어봤다. 그는 내 딸을 못 잊었다. 그리워했다. 보고 싶어했다. 딸이 겪은 일들에 자기 일처럼 마음 아파했다. 헤어졌다는 여자는? 그 여자도 사랑했단다. 아니었다고 했으면 마음에 안 들 뻔했다. 그 여자에 대해서는 그 이상 묻지 않았다. 그리고, 나는 내 딸의 마음속에도 여전히 그가 있다고 말해 주었다. 어릴 때부터 너희가 같이 한 시간이 얼마였는지 잊었는가?

그 다음 날 다시 만나 해장국을 같이 먹으며 나는 내 계획을 이야기했다. 나는 진심으로 너희 둘이 다시 시작하면 좋겠다. 하지만, 먼저 널 차버리고 떠났던 그 아이가 내가 말한다고 바로 오지는 못할 거다. 시간이 필요하고 또 다른 무엇인가가 더 필요하다. 그는 고개를 끄덕였다.

기다리겠습니다. 오지 않더라도 괜찮습니다. 관장님께서 말씀해 주신 계획은 뭐랄까, 제 생각에는 너무 낭만적이고 비현실적인 것 같긴 합니다. 참 관장님 다우십니다. 그래서 관장님이 좋습니다. 저는 관장님께서 이렇게 찾아 주신 것만으로도 너무 감사합니다. 그리고, 정희의 마음 한 구석에 저도 남아 있다는 것을 알아서 너무 기쁩니다. 그걸로 됐습니다.

이게 맞는 것일까? 딸이 꼭 다시 남자를 만나야 할까? 그런데, 저 녀석도 내 계획에 믿음이 없는데, 과연 정희가 내 계획대로 여기까지 올까? 여기로 오는 길은 매끈한 길이 아니라 울퉁불퉁한 길이다. 내가 주고 싶은 건 위로가 아니다. 나는 딸이 마지막으로 읽기를 바라는 책을 골라 그 끝에 사무실 위치와 그의 이름을 적어 놓았고, 서가번호를 메모했다. 그리고, 그의 이름 뒤에 물음표를 그려 놓았다. 내 마지막 메모가 정답이나 명령이 아닌 물음이기를. 한 번 물어볼 가치가 있으나 차마 꺼내 묻지 못하고 있는 물음. 스스로 대답하기를. 아니라면, 일어나 그냥 돌아가기를. 그 전에 내가 깔아 놓은 길을 따라 부디 여기까지 오기를.

우리는 이게 끝이야. 내 딸이 여기 온다면, 그 때 이미 나는 죽었을 테니까. 혹시 온다면 그 아이는 내가 죽고 나서 몇 개월이 지난 뒤에 올 거야. 그리고, 딸에게 나 죽고 난 후 부고를 보낼 사람들 리스트를 맡겨 놓을 텐데 그중에 네 이름도 넣어 놓을 거니, 내가 죽으면 너도 어떻든 알게 될 거야. 다만, 절대 내 장례식에 올 생각은 하지 마. 장례식에서 내 딸을 만나면 안 된다. 내 생각은 그렇다. 됐다, 울지 마라, 그동안 잘 살다 가는 것이니까.

우리는 한 번 껴안고 헤어졌다. 내게 남은 시간이 별로 없었다. 서둘러야 했다. 멀리 나무 아래에 먼저 떠난 아내의 모습이 언뜻 보이는 듯한 착각이 들었다. 미안하고, 그리웠다. 걷다가 몇 번 돌아보니 그는 들어가지 않고 내가 멀어지는 모습을 계속 지켜보고 있었다.

―

그녀는 하얀 바탕에 줄무늬와 병원 이름이 파란색으로 인쇄된 헐렁한 환자복을 입고 병실 침대에 앉아 있었다. 나머지 침대 두 개 중 하나는 비어 있었고, 다른 하나에는 중년 여성 환자가 벽을 보고 모로 누워 있었다. 그녀는 나를 보았다가 창 쪽으로 시선을 돌렸다가 눈이 부셔 눈을 감았다가 다시 나를 보았다. 모로 누워 있던 환자가 몸을 일으켜 내가 온 것을 보고는 자리를 피해 주려는 것인지 밖으로 나갔다. 그녀가 내다보던 창 밖에는 바람에 흔들리는 나뭇잎이 보였다.

내가 서울에 있는 병원에서 연락을 받은 건 이틀 전이었다. 자기가 신경정신과 의사라고 밝힌 여자는 그 병원에 입원해 있는 그녀가 나를 한 번 만나고 싶어한다고 하고는 치료에 도움이 될 것 같으니 와 줄 수 있겠냐고 물었다. 나는 그녀가 어디가 아픈지 물었고 의사는 나름대로 친절하게 설명해 주었다. 공황장애인데 심한 건 아니고 1주나 2주 후에 퇴원할 수 있을 거라고 했다. 정확히 그것이 어떤 병인지는 몰랐지만 유명 연예인들도 종종 걸리는 병이라는 것은 알고 있었다. 나는 다음 날 바로 가겠다고 했다.

서울에 꽤 오랜만에 왔다. 고속버스터미널 앞에서 미리 알아 놓은 버스를 타고 병원으로 갔다. 사람과 차가 가득하고 빌딩들이 여기저기 마구 솟아 있는 서울은 내게는 참 정이 안 가는 곳이었다. 버스에서 내려 휴대폰 지도를 이리저리 돌려보며 찾아간 병원도 아주 컸다. 정문을 통과해 로비로 들어 가니 엄청나게 높은 천장 아래의 시골 학교 운동장보다 커 보이는 공간에는 온갖 병을 짊어진 아픈 사람들이 아직 끝나지 않은 남루한 삶을 대체 어찌해야 할지 모르겠다는 듯이 의기소침하게 오가고 있었다.

그녀는 나를 보고 가만히 있다가 말했다. 여긴 왜 왔어? 화난 목소리는 아니었다. 얼굴에는 반가움이 보였다. 그녀가 나를 향해 보이는 반가운 표정은 얼마만에 보는 것인지. 그녀는 무슨 말을 해야 할지 몰라 어정쩡하게 서 있는 내 손을 잡고 휴게실로 데리고 갔다. 표지에 반들반들 윤이 나는 잡지 몇 권이 놓인 동그란 유리 탁자를 사이에 두고 마주보고 앉아 우리는 내가 사 온 요구르트를 하나씩 마셨다. 그녀의 눈빛이 몽롱해 보이기도 했다. 아마도 약 기운 때문일 거라고 생각했다. 내가 아무것도 묻지 않고 있자 그녀가 먼저 자기 얘기를 하기 시작했다.

나, 공황장애래. 좋아졌어. 곧 퇴원할 거야. 그 남자하고는 오래전에 끝났어. 이런 말 한다고 오해하지는 마. 내가 너하고 다시 잘 해보려고 하는 건 절대 아니야. 너한테도, 그 지긋지긋한 동네로도 돌아가진 않아. 돌아가지 못해. 참, 이미 알고 있는지 모르겠지만, 우리 만나기 전 네가 좋아했던 그 언니도 이혼한 지 꽤 됐다더라. 그 후에 아이가 사고로 죽었고, 얼마 전에는 아버지도 폐암으로 돌아가셨대. 좀 안 됐더라. 내가 그런 일을 당했으면 죽어버렸을 거야. 그 언니가 우리 동네 스타였지. 맞아, 나도 그 언니가 샘나고 부러웠어. 너하고 사귄 건 진짜 의외였지만. 그 언니는 너의 어디가 좋았을까? 하지만, 그 언니가 너를 버리고 가더니 얼마 안 있어 서울에 있는 어느 잘 사는 집 잘난 아들하고 결혼한다고 사람들이 그랬을 때, 난 더 이상 그 언니가 그렇게 대단하게 생각되지 않더라. 별 수 없구나, 하고. 그런데 말이야, 이제 와서 말이지만 나는 네가 아깝다고 생각해. 정말이야.

우리는 간호사 허락을 받고 밖으로 나와 병원 앞 정원을 걸었다. 환자복을 입은 사람 몇 명이 벤치에 앉아 핸드폰을 보거나 담배를 피우고 있었고, 잔디 위에 누워 있는 까만 고양이 한 마리가 입이 찢어질 듯이 하품을 했다. 우리는 하나마나 한 이야기를 좀 하다가, 이내 서로 별 말없이 걸었다. 비가 올 것 같았다. 우리가 서로를 사랑한다고 말하던 때에 마주보고 했던 이야기들을 되새겼고, 우리가 서로를 사랑하지 않는다는 것을 알았을 때에 소리지르며 싸웠던 장면들을 떠올렸고, 그녀가 한 번도 뒤돌아보지 않고 떠나던 뒷모습을 기억했다.

나, 이모가 하는 식당에서 같이 동업해 일하기로 했어. 걱정 마, 잘 살 거야. 다시 이렇게 아프지 않아. 주소 알려 줄 테니까 서울에 올 일 있으면 식당에 들러. 잘 해 줄게. 이제 와서 이런 말이 무슨 의미가 있을지 모르겠는데, 고백 하나 하면, 네가 내 타입은 아니지만 내가 만난 남자들 중 제일 괜찮은 사람이긴 했어. 그래도 우리, 결혼까지 안 한 건 잘 한 일이었어. 그렇게 생각하지 않아? 내가, 정말 미안해. 그리고, 와 줘서 고마워. 너도 잘 살아. 이리 와 봐. 우리 마지막으로 한 번 안아 보자.

그녀를 안았을 때 그녀가 그새 많이 여위었다는 것을 느꼈다. 나는 병원 정문까지 나와서 손을 흔드는 그녀를 몇 번 돌아보며 인사를 하고 큰 길가로 나와 택시를 타고 고속버스 터미널로 왔다. 버스표를 사고 보니 버스 시간까지 좀 시간이 남았길래 망설이다가 꽤 오래전에 끊었던 담배 한 갑을 사서 유리로 된 흡연실로 들어가 한 대 피워 물었다. 추방당해 버스를 타고 멀리 떠나야 하는 것 같은 추레한 사내들이 담배 연기 속에 구부정하게 서 있었다. 담배 한 모금을 깊이 빨아들였다. 어지러웠다. 절반 남은 담배를 바닥에 던지고 발로 비볐다. 다시 안으로 들어와 대합실에 앉았다. 사람들이 웅성대는 소리로 머리가 울렸다.

그때 나는 사람들 사이에서 정희를 보았다. 처음에는 헛것을 보는 것 같았지만, 정희가 맞았다. 오래 보지 못했지만 내가 정희를 못 알아볼 리 없었다. 다행히 정희는 나를 보지 못했다. 정희는 시계를 보며 탑승구를 향해 걸어갔다. 나는 홀린 사람처럼 옆 탑승구를 통해 버스승강장으로 나가 사람들 뒤에 숨어 그녀를 보았다. 그녀는 손에 들린 버스표와 버스 앞 유리에 붙어 있는 목적지를 확인하고 버스에 올랐다. 앞 유리에는 내가 가 본 적 없는 어느 먼 도시의 이름들이 쓰여 있었다. 곧 그녀가 탄 버스가 출발했다. 나는 그 버스가 터미널을 빠져나가 멀어지는 걸 지켜보고 서 있었다.

나는 그녀가 죽은 아버지가 깔아 놓은 길을 따라 나에게 오는 길 위에 이미 있다고 생각했다. 그냥 안 가 본 도시로 여행을 가는 것일 뿐 그 길을 따라오는 것이 아닐 수도 있었지만, 나는 틀림없이 그렇다고 믿었다. 도망치고 싶은가? 내게 온다면 다시 사랑할 자신이 있는가?

　나는 주위의 사람들을 보았고, 하늘을 보았고, 바닥을 보았고, 늘어서 있는 버스들을 보았다. 낯선 세상에 막 던져진 사람처럼 한동안 그렇게 서 있다가 버스에 올랐다. 자리에 앉아 창 밖을 보았다. 비가 오기 시작했다. 1년 동안은 휴가도 내지 않고 자리를 지키고 있자. 혹시 그녀가 온다면, 왔을 때 내 빈 자리만 보는 일은 없게. 그녀가 내 믿음과는 달리 처음부터 도서관들을 따라오는 시작도 하지 않았더라도, 그녀가 도서관들을 따라오다가 생각이 바뀌어 중간에 그만두고 돌아가더라도, 나는 기다리는 동안 그리고 그녀가 오지 않아 기다림을 끝내고 나서도, 그대로 행복할 것이다.

괴물이 머리에 꽃을 피울 때

그것은 놀이터 그네에 앉아 있었다. 아주 어릴 때의 기억만 백사장 위 발자국처럼 흐리멍덩하게 남아 있는지 그것은 놀이터를 둘러보면서 아무것도 떠오르지 않는 생각을 되살리려 애쓰고 있는 듯이 보였다. 그네에 앉기는 했지만 타는 방법은 까맣게 잊었는지 그네는 앞뒤로 움직이지 않았다. 놀이터에 있던 아이들은 소리를 지르며 도망쳤다. 그것은 아이들이 뿔뿔이 흩어진 이유도 모를 것이다. 그것의 몸에는 인쇄된 브랜드 이름이 선명히 보이는 찢어진 옷이 걸쳐 있었다. 폭우에 무너져 내린 뒷산에서 흘러내린 흙이 쌓여 있는 것 같은 모습을 한 그것의 몸은 어두운 회색이었다. 누가 보더라도 무서운 모습을 하고 있는 그것은, 그러나 누구도 공격할 뜻이 없어 보였다. 오히려 그것을 바라보고 있는 사람들의 모습을 보고 무서워 겁먹은 것 같았다. 그것은 겁에 질려 웅크린 괴물이었다.

그것은 그네에서 천천히 일어나 발을 질질 끌며 천천히 걸어갔다. 마스크를 끼고 검은 제복을 입은 사람들이 그것에게 다가갔다. 그것은 사람들이 다가오는 것을 알았는지 좀 더 빨리 걸어 그곳에서 벗어나려고 했다. 그것에게 다가간 사람 중 하나가 화염방사기의 노즐을 그것에게 겨누고 불을 쏘았다. 온몸에 불이 붙은 그것은 더 걸어가지 못하고 쓰러져 듣기 끔찍한 소리를 내지르며 뒹굴었다. 살 타는 냄새가 공중에 퍼졌고, 검은 연기가 위로 피어올랐다. 화염방사기의 불줄기가 한 번 더 그것을 덮쳤다. 놀이터를 둘러싼 아파트 창문 밖으로 내민 머리들이 그 광경을 내려다보았다. 괴성이 잦아들고 그것이 움직임을 멈추자 쓰레기 수거차량이 다가왔고 거기서 내린 사람들이 소화기로 불을 끄고 죽은 그것을 기계로 차에 실었다. 창문 밖으로 내밀었던 머리들은 다시 안으로 들어갔고 검은 제복을 입은 사람들은 각진 검은 차를 타고 사라졌다.

일종의 전염병인 그것이 언제 어떻게 시작됐는지는 아무도 몰랐다. 이런저런 추측이 있을 뿐이었다. 인류 역사상 이런 전염병은 없었다. 공기나 물을 통해서 전염되는 것은 확실했다. 병을 일으키는 바이러스는 계속해 새로운 변이를 만들어내 백신이나 치료제를 만들어내는 데에 많은 시간이 걸릴 것이라고 했다. 바이러스에 감염된 사람은 1주일 내에 형체와 피부와 내부조직이 변형을 일으키면서 흉측한 모습으로 변했고 뇌기능 상당부분이 망가지는지 이전처럼 사고하거나 기억하지 못하고 아주 어린아이의 정신상태로 퇴화하는 듯했다. 그렇게 변형된 상태에서는 피부에 뚫린 구멍들을 통해 사방으로 뿜어져 나오는 가스 때문에 전염성이 훨씬 높아지는 것으로 확인됐다. 그래서 감염되어 변형된 상태에서는 전염을 막기 위해 빠른 시간 내에 소각해 버리는 것이 최선이었다.

그나마 다행인 것은, 이들이 영화에 나오는 괴물이나 좀비와는 달리 공격성이 전혀 없다는 점이었다. 도리어 이들은 사람, 심지어 작은 개나 고양이를 보고도 겁이 나서 달아나거나 흙더미처럼 동그랗게 웅크리고 움직이지 않았다. 이들은 병에 걸려 변형되고 나서 그렇게 오래 살지는 못하는 것 같았는데 그렇게 죽은 자들을 다른 이들이 모여들어 뜯어먹는 광경이 사람들에게 끔찍하게 보였다. 이들은 감염되어 죽은 자들을 먹고 살았다. 감염된 다른 이들을 일부러 죽이는 일은 관찰되지 않았다.

이처럼 이들에게 공격성은 없었지만 역시 문제는 전염성이었다. 바이러스의 전염성이 매우 강력해서 이들의 수는 전 세계적으로 갈수록 늘어났다. 치료제나 백신이 없는 상황에서는 이들을 속히 죽이고 태워 버리는 것 말고는 다른 수가 없었다(변형이 이루어진 후에는 치료가 불가능할 것이다). 인간성을 상실하고 결국 다른 감염자의 먹이가 되는 끔찍한 죽음에 이르는 병에 걸리고 싶은 사람은 아무도 없었다. 그러나, 너무 늘어난 이들의 수 때문에 그런 살처분을 이행할 인력이 부족해지기 시작했다. 치료제나 백신이 나오기 전에 이들의 수가 늘어나는 것을 막지 못하면 재앙이 될 것이다. 영화나 드라마에서나 봤던 디스토피아가 도래할 것이다. 그래서 각국의 정부는 협의 끝에 공동선언을 발표했는데 이런저런 정치적이고 그럴듯한 수사와 미사여구를 생략하고 간략하게 골자만 취합하면 이런 취지였다.

누구든 이들을 어떤 방법으로 죽여도 좋다. 이들은 죽이는 것은 살인에 해당되지 않는다. 이들은 괴물이지 더 이상 사람이 아니다. 이들에게 접근할 때는 반드시 고글과 일정

등급 이상의 마스크를 써야 한다. 그리고 이들을 죽이고 나서는 일단 불로 태우는 것을 강력히 권고한다. 그 다음에는 태웠든 안 태웠든 즉시 경찰이나 관할관청에 이들을 죽였음을 신고해야 한다. 최종적으로 이들은 소각시설에서 완전히 소각해야 한다.

—

영호는 친구인 광석, 승용과 같이 주변을 살피며 천천히 걸었다. 차도에 차들은 가득 차 있었지만, 인도에는 스스로 되는대로 장만한 무기를 가지고 괴물을 찾아다니는 이들 말고는 사람이 별로 보이지 않았다. 너무 가까이 가면 전염의 위험이 있으니 약간 떨어진 거리에서 타격할 수 있는 무기가 필요했다. 사냥을 하다가 감염되어 되레 사냥감이 되는 경우도 드물지 않았다. 총은 구할 수 없었으니, 괴물을 사냥하는 자들은 영호와 친구들처럼 걸레 부분을 떼어낸 긴 대걸레 자루 끝에 회칼을 묶어 고정한 창, 긴 쇠파이프 끝에 도끼날을 용접해서 붙인 폴암, 농사 지을 때 쓰는 쇠스랑 같은 것들을 들고 다녔는데, 개중에는 가까이 다가가는 것을 개의치 않고 전기톱, 해머, 일본도, 손도끼 같은 것을 들고 다니는 이들도 있었다.

정부는 처치한 괴물 하나당 100만원을 지급하기로 했으니, 취직도 못하고 백수로 있던 청년들, 퇴직 후 재취업에 실패했거나 창업했다가 망하고 나서 생활비에 쪼들리던 중년들이 너도나도 괴물 사냥에 나섰다. 교통사고가 나면 견인차들이 먼저 현장에 도착하려고 무섭게 경쟁하듯이 이들 사이에서도 경쟁이 심했다. 괴물을 가운데 두고 서로 싸움이 나는 경우도 왕왕 있었다. 그래서, 괴물에게 2미터 반경 내에 먼저 도착하는 사람에게 우선권을 준다는 불문율이 생겼지만 이것이 항상 지켜지지는 않았다.

사냥이 시작된 후 괴물들이 점점 더 사람들을 두려워하게 됐는지 사람이나 차가 많이 다니는 거리에서는 괴물을 찾아보기가 어려워졌다. 사람들은 사람들 대로 괴물에게 감염될 것이 두려워 차를 타지 않고 맨몸으로 거리를 걸어 다니는 것을 꺼려했다. 거기에다 흉측한 무기를 들고 다니는 사냥꾼들도 두려움의 대상이 되어 이제 괴물이 잘 보이지 않는데도 사람들이 다니는 거리에는 일반 보행자보다 무기를 든 사냥꾼이 오히려 많이 보였다. 하지만, 이제 사냥꾼들도 도심의 거리를 떠나 괴물이 숨어들었을 외곽으로 발을 돌리기 시작했으니, 도심의 거리는 더욱 텅 빌 것이었다. 영호와 친구들이 거리로 나선 그날, 무기를 든 사람도 괴물도 보행자도 보이지 않았고 거의 모든 가게가 영업을 하지 않고 문이 잠겨 있는 도심의 거리는 차도의 차들만 아니라면 이미 망해버린 세상 뒤에 남겨져 자연의 힘으로 천천히 삭아가는 인류의 잔해로 보였다.

"우리도 여기서 이럴 게 아니라 슬슬 외곽으로 나가야겠다."

"다들 어디에 숨어 있는 거야?"

영호는 그런 광석과 승용의 말에 아무 대꾸도 하지 않고 사냥개가 냄새를 포착해 쫓아가듯 막연하지만 스스로 믿는 감에 이끌려 갑자기 걸음을 빨리 했다. 광석과 승용도 영호의 감을 믿는지라 군말 없이 영호의 뒤를 따라 갔다. 그들이 향해 가는 쪽에서 괴물 냄새가 났다. 광석과 승용은 그 거리에서는 아직 분간하기 어려웠지만 영호는 그 냄새를 맡아냈다. 시큼하면서도 냉장고 안에 넣어두지 않은 생선이 상온에서 썩는 것 같은 냄새였다. 영호를 따라 앞으로 나갈수록 광석과 승용에게도 그 냄새가 코에 들어왔다. 다들 무기를 든 두 손에 힘이 들어갔으나, 그렇게 긴장할 필요는 없었다. 공격은 고사하고 자기방어나 도주도 제대로 하지 못하는 괴물이었다. 웬만하면 마스크와 고글만 잘 챙기면 됐다. 괴물의 피가 튀는 것을 대비해 한 번 입고 버릴 만한 비닐 우비도 준비했다.

냄새가 더 진해졌을 즈음 영호와 친구들이 모퉁이를 돌자 골목 구석 쓰레기 더미 옆에 자신도 한 뭉치의 쓰레기인 듯 괴물 하나가 주저앉아 있었다. 아주 흡족하게도 다른 사냥꾼은 보이지 않았고 곧 나타날 기미도 없었다. 괴물이 여럿이 아니라 단 하나뿐이라는 것이 좀 아쉬웠지만, 그것은 그들이 며칠만에 잡아보는 괴물이었다. 신속히 죽이고 사진을 찍어 전용 앱을 통해 경찰에 신고해서 크레딧을 받아야 했다. 100만 원이 눈앞에 있었다.

세 친구는 머리에 걸쳐 놓았던 고글을 내렸고 턱에 걸쳐 놓았던 마스크를 올렸고 배낭에서 비닐 우비를 꺼내 입었다. 영호는 주저없이 대걸레자루 끝에 달린 칼로 괴물의 목을 찔렀다. 그에 이어 광석은 쇠파이프 끝에 붙인 도끼로 괴물의 머리를 내려쳤고, 승용은 쇠스랑으로 되는대로 이곳저곳을 찍었다. 찔리고 베이고 터진 부위에서 벌건 피가 솟구쳐 나왔다. 그들의 고글과 비닐우비에 피가 튀었다. 괴물로 변했어도 피는 여전히 붉은 색이었다. 별 비명이나 울부짖음도 없이 그것은 오래 버티지 못하고 고꾸라졌다. 그리고 움직이지 않았다. 영호는 배낭에서 기름통을 꺼내 죽은 괴물에 기름을 부은 후 토치로 불을 붙였다. 광석이 휴대폰을 꺼내 죽어 불에 타는 괴물 사진을 찍었고 전용 앱에 로그인해 업로드하고 경찰에게 위치정보가 담긴 메시지를 보냈다. 많이 해본 솜씨들이었다. 또 한 건 건졌다. 곧 수거차량이 와서 죽은 괴물을 수거해 갈 것이다.

"며칠만에 한 건 했네."

"아직 도심에도 여기저기 숨어 있을 것 같긴 한데."

"일단 오늘은 근처에서 좀 더 찾아보자"

그날 세 친구는 괴물 하나를 더 잡았고, 그걸로 끝이었다. 하루에 둘이면 그래도 아쉬우나마 준수했다. 비닐우비를 버렸고, 고글은 공원 화장실에 들어가 수돗물로 씻었다. 거울에 '괴물 피 세척금지'라고 써 있었지만 무시했다. 무기에 묻은 피도 걸레로 닦아내고 물로 헹궜다. 셋은 근처 식당에 들어가 같이 설렁탕으로 저녁을 먹었다. 소주도 마셨다.

무기는 식당 밖에 두고 들어가야 했다. 오래전 코로나가 창궐했을 때도 그랬듯 다들 사람들이 모이는 곳에는 웬만하면 오지 않으려고 해서인지 식당에는 손님이 거의 없었다. 식당 사장의 얼굴에 근심이 가득했다.

"손님이 너무 없네요."

"요즘 피가 마를 지경입니다."

셋은 다음날 같은 시간 장소에서 만나기로 약속하고 헤어졌다. 영호는 그간 며칠 동안 집에 들어가지 않았다. 괴물 출현 이전 오랫동안 영호가 취직도 안 하고 집에서 빈둥대는 것이 못마땅해 화를 내고 잔소리를 하던 부모가 이제는 미래에 대한 계획 없이 위험하고 더럽게 괴물이나 잡으러 다닌다고 주구장창 싫은 소리를 늘어놓는 것을 참을 수 없어서 밤새 친구들과 술집에서 술을 마시거나 모텔에 가서 잤다. 집에 연락도 하지 않았고, 오는 전화도 받지 않았다. 집에 들어가지 않은 첫날 힘없는 목소리로 엄마가 전화를 한 번 한 이후에는 전화도 걸려오지 않았다.

그래서 집에 들어가 보기로 했다. 영호가 딱히 부모를 사랑하는 것은 아니었지만 그렇다고 전혀 사랑하지 않는 것도 아니었다. 존경하지는 않았지만 측은한 구석이 있었다. 이 사회에서 성공했다고 인정받을 정도의 부유함에는 턱없이 못 미치는 재산을 가지고 원한감정과 열등감으로 남을 깎아내리면서 자기들의 너무 높은 기대에 한참 못 미치는 아들을 애증으로 대하는 두 사람의 삶은 영호가 봐도 절대 답습하고 싶지 않은 것이었다. 그런데, 전화도 오지 않으니 짜증 나게도 부모가 걱정이 되는 것을 느끼고는 영호는 도대체 이런 감정이 어디서 오는 것인지 궁금했다.

영호는 문을 열고 집으로 들어갔다. 집 안은 밤인데도 불이 다 꺼져 있었다. 집에 왔다고 크게 소리질렀지만, 아무 대답도 없었다. 그때 영호는 생선 썩는 냄새와 꽃향기가 섞인 묘한 냄새가 집 안에 퍼져 있다는 것을 알았다. 영호는 거실 불을 켰다. 아무도 없었다. 안방 문을 열고 불을 켰다. 안방 구석에 괴물로 변한 아빠와 엄마가 나란히 웅크리고 있었다. 영호는 잠시 놀랐다가 슬프기보다는 기가 찼다. 대체 어디서 옮아와서 저렇게 된 것인지 한심했다.

이제 아무런 험담도, 원망도, 저주도 늘어놓지 않고 서로 싸우지도 않고 묵묵히 흙덩이처럼 퍼져 있는 두 사람은 매일의 삶 속에서 부질없이 들끓던 모든 것이 다 끝났다는 것을 알기라도 하는 듯 홀가분한 죽음만을 앞에 두고 평화로워 보였다. 영호는 어느 쪽이 아빠이고 어느 엄마인지도 모르겠는 둘 중 어느 한쪽이 먼저 죽어 아직 안 죽은 다른 한쪽이 먼저 죽은 한쪽을 뜯어먹는 일은 없어야 한다고 생각했다. 동시에 죽여줘야 한다. 그것이 영호가 자기를 멋대로 낳아 준 두 사람에게 해 줄 수 있는 마지막 배려였다. 그리고, 200만원도 셋이 나누지 않고 혼자 챙길 수 있었다. 얼마 안 되는 알량한 재산도 상속받을 것이다. 아니, 새로 시행된 법률에 따라 이미 두 사람이 괴물로 변했을 때 인간의 삶은 끝난 것으로 간주되기 때문에 상속이 개시되므로 영호는 이미 재산을 상속받았다. 둘은 이제 법적으로도 인간이 아니니 영호가 그들을 죽이더라도 상속권을 박탈당하지 않는다.

영호는 현관에 세워 둔 회칼창을 가지고 들어와 거실에서 고글과 마스크를 쓰고 비닐 우비를 입었다. 집이 더러워지겠지만 괴물 둘을 집 밖으로 끌어내는 것은 안 될 일이었다. 신고하면 수거반이 와서 적절히 수거해 갈 것이다. 죽이고 나서 불에 태우는 것은 집 안이니 생략해야 했다. 그러고 보니 살던 집에 그대로 남아 있는 괴물도 많을 터였다. 영호는 무기로 위협해 괴물로 변한 가족을 집 밖으로 몰아내서 죽이거나 신고를 받고 출동한 경찰에게 죽이도록 하는 장면도 본 적이 있었다. 괴물끼리 남아 있는 집도 꽤 있을 듯한데, 그런 집을 찾아 털어보는 게 어떨까 하는 생각도 들었다.

다시 안방으로 들어온 영호는 지금까지는 보지 못했던 것을 발견했다. 처음에는 못 봤지만 다시 보니 두 사람이 변한 두 괴물의 머리에 작은 꽃이 한 송이씩 피어 있었다. 집에 들어왔을 때 맡았던 묘한 냄새는 꽃에서 나는 냄새가 섞인 것이었음을 알았다. 꽃씨가 바람을 타고 창문을 타고 날아와 머리에 앉은 것일까? 아니면, 괴물로 변하기 전이든 후이든 둘이 꽃을 한 송이씩 자기 머리에 꽂은 것일까? 이해할 수 없었다. 꽃은 피처럼 붉은 색을 띠고 불길한 기운을 뿜어내면서도 기괴하게 아름다웠다. 영호는 코를 꽃에 가까이 대고 향을 맡아보고도 싶었지만 얼굴을 그렇게 괴물 가까이까지 가져가고 싶지는 않아서 그리 하지는 않았다.

영호는 회칼창을 두 손으로 잡고 두 괴물을 번갈아 유심히 보았다. 두 괴물의 모습에서는 부모님의 예전 모습이 보이지 않았지만 영호는 선뜻 바로 타격을 가하지 못했다. 역시 지금까지 죽인 많은 괴물을 대했을 때와는 마음이 달랐다. 영호는 두 괴물의 눈을 응시했다. 영호를 보고 있는 두 괴물의 눈빛이 언뜻 낯익은 부모의 눈빛 같기도 했는데, 평소의 못마땅한 눈빛이 아니라 매우 슬픈 눈빛처럼 보였다. 괴물의 눈에서 그런 느낌을 받은 것은 처음이었다. 그저 자기가 과거의 기억을 투영했기 때문일까 싶었지만, 아무래도 지금까지 보아 왔던 초점 없고 흐리멍덩한 괴물의 눈빛과는 뭔가 달랐다. 무엇인가 기억하는 듯한 눈빛. 영호를 알아보는 듯한 눈빛. 머리에 피어난 꽃이 어떤 변화를 가져온 것일까? 새로운 변이인가?

그렇다고 달라지는 것은 없었다. 꽃을 피워냈어도, 다른 눈빛을 하고 있어도, 괴물은 괴물이었다. 인간으로 사는 삶은 이미 끝났다. 영호는 회칼창을 왼쪽 괴물의 목 부위에 깊이 찔러 넣어 옆으로 베었다가 빼서 오른쪽 괴물의 목 부위에 찔러 넣어 옆으로 베었다. 침대 시트에 붉은 피가 튀어 번졌다. 그렇게 몇 번씩을 더 찌르고 베었다. 두 괴물은 째지는 소리를 내면서도 저항도 하지 않고 그대로 영호가 찌르는 칼을 다 받았다. 그리고는 눈이 감기고 둘이 엉켜 쓰러졌다. 머리에 피어난 두 송이 꽃은 피를 들이마시고 마지막 빛을 발하려는 것인지 더욱 붉어진 색으로 꼿꼿이 서 있었다.

———

　동거하는 가족 중에서 감염자가 생겼기 때문에 영호는 2주간 격리시설에 들어가야 했다. 격리시설에 들어온 사람들은 오래전 코로나 창궐 때처럼 각자에게 배정된 방에서 2주간 정부가 제공하는 식량을 먹으며 외부 사람은 물론이고 같은 시설 안에 있는 다른 사람들과도 접촉을 피하고 지내야 했다. 친구들에게는 자초지종을 설명했고, 수시로 전화나 메신저로 이야기했다. 광석과 승용은 영호 없이 둘이 괴물을 잡으러 다닌다고 했는데, 영호도 없는 데다가 경쟁자들이 너무 늘어서 아무래도 괴물 잡기가 쉽지 않다고 했다.

　"부모님 일은 참 안됐다. 너무 슬퍼하지 마라."

　"알았다. 그런데, 이상하게도 별로 안 슬프다."

　"요즘에 집에 숨어 있는 괴물이 꽤 있다더라. 가족이 숨겨줬다가 숨겨진 가족 본인도 감염돼 괴물이 된 경우도 있다고 하고. 고독사한 사람들을 한참 후에나 발견하는 것처럼 온 가족이 괴물이 되어 먼저 죽은 놈을 뜯어먹고 살다가 마지막 남은 괴물도 죽은 후 네가 잘 맡는 그 이상한 냄새 때문에 뒤늦게 발견했다는 이야기도 들었다."

"곧 나가서 보자. 돈 많이 벌고 있어라."

영호는 2주 동안은 주는 대로 먹으며 모든 것에서 떨어져 있을 수 있어서 오히려 좋았다. 조용히 그곳에서 1년 정도는 살아도 좋겠다 싶었다. 괴물 이야기 천지인 뉴스는 웬만하면 보지 않았다. 자기가 죽인 부모님, 아니 부모님이 변한 괴물 생각이 자꾸 났는데, 영호는 애초의 부모님보다 마지막에 본 두 괴물에게 오히려 정이 가는 것을 느꼈다. 그 눈빛은 맑고 서글펐다. 괴물로 변하기 전에 부모님의 눈에서 그런 눈빛을 본 적은 없었다. 영호는 부모님이 원래 모습이었다면 오히려 죽이기 쉬웠을까, 생각해 보았지만 그럴 것 같지는 않았다. 부모님에게 오만 정이 다 떨어진 건 사실이었지만 그래도 그들을 죽일 수는 없었을 것이다. 괴물로 변하기 전 부모님이 마지막에 영호가 본 괴물의 눈빛을 하고 있었더라면 조금은 사랑할 수도 있지 않았을까?

꽃, 머리에 피어났던 그 붉은 꽃이 자꾸 생각났다. 괴물로 변해 망가진 뇌로부터 의식의 잔재를 끌어올려 문명 이전 인류의 생각을 복원한 듯이 원시적인 빛을 띠고 피어 있던 붉은 꽃. 그 붉은 색은 어디에서도 보지 못했던 색감이었다. 적어도 영호에게는 그랬다. 꽃은 이젠 말하지 못하는 괴물 대신 영호에게 말을 걸고자 하는 것 같았다. 두 송이 꽃에 괴물이라는 필터로 걸러진 부모님의 순수한 정수가 깃든 것 같았다. 불에 타 재가 되었지만 어디에도 모시지 못한 부모님의 유해 대신 두 송이 붉은 꽃이 영호의 기억 속에서 두 사람을 기념하는 묘비석이 되어 나란히 피어났다. 영호는 그 꽃의 이미지를 통해 부모님에 대한 좋지 않았던 감정이 정화되는 느낌마저 들었다. 영호는 부모님의 생전 모습이 아니라 두 송이 꽃을 머릿속에서 그리다가 울음이 터졌다. 왜 그러는지 이해할 수 없었다.

2주가 다 지나 음성판정을 받고 격리시설에서 나온 영호는 이제 자기 말고는 아무도 살지 않는 집으로 왔다. 엉망이 됐던 안방은 영호가 격리시설에 들어가기 전에 버릴 건 버리고 깨끗이 청소하고 닦아서 2주 만에 와서 보니 먼지만 좀 앉아 있을 뿐 언제 그런 일이 있었나 싶어 보였다. 영호는 안방 문을 닫고 거실에 나와 소파에 앉아서 아무것도 하지 않고 한참을 멍하게 앉아 있었다. 안방 문은 다시 열고 싶지 않았다. 앞으로도 그럴 것이다. 영호는 문득 그의 소유가 된 집이 낯설었다. 그 집에서 있었던 모든 일들이 하룻밤에 꾼

꿈만 같았다. 부모님의 장례식도 치르지 못했다. 유해도 없었다. 소각로에서 타 재가 된 두 사람의 잔해는 어디 소속인지는 모르겠는 공무원들이 어디인가 매립했을 것이다.

휴대폰이 울렸다. 승용이었다.

"나왔지? 축하한다."

"고맙다. 잘 있었냐?"

잠시 말을 끊었다가 승용이 말했다.

"너 그 안에 있을 때는 말 못했는데, 광덕이가 감염됐다가 괴물이 되어 죽었다. 요즘 괴물 피인지 체액인지를 뽑아 주사기에 넣고 멀쩡한 사람들을 찌르고 다니는 사냥꾼 녀석들이 있는데, 거기에 당했다. 내 눈으로 광덕이가 찔리는 걸 봤다. 우리 둘 다 바로 달아나긴 했는데, 광덕이는 결국 그렇게 됐다. 잡을 괴물 수를 늘리려는 수작이지."

"지금 만날까?"

영호는 회칼창을 집어 들고 승용을 만나러 나갔다. 괴물에서 뽑아낸 뭔가를 주사기로 찌르고 다니는 사냥꾼이 있다는 소문이 나서인지 확실히 거리에는 안 그래도 없던 사람들이 더 줄어 영호는 모든 인간이 죽고 없어진 멸망한 도시를 혼자 살아남아 걷는 기분이 들었다. 고양이만 몇 마리 왔다 갔다 했다. 멀리 괴물도 몇 마리 보였지만 일단은 무시했다. 승용은 쇠스랑을 들고 셋이 늘 만나던 편의점 앞에 불안한 얼굴로 두리번거리며 서 있었다. 불이 꺼진 편의점 문도 닫혀 있었다.

"어떤 놈들인지 알아?"

"어. 등에 해골 그림 있는 점퍼 입고 다니던 3인조 알지? 광석을 찌른 놈은 그 놈들 중 하나였어. 그런데, 그러고 다니는 게 그 놈들만은 아닌 것 같다. 경찰은 손 놓고 있는 것 같고. 우리, 이거 계속 해야 할까? 그냥 집에 숨어 있어야 하는 거 아니야?"

"그 새끼들 주로 어디서 사냥하더라?"

"왜? 어쩌려고?"

영호는 해골점퍼 3인조가 주로 활동하던 구역을 기억해 내고 앞장서 갔다. 승용은 마지못해 영호의 뒤를 따랐다. 특별한 계획이나 작전도 없이 무작정 3인조를 찾아가는 영호는 겁먹은 승용과 둘이 3인조를 어떻게 이길 수 있을지 몰랐다. 꼭 광석의 원수를 갚아주고 싶은 것도 아니었다. 엉망이된 세상에서 비록 괴물로 변한 후이지만 자기 손으로 부모님도 죽인 마당에 영호는 달리 뭘 해야 할지 몰랐다. 싸우다가 죽어도 좋았다. 이제 그만 망해버린 세상을 버리고 싶었다. 나중에 다시 좋아질 수 있을지라도 다시 좋아져 과거 모습으로 돌아간 세상에서 살고 싶은 생각도 없었다. 영호가 기억하는 '좋았던 과거'도 결코 좋지 않았다.

영호는 잠시 광석이 부럽기까지 했다. 모든 사람이 다 괴물이 되어 죽은 괴물이나 뜯어먹으며 평화롭게 살면 좋지 않겠는가? 너도 괴물, 나도 괴물. 모두 괴물이니 서로 비교할 것도 없고 외로움이나 좌절도 느끼지 않고 과거에 대한 기억도 없고 미래에 대한 계획도 없이 그저 잠깐 존재하다 가는 것. 경제성장도 필요 없고, 화석연료도 태우지 않고, 빚도 지지 않고, 다 생각 없는 괴물로 살다 금방 가는 것. 해골점퍼 3인조가 돈이 아니라 그런 걸 노리는 것이라면 찬성이다. 그렇다면 그들은 결국에는 자기들 팔에 주사를 찔러 넣어야 할 것이다.

승용은 계속 영호 뒤에서 이러지 말자고 했다. 그래도 도망가지는 않고 따라오기는 했다. 영호는 승용도 자기와 같은 마음일 수 있다고 생각했다. 영호와 승용은 그들이 주로 돌아다니는 구역에 들어섰다. 괴물이 많이 발견되는 곳 중 하나였다. 구석에 웅크린 괴물 하나는 그냥 무시하고 지나쳤다. 나중에 돌아와서 죽여줄 것이다.

일대를 구석구석 뒤지며 돌아다니다가 영호와 승용은 골목 깊은 곳에 한 데 모여 웅크리고 있는 괴물 셋을 발견했다. 가까이 다가가니 세 괴물들 몸에 찢어진 채 걸쳐 있는 검은 점퍼가 보였는데 문득 짚이는 게 있어 영호가 뒤쪽으로 가서 보니 이리저리 찢기긴 했지만 등에 있는 것은 해골 무늬가 분명했다. 셋 다 그랬다. 그리고, 셋 모두의 머리에 바로 그 꽃이 피어 있었다. 영호의 부모 머리에 피어 있던 붉은 꽃.

"얘네들이 그 자식들 맞지?"

"그렇네. 꼴 좋다. 그런데, 머리에 저 꽃은 뭐지? 저런 건 처음 보는데."

"괴물로 변한 우리 부모님 머리에도 저런 꽃이 피어 있었다."

영호와 승용은 고글과 우비 등 장비를 갖췄다. 늘 하던 대로 영호는 회칼창으로, 승용은 쇠스랑으로, 우선 가운데 있는 괴물부터 머리를 찌르고 찍었다. 영호는 평소보다 더 여러 번 회칼창을 찔러 넣었는데, 광석을 해친 놈이라고 생각해서 그랬는지, 그저 별 이유 없이 그러고 싶어서 그랬는지, 자기도 잘 몰랐다. 가운데 놈이 쓰러지고 나서 둘은 다음에는 왼쪽 놈, 그 다음에는 오른쪽 놈 순서로 공격했다. 괴물이 괴성을 질렀고 피가 튀었고 살점이 뜯겼고 눈알이 튀어나왔다.

　이제 둘의 공격이 마지막 남은 세 번째 괴물에게 가해지고 있을 때 그 괴물이 두 팔을 들어 둘이 휘두르는 무기를 막았다. 영호는 놀랐다. 이런 건 처음이었다. 지금까지 어느 괴물도 이렇게 소극적이나마 방어를 위한 동작을 취하지 못했다. 승용도 영호를 쳐다보며 놀란 표정을 지었다. 그렇게 들어올린 괴물의 팔을 찌르고 베고 찍어서 두 팔이 몸에서 잘려 나갔다. 괴물로 변하면 뼈도 아주 약해지는 모양이었다.

　괴물은 괴성을 지르며 이번에는 웅크렸던 자세에서 일어나 피를 철철 흘리면서도 둘에게 다가왔다. 그것은 분명 어떤 식이든 그들에게 반격을 하려는 움직임으로 보였다. 영호는 놀라면서도 흥미롭다는 표정을 지었다. 승용은 놀란 표정으로 뒷걸음치며 물러났다. 영호는 다시 자기에게 다가오는 괴물의 눈과 눈 사이에 회칼창을 세차게 찔러 넣었다가 뺐다. 미간에서 피를 흘리며 울부짖는 괴물의 두 눈에서 영호는 괴물로 변한 부모님의 눈에서 본 이상한 눈빛을 보았다. 괴물로 변한 자기를 의식하는 듯한 서글픈 눈빛.

　영호는 그 눈빛이 보기 싫어 두 눈을 차례로 찔렀다. 물러섰던 승용이 다시 앞으로 나서 쇠스랑으로 괴물의 머리를 연속해서 내리찍었다. 괴물이 무릎을 꿇고 앉더니 곧 사람 우는 것 같은 소리를 내며 앞으로 쓰러졌다. 죽었다. 영호는 앞으로 쓰러져 죽은 괴물 앞에 쭈그리고 앉아 머리에 핀 꽃을 자세히 살펴보았다. 부모님의 머리에 피었던 꽃은 조금 떨어진 거리에서 얼핏 보고 말았다.

영호는 승용이 말리는 것도 듣지 않고 장갑도 끼지 않은 손으로 꽃을 만져보았다. 꽃처럼 생겼지만 그것은 꽃이 아니었다. 그것은 식물이 아니라 사람이든 괴물이든 동물의 조직이었다. 감촉이 사람의 피부와는 달랐다. 영호는 죽은 괴물의 머리를 만져보았다. 그렇게 괴물 사냥을 많이 했어도 괴물의 피부를 직접 맨손으로 만져보는 것은 처음이었다. 꽃의 감촉은 괴물의 피부에서 느껴진 감촉과도 달랐다.

영호는 회칼창을 짧게 잡고 줄기를 잘라 꽃을 머리에서 떼어냈다. 잘려진 줄기 끝에서 피가 떨어졌다. 승용이 진저리를 치며 왜 그러느냐고 묻는 것에 대답하지 않고 영호는 잘라낸 꽃을 비닐봉지에 넣었다. 영호는 비닐봉지를 통해 비치는 기괴하고 섬뜩한 붉은 빛에서 한동안 눈을 떼지 못했다. 영호가 그것을 배낭에 넣은 후 괴물들에 기름을 붓고 불을 붙였고, 승용이 사진을 찍고 앱으로 신고했다.

영호는 집에 돌아와 괴물 머리에서 잘라 온 꽃을 화병에 꽂았다. 진짜 꽃이 아니니 화병에 물을 채울 필요는 없을 것 같았지만, 왠지 그러고 싶어서, 그래야 할 것 같아서, 줄기 중간까지 차도록 물을 부어 넣었다. 괴물 머리에서 제거했어도 아직 죽지 않았는지 꽃잎처럼 보이는 부분이 시들거나 쪼그라들지도 않아 꽃은 싱싱해 보였다. 화병에 물을 넣으니 꽃이 물을 빨아들이기라도 하는 듯 표면이 촉촉해졌다.

영호는 사진을 찍어 사냥꾼 커뮤니티에 올려 그것이 무언지 아는 사람이 있으면 답해 달라고 했지만 막연한 추측 말고는 아무 답도 올라오지 않았다. 다만, 자기도 괴물 머리에서 그런 꽃을 봤다는 사람이 몇 명 있었다. 그중에 영호처럼 사진을 찍어 영호가 올린 글에 답글로 올린 사람이 있었는데, 사진 속 그것은 영호가 화병에 꽂은 꽃과 똑같은 모양과 빛깔을 하고 있었다. 바이러스에 뭔가 새로운 변이가 일어나 조금씩 퍼지고 있는 모양이었다.

다음 날도 꽃은 마르거나 죽지 않았다. 여전히 붉은 빛을 띠고 꼿꼿이 서 있었다. 가운데가 입술처럼 열리면서 꽃이 영호에게 말을 걸거나 시를 읊어도 이상하지 않을 것 같았다. 줄기 아래에서 새로운 괴물이 자라나도 놀랍지 않을 것 같았다. 영호가 꽃에서 느끼는 것은 인간들에 대한 조롱이었고, 연민이었고, 위협이었다. 이를 드러내고 웃는 꽃을 보고 싶었다. 인간에게 감동을 주고 눈물을 자아내게 하는 지극히 인간 중심적인 이야기는 마른 강바닥에서 죽기 전에 퍼덕거리는 물고기들의 눈알에서 사랑을 읽어내는 것과 같은 농담일 뿐이라고 꽃은 이야기하는 듯했다. 그러면 안 된다고 생각했지만, 영호는 꽃에 매료되었다.

이 와중에 계속 나온다는 것도 신기한 TV 방송의 뉴스에서 괴물의 수가 예전에 비해 급격히 늘어나고 있다고 했다. 경찰과 공무원과 사냥꾼이 다 달려들어도 늘어나는 괴물의 수를 감당하기 어려워 군대까지 동원됐다. 백신과 치료제 개발 소식은 들리지도 않았다. 재빨리 코로나 백신을 만들었던 거대 제약회사들도 이번에는 갈피를 잡지 못하고 있는 것 같았다. 전 세계적으로 경제는 엉망이 됐고, 곳곳에서 자원과 식량 확보와 괴물 떠넘기기를 둘러싼 국지전도 발생했다. 강력했던 권력자가 하루아침에 괴물이 되자 그때만 기다렸다는 듯한 정적들이 달려들어 그를 살해해 불에 태웠고, 그들 중 몇 명도 역시 괴물이 되어 같은 운명에 처해졌다. 세상의 종말을 알리며 회개하라고 외치는 광신자들이 사방에서 나타났고, 그들 중에서도 역시 괴물이 생겨났다. 사냥꾼에 대한 정부의 지원도 줄어들거나 없어졌다. 그것만 그렇게 된 것이 아니라 전산망도 관리가 이루어지지 않아 체계적인 행정업무가 제대로 이루어지지 못했다. 금융시스템도 붕괴 직전이었다.

영호는 집에 남겨놓은 소주를 혼자 마시며 혼자 중얼거렸다. 모든 인간이 다 괴물이 되어 그 마지막까지 죽고 나면 지구가 좀 깨끗하고 조용해지겠지. 그러고 나면 얼마나 긴 시간이 걸릴 지는 몰라도 멀고 먼 훗날 인간을 대체하는 새로운 존재가 나타나지 않을까? 그렇게 되는 것도 나쁘지 않겠다. 영호는 뭐가 됐든 아무튼 그 새로운 존재에게 잔을 들어 인사하고 소주 한 잔을 꺾어 마셨다. 벌써 앉은 자리에서 안주도 없이 세 병째였다. 그러다가 좀 울기도 했다. 부모님이나 광석이 보고 싶은 것은 아니었다. 아무도 보고 싶지 않았다. 인간도 괴물도, 아무도 없는 곳에 혼자 가 있고 싶었다.

영호는 술을 마시다 불도 TV도 끄지 않고 그대로 소파에 누워 잠이 들었다. 자다가 새벽에 심한 오한이 느껴져 잠에서 깼다. 이마를 만져 보니 열도 났다. 팔, 다리와 손가락 관절 마디마디가 쑤시고 아팠고 식은 땀이 났다. 영호는 드디어 올 것이 왔다고 생각했다. 지겹도록 듣고 또 들어서 귀에 박힌, 바이러스에 감염되어 괴물로 변하기 전의 초기증상인 것 같았다. 괴물로 변하기까지 얼마나 걸릴까? 어느 시점에 인간의 의식이 꺼질까? 영호는 괴물로 변하는 과정이 어떻게 진행되는지에 관한 최후의 호기심을 느낄 뿐이었고, 자신의 거지 같은 삶에 별 미련은 없었다.

영호는 휴대폰은 집어 승용에게 전화를 걸었다. 한참 동안 신호는 들리는데 승용은 받지 않았다. 그날 같이 감염되었나, 생각이 들어 영호는 승용에게 미안한 마음이 들었다. 그러다가 그냥 웃었다. 친구끼리 같이 가는 거지. 승용에 실컷 먹으라고 괴물이 된 자기 살을 내 줄 수도 있을 것 같았다. 어차피 서로 알아볼 수도 없을 테지만.

영호는 어제 먹다 남은 병에 3분의 1쯤 남아 있는 소주를 병째로 한 번에 들이마셨다. 이제는 몸 상할 일 걱정할 필요도 없었다. 창문을 열고 뛰어내려 빨리 끝내 버릴 수도 있겠다 싶었지만 어떻게 괴물로 변해가는지 알고 싶은 호기심이 컸다. 그런데, 술 때문인지, 바이러스 때문인지, 어지러움과 함께 극심한 피로감이 몰려왔다. 도저히 깨어 있을 수가 없었다. 이런 증세도 어디서 본 기억이 났다. 아, 이렇게 잠이 듦으로써 사람으로 사는 삶이 끝나는 것은 너무 허무하다. 깨어 있고 싶다. 괴물로 변하는 과정을 마지막까지 보고 싶다. 곧 깊은 잠에 떨어지기 직전에 영호의 눈에 들어온 것은 전날보다 더 붉고 커다랗게 피어 있는 꽃이었다.

며칠을 자고 일어났는지 모르겠다. 영호는 누운 채 눈을 떴다. 거실 천장이 보였다. 주위를 둘러보았다. 집 안이었다. 하지만, 영호는 자기가 누구인지, 거기가 어딘지 알지 못했다. 어떤 말이 머릿속에서 간질간질 맴도는 것 같았지만 그 어느 것도 의식으로 떠오르지 않았다. 오감은 살아 있었지만, 영호의 의식은 이제 자기가 사는 집 안을 둘러보는 개나 고양이의 의식과 크게 다르지 않았다. 지나간 일도 거의 기억나지 않았다. 어렴풋이 부모님의 얼굴이 떠올랐지만 그들이 자기와 무슨 관계를 가진 사람들인지 알지 못했다.

이제는 그를 '영호'라고 부르는 것이 무리일 수도 있지만, 어쨌든 영호는 몸을 일으켰다. 일어나 움직이는 것이 힘이 들었다. 거울을 보았다. 거울에 비친 괴물이 자기라는 것은 알았다. 그러나, 자기가 '인간이 변한 괴물'이라는 인식은 하지 못했다. 머리에는 영호의 부모님 머리에 피었던 꽃, 그리고 해골점퍼 사냥꾼 머리에서 뽑아 가져온 꽃과 같은 꽃이 세 송이 피어 있었다. 지금의 영호가 그 꽃을 이상하다고 생각할 리는 없었다. 그저 진하게 붉은 세 송이 꽃이 보였다. 왠지 그것들이 마음에 들었다. 영호의 입가에 웃음 비슷한 것이 그려졌다. 활짝 핀 꽃잎들이 더 넓게 퍼지면서 바르르 떨렸다. 그 가운데 구멍들이 입술처럼 열렸다 닫혔다 하면서 꽃들끼리 무슨 말을 주고받는 것 같았다.

꽃들이 크게 피어난 후 얼마 지나지 않아 영호는 문득 자기가 사람이었고 그가 있는 곳은 자기가 살던 집이라는 희미한 의식이 생겼다. 결코 예전 같지는 않았지만 마치 짙은 안개 속의 뿌연 형체를 보듯이 조금씩 기억이 되살아났다. 그 기억은 영호의 머릿속에서 언어로 구성되지는 못했지만, 뒤죽박죽 편집되어 순서가 엉망인 아주 오래전 아날로그 흑백 필름 영화의 장면들처럼 떠올랐다. 그러다가 영호는 '여어엉호오'라고 소리를 냈다. 영호, 영호, 그것이 자기의 이름이라는 것을 알았다. 영호는 괴물은 말을 못하는 것은 물론이고 인간처럼 생각도 못한다는 이야기를 기억하지는 못했기 때문에, 그가 자기 이름을 소리내 말한 것이 매우 이례적인 일, 어쩌면 바이러스가 창궐한 이후로 처음 있는 일일 수 있다는 사실도 알지 못했다.

영호는 괴물로 변하기 전 문 옆에 세워 놓았던 회칼창을 집어 들었다. 그것이 오랜 괴물 사냥꾼 생활에서 나온 습관 때문인지, 괴물로 변한 이후에 새로운 의미를 가진 행동인지, 자기도 몰랐다. 그리고, 문을 열고 집 밖으로 나와 계단을 통해 아래로 내려갔다. 현관문을 열고 밖으로 나서니 강한 햇빛에 눈이 부셨다. 햇빛을 받으니 세 송이 꽃은 더욱 붉고 크게 피어났고, 그에 따라 영호의 의식과 기억도 조금씩 더 자욱한 안개에서 벗어났다. 큰 마스크를 쓴 근처의 몇몇 사람들이 영호를 보고 멀리 떨어져 걸어갔다. 비록 이상한 것을 손에 들고 있기는 했지만 누구도 영호를 무서워하지 않았고 자신들의 미래가 더 두려운 것 같았다. 영호는 천천히 걸어갔다. 어디로 가는지 자기도 몰랐다. 머리에 핀 꽃들이 마치 만화 속 로봇 머리 위에 올라탄 조종사처럼 영호가 걸어가는 방향을 조종하고 있는 것 같았다.

어디에 숨어 있다가 나왔는지 괴물들이 영호의 주위에 모여들었다. 그들도 자기도 모르게 무엇인가에 끌려 영호에게 다가오는 것 같았다. 그렇게 영호에게 오는 괴물들 머리에는 꽃이 피어 있기도 했고 피어 있지 않기도 했다. 영호는 자기 주위로 모여드는 괴물들을 보고, 그저 공중에 바람이 불듯이, 하늘에 새가 날듯이, 구름에서 비가 떨어지듯이, 아주 아주 오래전부터 으레 있었던 일이 오늘도 일어나고 있다는 듯이, 의아하지도 않고 놀랍지도 않았다. 거리를 오가던 사람들은 구석에 숨어서 무력하게 웅크리고 있던 괴물을 볼 때와는 달리 한 데 모여드는 수십 마리 괴물들을 보고는 두려움을 느꼈다. 지금까지는 볼 수 없던 광경이었다.

아니나 다를까 금세 사냥꾼 몇이 접근해 왔다. 괴물 수십이 알아서 한 데 모여 주다니 이게 웬 횡재인가 싶어 신이 나 보였다. 바깥쪽에 있는 괴물부터 공격당했다. 피가 튀고 괴성이 울리고 살점이 튀었다. 영호는 얼마 전만 해도 자기가 하던 괴물 사냥질을 보고 무슨 생각이 들었는지 중심에서 벗어나 사냥꾼들이 있는 쪽으로 갔다. 사냥꾼들이 영호에게도 달려들 태세를 취하고 섰다. 영호는 자기가 사냥꾼일 때 했던 그대로, 아니 그때보다 더 맹렬하고 강력하게 회칼창을 휘둘러 사냥꾼 하나의 목을 베었고 눈과 얼굴을 수 차례 찔렀다. 다른 사냥꾼 둘은 처음 보는 광경에 깜짝 놀라 질겁을 하고 뒤로 물러섰다. 괴물이 반격을 하다니! 그들은 서로 눈짓을 하더니 이미 숨어 끊어져 쓰러진 친구를 내버려 두고 그대로 달아나 버렸다.

영호 옆에 있던 괴물 하나가 죽은 사냥꾼의 무기를 집어 들었다. 영호가 회칼창을 높이 쳐들고 짐승처럼 포효했다. 모든 괴물이 괴성을 지르며 환호했다. 그것은 마치 혁명의 시작 같기도 했다. 무슨 말인지 자기도 주변의 괴물도 알아들을 수 없을 것 같았지만, 영호는 커다랗게 무엇인가 소리질렀다. 짐승 소리 같은 이상한 소리를 계속 외쳐 댔다. 영호 자기도 그 외침의 의미는 알 수 없었을지 모르겠지만, 그 내지름은 명백히 선동이고 호소였다. 다른 괴물도 따라서 비슷하게 소리를 질러대더니 회칼창을 든 영호와 죽은 사냥꾼의 무기를 집어 든 괴물을 보고는 주변을 두리번거리며 나무토막이나 돌 등 무기로 쓸 만한 것들을 집어 들었다. 그들은 선두에서 조금 뒤 가운데에 선 영호를 중심으로 밀착한 대형을 이루고 앞으로 나아갔다. 어디로 향하는지는 아무도 모르는 것 같았다. 그들 중 많은 수의 머리에 피어 있는 꽃들이 머리 아래의 몸통과는 상관없이 자기들끼리 의견을 교환하면서 그 모두를 이끌어가는 것 같기도 했다.

어느덧 수백으로 수가 불어난 괴물 무리는 계속해서 앞으로 나아가면서 어느새 수천이 됐다. 사냥꾼들은 큰 무리가 된 이들을 더 이상 공격할 엄두를 내지 못했다. 경찰이 출동해서 대열의 바깥쪽에 있는 괴물들을 공격하고 불에 태웠지만 무리가 전진함에 따라 합류하는 괴물의 수도 점점 늘어나서 그런 산발적인 공격은 별 소용이 없는 듯했다. 정부도 이 사태를 주목하면서 공중폭격까지 생각하기에 이르렀다. 하지만, 공중폭격을 할 경우 감염되지 않은 주민 중에서 무고한 희생자들이 많이 생길 것인 데다가, 거대한 괴물 무리가 곳곳에 숨어 있던 괴물들을 자석처럼 끌어당겨 무리에 더하면서 도시의 인구 밀집 지역을 벗어나기 시작하자 정부는 사태의 추이를 일단 두고 보기로 했다. 다른 도시의 상황은 몰라도 적어도 감염 위험이 큰 이 거대 도시에서 괴물들이 알아서 다 빠져나가고 있지 않은가?

괴물 중 하나는 지나가던 길 옆 어느 공장 파업현장에 꽂혀 있던 빨간 깃발을 뽑아내 높이 들고 걸었다. 녀석은 그것이 무엇인지도 모르고 다른 녀석들이 하나씩 손에 집어 드는 것을 보고 자기도 따라서 아무 거나 하나 손에 넣었을 뿐이었지만, 녀석이 든 깃발에는 '투쟁'이라는 글씨가 써 있었다. 그 깃발이 방송사 헬기에서 찍은 화면에 확대되어 나타나 TV 속보에 나왔다. 괴물들이 각성하여 정치적인 의미를 가지는 세력을 형성하고 있는 것이 아닌가 생각해 공포를 느끼는 사람들도 많았다. 어마어마하게 수가 불어난 저들이 한꺼번에 쳐들어온다면?

괴물 무리는 서해안에 도착했다. 썰물 때였다. 그들은 갯벌로 들어갔다. 갯벌에 사는 작은 동물들이 흙 속으로 몸을 숨겼다. 길고 넓은 자국을 갯벌에 남기면서 그들은 이제는 바다를 향해 전진했다. 썰물로 바닷물이 물러난 지점에 이르러서도 그들은 멈추지 않고 그대로 나아갔다. 바닷물이 선두에 선 녀석들의 무릎에까지, 허리에까지, 가슴에까지, 목까지 차올랐다. 뒤에서는 그대로 앞에 선 녀석들을 밀며 따라왔다. 영호는 바다에서 발을 떼고 물에 몸을 띄웠다. 다른 녀석들도 마찬가지였다. 마치 하늘에서 누군가 보내는 신호의 인도를 따라 가는 듯이 모두가 차례대로 같은 방향으로 헤엄쳐 갔다. 그들의 몸은 괴물로 변하며 부력이 강해졌는지 아주 쉽게 바다를 헤치고 갔다. 그들은 하늘을 뒤덮은 먹구름처럼 바다를 검게 뒤덮고 천천히 움직였다. 그들이 가는 방향에 사람이 살지 않는 섬이 하나 있었다. 그곳이 틀림없었다. 그들이 향하는 곳은.

───

완전하지는 않았지만 급기야 백신과 치료제가 개발되어 사태가 진정되기 시작했다. 백신 부작용으로 죽는 사람의 수가 예상과 달리 너무 많았지만, 인류 전체가 괴물이 되지 않고 살아남기 위해서는 어쩔 수 없었다. 영호와 같이 섬으로 간 괴물들처럼 전 세계적으로 비슷한 시기에 그렇게 모여 무인도로 간 괴물들이 일부 있었는데, 그런 괴물들 말고 사람들이 사는 지역에 남은 괴물들은 모두 죽고 불에 탔다. 사람들이 죽이지 못한 괴물들은 더 이상 잡아먹을 죽은 괴물이 사라지자 이내 모두 굶어 죽었다.

수습국면에 접어들자 각국 정부(물론, 영토가 바다에 접한 나라의 정부)는 섬으로 들어간 괴물들이 어떻게 됐는지 알아내고자 했고, 또 남아 있다면 이들을 어떻게 할 것인지 고심했다. 괴물로 변한 이후에는 면역력이 급격히 떨어지고 잔여 수명이 사람일 때와는 비교할 수 없을 정도로 짧다는 것까지 감안하면 그들은 섬에 고립된 상태에서 먼저 죽는 놈들을 잡아먹으며 살다가 결국 다 죽었을 것이라는 의견이 제일 우세했다.

영호가 들어간 섬의 상공에 헬기가 떴다. 그들이 막 섬에 들어갔을 때 헬기에서 내려봤던 것과는 달리 이제 섬에 괴물은 보이지 않았다. 나무들이 무성했고 새들이 날았다. 섬에 들어간 괴물의 수가 수천이나 됐는데, 그들이 섬에서 다들 굶어 죽었다면 그 죽은 몸뚱이나 부패한 잔해라도 흩어져 있어야 할 것이지만 그런 건 보이지 않았다. 무성한 숲 속에 무엇이 있는지 공중에서는 정확히 식별할 수 없었기 때문에 결국 직접 사람들이 섬에 상륙해 들어가 봐야 했다.

무장한 군인들을 태운 배 한 대가 섬으로 다가갔다. 그 정도 크기의 배를 정박할 해안이 마땅치 않아서 군인들은 작은 고무보트 여러 대에 나누어 타고 가서 보트별로 각기 섬의 다른 해안에 내렸다. 어느 해안에서도 새들 말고는 어떤 생명체의 움직임도 보이지 않았다. 군인들은 괴물이 나타나면 언제든 각종 화기를 발사할 태세를 갖추고 조심스럽게 숲 속으로 들어갔다. 군인들은 조를 나누어 여러 방향으로부터 가운데에 있는 작은 봉우리까지 숲을 수색하면서 올라가 봉우리에서 만날 계획이었다. 수천이나 되는 괴물이 숨기에는 작은 섬이었다.

숲속 어디에도 살았든 죽었든 괴물은 보이지 않았다. 그러다가 어느 지점에 다다르자 군인들은 나무들 사이의 온 땅에 가득 피어 있는 붉은 꽃들을 발견했다. 무전으로 서로 확인한 결과 모든 방향에서 봉우리로 오르는 길 위에는 그렇게 꽃들이 만발했다. 그것은 무리를 지어 섬으로 가던 괴물들의 머리에 피어 있던 꽃이었다. 각 부대장들은 대원들에게 마스크와 고글을 착용하라고 명령했다. 군인들은 잠시 꽃 아닌 꽃이 만든 기괴한 광경을 보며 멈춰서 있었다. 땅에 빼곡하게 핀 꽃들은 하나의 거대한 괴물로 변한 섬의 피부에 난 빨간 털인 듯이 바람에 살랑살랑 흔들렸다. 남쪽에서 상륙한 부대장이 삽으로 꽃 하나의 밑을 파 보라고 했다. 군인 두 명이 삽을 꺼내 꽃 아래 흙을 파내자 그 밑에는 눈을 감고 평화롭게 잠자고 있는 듯한 괴물의 머리가 보였다. 숨을 쉬고 있었다. 죽지 않았다. 꽃은 그 머리에서 피어나 흙을 뚫고 위로 피어 있는 것이었다.

"이 많은 꽃들 아래 괴물이 하나씩 달려 땅 속에서 잠자고 있는 것인가?"

부대장들은 이런 사실을 상부에 무전으로 보고하고 명령을 기다리며 대기했다. 오래지 않아 금방 명령이 하달됐다. 다 태워버릴 것.

군인들은 하나도 빠짐없이 꽃과 괴물을 다 태워버리는 것이 가능할지 자신이 없었지만 어쨌든 명령대로 이행하기로 하고 부대끼리 연락을 취해 꽃이 피어 있는 가장 낮은 지점에 모였다. 그들은 화염방사기를 발사했다. 꽃밭에 불이 붙었다. 잘 탔다. 괴물을 태울 때 나던 냄새와는 좀 다른 냄새가 공중을 가득 채웠다. 모든 방향에서 세차게 치솟은 불길은 동그란 고리 모양으로 연결돼 꽃밭을 따라 봉우리 쪽으로 올라갔다. 괴물 머리에 핀 꽃 아닌 꽃은 인화물질이라도 포함하고 있는지 맹렬하게 불을 끌어당겼다. 군인들은 꽃밭에 급속히 불이 번지는 모습을 보고 모두 서둘러 아래쪽으로 피해 내려갔다.

군인들이 타고 온 고무보트에 나누어 타고 섬을 떠나 바다 위에서 섬 쪽을 바라보니 불은 삽시간에 봉우리 근처까지 번져 온 섬이 다 타고 있었다. 새들이 불길 위에서 이리저리 날았다. 그때 온 섬에서 우는 소리가 들려왔다. 땅 속에 잠자던 수천의 괴물이 꽃과 함께 불에 타며 깨어나 우는 소리인 것 같았다. 군인들은 그 소리를 들으며 마음이 무거워졌다. 어쩌면 그들의 가족이나 친구도 땅에 묻혀 불에 타고 있을지도 모르는 일이었다. 그 울음소리는 인간들이 소중하게 생각하는 모든 것들에 대한 조종弔鐘 소리라고 할 만했다. 울음소리는 점점 커져 이제는 하나의 거대한 괴물로 변한 섬이 모든 소리를 모아 홀로 목놓아 울부짖는 것처럼 들렸다. 군인들이 모선으로 돌아가고 모선이 섬에서 멀리 떨어질 때까지도 울음소리는 그치지 않았다. 군인들은 섬에 등을 돌리고 육지로 돌아갔다.

그들이 놓친 것이 있었다. 섬 아래 깊지 않은 바닷속에도 꽃들이 수초처럼 피어 있었다. 바닷속 꽃밭 아래 잠자는 괴물들은 그 수는 많지 않았지만 불에 타지 않고 그대로 살아남았다. 그중 무엇에 끌렸는지 갑자기 세 송이 꽃이 바다에서 위로 올라왔고, 그 꽃들이 뿌리내린 괴물의 머리와 몸도 따라서 올라왔다. 주변의 몇몇 머리에 꽃 피운 괴물도 그렇게 위로 올라왔다. 그들은 물 밖으로 올라와 머리를 내밀고 불타는 섬을 바라보았다. 섬을 가득 채운 울음소리를 들었다. 그들도 울었다.

세 송이 꽃을 머리에서 피워낸 괴물, 영호는 불타는 섬을 떠나 헤엄쳤다. 몇몇 녀석도 그를 따랐다. 그들은 육지가 아니라 먼 바다 쪽으로 향했다. 깊고 넓은 바다, 아무도 살지 않는 어느 작은 섬을 찾아가서 앞으로 얼마가 됐든 죽기 전까지는 인간들을 피해 살 것이다. 영호는 이제 사람으로 살았던 과거를 다 기억했다. 다 기억했지만 그것은 아주 오래전에 죽은 다른 사람의 삶일 뿐이었다. 괴물이지만 아직 살아 있으니 그걸로 좋았다. 영호는 그새 등과 팔에 지느러미 같은 것이 생겨난 것을 알았다. 거울을 볼 수 없으니 몰랐지만 영호는 그새 섬으로 오기 전과는 좀 다른 몸으로 변했다는 것을 느꼈다. 먼 바다로 나아가면서 영호는 바닷물이 온몸을 통과해 흘러 지나가는 느낌에 입에서 거품을 내며 웃었다.

트럭

며칠 지나고 나니 너무 답답해서 견디기 힘들 정도였다. 늙은 어머니는 딸이 좋아하는 음식이라고 매일 이것저것 만들어 줬는데, 그녀는 그것들을 어머니 기쁘시라고 감탄사까지 연발하며 남기지 않고 먹었지만 예전처럼 그렇게 좋아하지는 않는다는 것을 알았다. 무엇을 먹어도 상관없었다. 그동안 한식이 그립지도 않았다.

언니와 오빠가 와서 같이 밥을 먹으며 막내동생을 걱정하는 말을 주섬주섬 꺼냈을 때도 그녀는 건성으로 고개를 끄덕이며, 잘 알겠다, 명심하겠다, 대답했지만, 그런 말들은 이제는 아주 오래전에 살던 먼 곳에서 평생을 그곳에서 살다 죽어가는 노인들이 큰 나무 아래 쭈그리고 앉아 알아듣기 힘든 사투리로 웅얼거리는 소리 같았다. 못 본 사이에 홀쩍 큰 조카들은 어느 남의 집 지나가는 아이들인가 싶었다. 조카들은 그녀는 아무 관심도 없는 가수, 학원, 입시 이야기를 했는데, 얼굴에는 어린 나이에도 수심愁心이 보였다.

집을 나서면 거리에는 사람들이, 도로에는 차들이 가득했다. 고개를 들어 주변을 둘러보면 온통 높이 솟은 아파트, 빌딩들이었다. 오랜만에 만난 친구들은 아이 교육, 본인이나 남편 직장, 아파트, 노부모, 시부모, 학창시절, 해외여행 이야기를 했다. 그녀는 친구들이 다들 같이 겪은 오래전 일을 얘기할 때 그녀도 기억나는 이야기로 거들었을 뿐 거의 듣기만 했다. 그녀가 지금 하고 있는 일에 대해서 친구들이 물어봐도 대충 넘어가며 얼버무렸고 구체적으로는 이야기하지 않았다. 친구들은 그녀에게 변했다고, 많이 달라 보인다고 했다. 그녀는 그저 잘 모르겠다는 취지에서 어깨를 으쓱했다. 그녀도 변했고, 친구들도 변했다. 반가웠지만 즐겁지는 않았다. 조금 시간이 지나니 지루했다.

빨리 돌아가고 싶었다. 어머니 집에서 지내야 하는 날들이 더디 갔다. 밖에 나가 놀러 다닐 생각도 나지 않았다. 가족들과 추모원에 가서 아버지의 유해를 모신 봉안함 앞에 섰을 때도 별 느낌은 들지 않았다. 아버지에 대해서는 좋은 기억보다는 나쁜 기억이 더 많았지만, 그 모든 기억도 이제는 아버지의 뼈와 살처럼 다 타서 구분할 수 없는 작은 알갱이로 이루어진 가루가 되어 마음 한 구석에 되는 대로 뿌려져 있을 뿐이었다.

못 본 사이에 더 노쇠해진 어머니가 조금은 안스러웠지만 그 또한 사람, 아니 이 행성의 생명체라면 다 겪는 일이라고 생각하면 아무것도 아니었다. 그런 어머니를 계속 혼자 살게 하는 오빠와 언니를 비난할 생각도 없었다. 그녀는 아예 어머니가 오지도 못할 먼 나라로 날아가 버렸고, 세상의 삶은 모두 그저 그렇게 망가지고 스러져 가는 것이니 말이다. 어머니가 죽었다는 소식을 들으면 좀 슬프긴 하겠지만 그걸로 끝일 것이다.

비행기가 이륙했을 때 그녀는 눅눅한 짐을 땅에 내려놓고 하늘로 올라가는 기분이 들어 기뻤다. 이제는 어머니가 죽어야 장례식 때문에 오게 되지 않을까 생각했다. 그 전에는 되도록 다시 오지 않을 것이다. 한참 전에 죽은 그녀의 남편의 유해를 모신 곳에는 가 보지도 않았다. 뼛가루를 담은 상자 앞에 가서 그를 추억하는 의미 없는 짓은 하고 싶지 않았다. 머릿속에 남은 기억만으로 충분했다.

그와 같이 살던 동네에는 한 번 가 보았다. 그곳에서 오래전 그때의 기억이 떠오르기는 했지만 그저 그뿐이었다. 애틋하지도, 슬프지도 않았다. 아직 기억이 닿는 과거 언젠가에 그런 삶이 있었다. 그때는 그때대로 좋았다. 좋은 기억이 더 많았다. 지금은 다른 삶이다. 지금도 나쁘지 않다. 그도 그녀를 만나서 좋았을 것이라고 믿었다. 하지만 그가 지금은 세상에 없으니 어쩔 수 없고, 그걸로 됐다.

그녀는 현재의 삶으로 돌아오니 좋았다. 남은 휴가 하루를 집에서 쉬고 다시 일하러 나갔다. 동료들도 반가웠지만 무엇보다 반가웠던 것은 그녀의 트럭이었다. 육중한 차체와 커다란 타이어를 쓰다듬으며 그녀는 오랜만에 보는 인사를 했다. 기계인 트럭이 그녀에게 인사를 할 리는 없었지만, 그녀는 시동을 걸면 엔진에서 나오는 묵직한 소리와 불이 들어오는 운전석 앞 전자 계기판의 명멸이 트럭이 그녀에게 하는 인사라고 여겼다. 그녀는 아직 출발할 시간이 안 됐지만 엔진 소리를 듣고 또 계기판 불빛을 보고 싶어서 시동을 켰다가 곧 다시 껐다. 내려서 컨테이너 안의 화물을 확인하고 정리해야 했다.

이번에도 먼 길을 가야 했다. 미국 대륙을 동에서 서로 횡단해야 했는데, 그것은 그녀가 제일 좋아하는 일이었다. 미국에서도 그녀는 대도시에 머무르는 것을 싫어했다. 그저 답답했다. 초원과 사막의 지평선 너머까지 직선으로 뻗어 있는 고속도로, 깊은 협곡을 통과하는 구부러진 도로를 하루에 정해진 시간만큼 하염없이 달리고, 밤에는 트럭 뒤쪽의 공간에서 혼자 술이라도 마시고 하늘에 깔린 별을 보다 자고, 중간중간 있는 주유소와 휴식공간에서 다른 트럭 기사들과 어울려 이야기하고, 비가 와도 눈이 와도 돌풍이 불어도 달리고, 무디어지는 시공간에 대한 느낌 탓에 지나온 모든 삶, 그리고 트럭과 도로 밖에서 이루어지는 현재의 삶이 리어 뷰 미러 안에서 멀리 하나의 점으로 작아지다가 소실되는 것 같고, 멈추지 않고 질주하는 괴물 같은 거대한 트럭과 연결되어 그 일부가 되는 것 같다. 그런 삶이 좋았다.

처음에는 그녀가 이민자 아시안 여성이라는 점 때문에 이런저런 편견을 가지고 보는 시선도 많았고 그래서 어려움도 겪었지만, 그녀가 거대한 트럭을 능숙하게 몰며 한 치의 어긋남도 없이 일을 처리하는 것을 본 후 대부분 남성인 다른 트럭 기사들도 그녀를 온전히 그들의 동료로 인정하고 신뢰하게 됐다. 그녀에게 사랑 고백을 한 트럭 기사도 있을 정

도였다. 그녀는 웃으면서 마음은 고마운데 친구로만 지내자
고 하며 맥주를 샀다.

그녀가 구사하는 영어에도 대륙을 횡단하는 트럭 기사들
의 말투와 용어와 슬랭이 알게 모르게 섞여 있어서 그녀가
말쑥하게 옷을 차려 입고 뉴욕 월 스트리트의 어느 은행에
서 일하는 백인 여성 친구를 만나러 가서 친구가 좋아하는
근사한 식당에 앉아 이야기하다 보면 친구는 연신 그녀의 이
야기와 말씨에 '쿨'이라고 하며 재미있어 했다. 그는 그녀가
다니다 그만둬 버린 대학에서 알게 된 친구였는데, 어쩌다
보니 시간이 지나도 가끔 보는 사이가 되었다.

주변에서 그녀의 말을 듣고 고개를 돌려 쳐다보는 양복
입은 뉴요커들도 종종 있었다. 아마도 그들도 그녀의 친구처
럼 월 스트리트의 어느 금융회사에서 일하는 녀석들이었을
것이다. 그녀가 트럭을 타고 황량한 사막을 가로지고 있을
때 모니터 앞에 앉아 해괴한 파생상품의 이윤을 계산하고
있을 그런 녀석들. 친구는 언젠가는 꼭 그녀가 모는 트럭 옆
자리에 자기를 태워 달라고 했다.

트럭은 기계이다. 살아 있는 생명체가 아니다. 당연한 소
리이다. 당연하다니, 어떻게? 그녀는 생명체와 비생명체를 구

분하는 명확한 과학적 기준에 대해서 배우지 못했다. 막연하게는 알고 있지만, 정확히는 모른다. 그래도 트럭이 생명체가 아닌 것은 알겠다. 어느 기준에 따르더라도 그럴 것이다.

살아 있지 않으니 어떤 수준의 의식도 없다. 트럭이 그녀를 의식할 리 없다. 트럭이 그녀에게 어떤 감정을 품을 리 없다. 트럭이 그녀에게 말을 걸 리 없다. 그녀는 그런 트럭에 어울리지 않는 이름을 붙여 주었다. '고스트Ghost.' 왜 그런 이름을 붙였는지 그녀도 이유를 잘 몰랐다. 그냥 문득 떠오른 그 이름이 마음에 들었고 트럭에 어울린다고 생각했다.

끝없이 이어지는 직선도로를 달리며 트럭의 엔진소리, 라디오 소리, 바람 소리, 천장에 비 떨어지는 소리, 와이퍼가 유리창 닦는 소리를 듣고 계기판의 불빛, 유리창에 붙은 먼지, 유리창에 흘러 떨어지는 빗방울, 어두워진 도로를 밝히는 라이트 불빛을 보고 있으면, 머리로 다 알고 있는 사실에도 불구하고 깊은 밤 잠 속에서 능히 해괴한 꿈도 만들어내는 그녀의 머릿속에서 몽상이 피어난다.

트럭은 살아 있다. 괴이한 파생상품의 구조를 짜내느라 머리를 굴리는 월 스트리트의 금융업자보다, 사람들에게 꿈과 희망을 주는 감동적인 이야기를 써내는 베스트셀러 작가

보다, 호화로운 집 거실에서 고급 와인을 홀짝이고 있는 댄디보다, 트럭은 충실하고 맹렬하게 살아 있다. 그러나, 트럭은 단독으로 살아 있을 수는 없다. 어쩌면 '고스트'라는 이름과는 정반대되게 금속으로 이루어진 몸뚱이만 있는 트럭은 그녀로 인해 비로소 살아난다.

시동을 걸고, 불을 켜고, 가스페달을 밟아 달리게 하는 한편, 기름을 넣어주고, 오일을 갈아주고, 온몸을 씻고 닦아주고, 부품을 갈아주어 트럭의 조직들을 새롭게 해 준다. 그녀로 인해 트럭 혼자서는 못하는 신진대사가 가능해진다. 그녀는 타이어를 통해 마치 그것이 그녀의 맨발바닥인 듯 지면을 느낀다. 금속 차체를 통해 마치 그것이 그녀의 피부인 듯 바람과 공기를 느낀다. 유리창을 통해 마치 그것이 그녀의 눈인 듯 인간이 아닌 트럭의 관점으로 도로를 본다. 그녀는 그런 몽상 속에서 트럭을 아끼고 사랑한다. 그녀는 트럭에 내재된 조직 및 순환의 원리이고 또한 트럭의 마음이며, 트럭은 그녀의 확장된 신체이다.

트럭의 등에 얹힌 컨테이너에는 그녀의 것도, 트럭의 것도 아닌 화물이 실려 있다. 그녀는 화물이 정해진 사람에게 정확히 전달되면 족하고 화물의 내용에 대해서는 관심 없다.

신고 갈 화물이 없다면 그녀와 트럭은 도로를 달리지 않겠지만, 그녀에게는 화물은 그녀가 달리는 이유라고 하기보다는 구실이라고 하는 것이 맞았다. 그것은 목적지에 닿으면 트럭의 몸 속에서 배설되어 어디로든 알아서 흘러갈 것이었다. 무엇이었는지 기억할 필요도 없었다. 그녀는 책임자로부터 배송이 완료됐다는 서명을 받으면 그것으로 끝이었다. 그리고는 곧 배출해 버릴 다른 화물을 싣고 다시 달린다.

주로 들리는 주유소 겸 휴게소인 '트럭스탑'이 그녀가 달리는 각 루트마다 몇 개씩 있었다. 그녀뿐만 아니라 다른 트럭 기사들도 애용하는 곳들이었다. 그녀가 그날 들어선 곳은 그중 하나였는데, 현재 타는 루트로 갈 때 협곡 옆에 놓인 구부러진 도로로 접어들기 전 쉬어 가기 좋은 곳이었다. 주변 사방으로는 아무 건물도 보이지 않았다. 모래바람이 불었고, 햇빛은 뜨거웠다.

그녀는 우선 주유기 옆에 트럭을 세우고 기름을 채워 넣었다. 굶주린 트럭이 필요한 기름을 다 흡입해 배를 채우는 데에는 시간이 꽤 걸렸다. 엄청나게 먹어대는 녀석이었다. 그녀는 그 많은 연료가 다 어디서 오는 건지, 언제까지 그럴 수 있을지, 크게 궁금하지는 않았다. 그런 건 그녀가 어찌할 일도, 신경 쓸 일도 아니었다. 그녀는 그저 트럭과 함께 끝없이 뻗은 도로를 달리면 됐다. 연료가 끊겨 트럭 운송이 망하면 그만 두면 됐고, 먹을 게 고갈돼 살 수 없으면 그만 죽으면 됐다.

11시간을 꼬박 채워 달렸으니 어쨌거나 그녀는 그곳에서 최소한 10시간을 쉬었다 가야 했다. 그게 법이었다. 샤워도 하고 배도 채우고 다른 트럭 기사들과 이야기도 하고 그곳에서 밤을 보내고 다음날 오전에 느긋하게 출발해 갈 것이다. 그녀는 기름을 다 삼킨 트럭을 뒤편 주차장에 세웠다. 특히 외진 곳이라서 그런지 먼저 와서 주차한 트럭도 그날은 세 대밖에 없었다.

그녀는 트럭을 세우고 건물로 와서 문을 열고 들어갔다. 머리가 하얗게 센 흑인 남자가 그녀를 반갑게 맞이했다. 그는 그곳의 책임자인 마커스였다. 그가 그녀의 나이를 가늠하기 어려워한 것처럼 그녀도 그의 나이를 가늠하기 어려워했는데, 대략 60대 중후반 정도인 듯했다. 거기서 나이가 중요한 건 아니었으니 서로 나이를 물어본 적은 없었다. 그녀는 그가 인간적으로 마음에 들었다. 그도 그런 것 같았다. 많은 말을 나누지는 않았지만 얘기를 하면 서로 말도 잘 통했고, 그녀가 보기에 그는 마음이 넓고 따뜻한 사람이었다. 처음에는 흑인 특유의 억양 때문에 그가 하는 말을 잘 알아듣지 못할 때도 있었는데, 이제는 그녀가 그의 말투를 흉내내기도 했다. 그러면 그는 아주 재밌다고 웃었다.

"오랜만에 왔네."

"잘 지냈어?"

"나야 늘 잘 지내지."

"좋아 보여.

그녀는 영어에는 딱히 존댓말이 없는 것이 마음에 들었다. 호칭도 한국처럼 사장님, 교수님, 부장님, 기사님 등 직함으로 부를 필요 없이, 다 그냥 '너(You)'라는 것이 너무 좋았다. 그래서 30년 넘게 나이 차이가 나는 두 사람이 그저 허물없이 너나들이하며 이야기할 수 있어 좋았다.

그와 몇 마디 말을 나누고 나서 그녀는 그곳에 오면 늘 그랬듯이 샤워실로 들어갔다. 트럭 기사들 중에는 남자가 훨씬 많았기 때문에 여자 샤워실은 늘 한산했는데, 그날은 그녀 말고는 아무도 없었다. 그녀는 자기가 태어난 곳에서 이렇게 멀리 떨어진 곳의 샤워실에서 몸을 씻고 있다는 사실이 새삼 신기했다. 거울에 비친 벗은 몸은 그녀 자신에게도 아주 멀리서 온 낯선 이방인의 몸처럼 보였다.

그녀는 마커스에게서 '스톨리치나야' 보드카 한 병과 감자칩 과자 한 봉지를 사서 트럭의 슬리핑칸으로 들어왔다. 육중한 트럭 문을 닫고 어두운 밤에 잠겨 오롯이 혼자 그곳에 있는, 모든 것에서 멀리 떨어져 있는 아득한 느낌을 그녀는 좋아했다. 자동차 지나가는 소리, 사람들 얘기하는 소리가 들리는데, 그녀를 '연수'라는 한국 이름으로 부르는 가족들은 지구 반대편에서 낮 시간을 살고 있다.

　　보고 싶은 사람도 없었고, 이루고 싶은 꿈도 없었고, 그렇게 오래 살고 싶은 생각도 없었고, 별 걱정이나 고민도 없었다. 그녀는 뚜껑을 열고 유리컵에 보드카를 반쯤 붓고 조금씩 마셨다. 과자 봉지를 따서 감자칩도 먹었다. 그 둘이 어울리는 조합인지는 모르겠지만 그녀는 그냥 그렇게 마시고 먹는다. 창밖으로 보이는 밤하늘에는 별들이 보였다.

　　오랜 운전 후 찾아오는 익숙한 피곤함과 보드카가 올려준 약간의 취기에 슬슬 잠이 오기 시작할 때, 그녀는 가까운 곳에서 울리는 총소리를 들었다. 한 방, 두 방, 정신이 번쩍 깨어난 그녀는 몸을 일으켰다. 총소리는 주유소 건물 쪽에서 들려왔다. 그녀는 차에서 나와 바로 그쪽으로 달려갔다. 생각이 빠르게 머리 속에서 번개 치듯 번뜩였다. 아, 강도, 혹시, 마커스, 안 돼, 제발. 심장이 트럭 엔진의 피스톤을 달고 연료를 폭발시키는 듯 쿵쾅댔다. 그녀가 달려가는 중에 가까운 앞쪽에서 다시 두 방의 총소리가 들렸다.

주유기 앞에 한 남자가 쓰러져 있었다. 그녀가 아는 트럭기사였다. 이름은 제프. 그 옆에는 그가 꺼내어 겨눴을 총도 한 자루 떨어져 있었다. 살았는지 죽었는지 알 수 없었다. 앞을 보니 차 한 대가 주유소를 빠져나가고 있었다. 검정색 포드 머스탱. 그녀는 재빨리 번호판의 주 표시와 글자, 숫자를 보고 외웠다. 그녀는 잊지 않기 위해 그것을 계속해서 입으로 소리 내 말하면서 건물로 뛰어들어갔다.

마커스가 카운터 안쪽에 쓰러져 있었다. 다른 트럭기사 두 명도 와 있었다. 흔한 이름을 가진 로버트와 존이었다. 그녀는 카운터를 넘어가 마커스를 보았다. 가슴에 피가 번져 있었다. 코에 손을 대 보았다. 숨을 쉬지 않았다. 로버트는 그가 죽었다고 말했다. 존은 이미 휴대폰으로 경찰에 신고해 이야기하고 있었다. 로버트는 911에는 먼저 신고했다고 말했다. 그녀는 현금출납기 옆에 놓인 펜을 집어 들고 카운터 위에 놓인 메모지에 조금 전에 본 검정색 포드 머스탱 번호판의 주 표시와 글자, 숫자를 급히 적었다. 그것을 경찰에게 전화해 말하고 있는 존에게 주었다. 그가 그녀에게 엄지손가락을 들어 보이고는 경찰에게 그것을 불러주었다.

마커스는 죽었다. 그의 옆에도 총이 하나 떨어져 있었다. 아마 방아쇠도 당기지 못했을 총이었다. 그녀는 울음을 터뜨리지는 않았지만 깊이 비통했다. 그녀가 좋아하는 몇 남지 않은 소중한 하나가 또 세상에서 사라졌다. 현금출납기 안은 동전들만 몇 개 남아 있고 다 비어 있었다. 고작 얼마나 훔쳐갔을까? 차라리 머스탱 차를 팔지 않고! 그것도 훔친 차일까?

셋은 잠시 마커스의 죽음을 애도했다. 그리고, 같이 밖으로 나가서 주유기 앞에 쓰러져 있는 제프의 죽음도 애도했다. 제프는 머스탱이 달아난 쪽을 향해 눈을 뜬 채였다. 로버트가 훌쩍거리며 울었고, 존은 누구 또는 무엇을 향한 것인지 모를 욕을 해 댔다. 그녀는 조용히 있었다.

외진 곳이라서 그런지 구급차와 경찰차가 오는 데에는 한참 시간이 걸렸다. 그들은 두 시신을 확인했다. 경찰은 세 트럭기사에게 차례대로 상황에 대한 질문을 했고, 신원을 확인했고, 존이 설명하는 범인의 인상착의를 적었고, 현장조사를 했고, 무전기로 어딘가 연락을 취해 한참 뭐라뭐라 이야기했다. 그녀가 거기서 더 할 수 있는 건 없었다. 경찰이 머스탱을 추적할 것이다.

그녀는 트럭으로 돌아와 잠을 청했지만 잠들지 못했다. 자꾸 마커스가 생각났다. 좋은 사람이었다. 이제는 영영 볼 수 없었다. 일어나서 보드카를 한 잔 더 컵에 따라 마셨다. 한국에 있는 가족들 생각은 나지 않았다. 세상에 인간으로 존재하는 것에서 오는 고통과 슬픔에 대해 생각해 봤다. 고통과 슬픔을 느끼는 인간을 하나 태우고 그 인간의 뜻에 따라 무심하게 달리는 거대한 트럭으로 존재하는 것이 낫겠다고 생각했다.

그녀는 트럭이 되고 싶었다. 그녀 자신은 마음을 잃고 그 마음을 가져간 트럭이 그녀를 조종해 주기를 바랐다. 거대한 강철 몸뚱이를 가진 트럭은 인간의 마음을 가져가도 그만큼 고통스럽거나 슬프지 않을 것이라고 믿었다. 그런 생각 속에서 뒤척이다가 새벽이 가까워졌을 때 그녀는 잠이 들었다. 소중한 존재가 세상에서 사라졌어도 아직 세상에 남은 생명은 잠이 온다. 굿바이, 마커스.

그녀는 아침에 일어나 전날 다른 가게에서 사 온 샌드위치로 간단히 요기를 한 후 트럭에 시동을 걸고 출발해서 아직 남은 가야 하는 길을 가기 시작했다. 전날 밤 그곳에서 아무 일도 일어나지 않았다는 듯이. 트럭기사를 잃은 트럭 한 대는 주차장에 그대로 서 있었고, 다른 두 대는 이미 그녀의 트럭보다 일찍 출발하고 없었다. 그들도 그저 자기 갈 길을 계속 갔다. 세 트럭기사는 훗날 이 트럭스탑에 다시 왔을 때 마커스 아닌 다른 사람이 카운터에 있는 것을 보면 으레 그래 왔다는 듯이 그에게 반갑게 인사할 것이다. 그들 중 누군가는 그보다 먼저 거기에 있었던 사람에 대해 짧게 이야기할 지도 모른다.

그녀와 트럭은 차도 별로 없는 직선도로를 무심하게 달렸다. 한동안은 그렇게 황량하게 이어지는 길이었다. 한참을 달렸다. 전날 밤 뒤에 두고 온 트럭스탑에서 일어난 일은 그녀가 한국에서 겪었던 일처럼 오래전에 일어나 현재 그녀의 삶과는 더 이상 별 상관없는 것만 같았다. 마커스의 얼굴은 수십 년 전에 필름 카메라로 찍어 인화한 사진 속 빛 바랜 얼굴처럼 떠올랐다. 그녀와 트럭만 끝도 없을 것 같이 이어지는 도로 위에 있었다. 화물도, 목적지도 잠시 잊었다.

앞쪽에 주유소가 보였다. 종종 들리는 곳이었다. 화장실에 가고 싶었던 그녀는 주유소 옆쪽에 잠시 트럭을 세웠다.

아직 주유할 필요는 없었다. 화장실에 다녀온 그녀가 안면이 있는 주유소 직원과 인사하고 트럭으로 돌아가려던 때, 그녀는 주유기 옆에 서 있는 검은 머스탱을 보았다. 번호판을 보았다. 그녀가 외우고 있는 바로 그 번호판이었다.

차 옆에 한 남자가 주유를 하며 서 있었다. 존이 경찰에게 설명한 인상착의와 일치했다. 백인. 짧은 금발머리, 중키. 검정색 가죽점퍼, 청바지. 전날 밤 그곳을 떠나 아직 여기에 있는 걸 보니, 경찰을 피해 어디 숨어 있다가 이제서야 기어 나왔나? 같은 번호판, 같은 차에, 존이 설명한 옷차림 그대로. 대담한 건지, 생각이 없는 건지. 주변을 둘러봐도 경찰이 나타날 기미는 보이지 않았다. 다들 뭐하고 있는 건가? 전날 밤 두 명이나 쏴 죽인 놈이 바로 저기 있는데. 그새 운전자가 바뀌지는 않았겠지? 바로 저 놈이겠지?

전날 밤 일은 먼 과거로 밀려나지 않고 다시 생생하게 살아 돌아왔다. 마커스의 얼굴도 빛 바랜 아날로그 종이 사진에서 튀어나와 모니터 스크린에 뜬 디지털 사진 속으로 들어간 듯이 다시 선명한 색을 띠었다.

그녀의 트럭은 아직 주유하고 있는 그의 옆을 지나 먼저 출발했다. 그가 지나가는 트럭을 잠시 보았다가 주유기로 눈을 돌렸다. 그녀는 그때 그의 얼굴과 눈을 보았다. 그는 높은 트럭 운전석 안에 있는 그녀를 볼 수 없었다. 트럭은 길을 따라 달렸다. 그 주유소는 그녀가 가려는 협곡을 따라 이어지는 길 직전에 있는 마지막 주유소였다.

하얀 구름이 뜬 푸른 하늘에 한 마리 독수리가 날았다. 햇빛은 강렬했고, 도로 옆으로는 누런 먼지가 날렸다. 앞에 나타나는 산은 거칠었고, 시간은 흐르는 것 같지 않았다. 아주 오래전 이곳에서 번성했다는 인디언들의 후손은 다 보호구역 안에 있는지 보이지 않았다. 협곡에 접어들었고, 길 왼쪽 옆으로 떨어지는 절벽이 보였다. 트럭 같은 대형 차량을 운전할 때는 더욱 조심해야 하는 길이 시작됐다. 그녀는 속도를 줄여 천천히 트럭을 몰았다. 많이 지나갔던 길이었지만 여전히 조심해야 했다.

그녀는 커다란 곡선을 그리며 도로가 구부러지는 지점에 트럭을 세웠다. 밖에서는 바람소리만 들렸다. 트럭을 지나쳐 가는 차도, 반대쪽에서 오는 차도, 없었다. 그런 곳이었다. 웬만하면 대부분 약간 돌아가더라도 새로 난 다른 루트의 길로 다녔다. 그녀는 이 길로 다니기를 고수했다. 그저 이 위험한 길을 운전하는 것이 좋아서 그랬다. 곧 폐쇄된다는 소문도 있었다.

잠시 그렇게 서 있었다. 곧 리어 미러에 차가 나타났다. 검은 머스탱. 그래, 이 길로 올 줄 알았다. 그녀는 트럭을 조금 움직여 크게 굽은 길을 중앙선을 물고 앞으로 가기 시작했다. 뒤에서 트럭 바로 뒤로 접근한 머스탱이 경적을 울리고 상향등을 번쩍거렸다.

트럭은 살짝 오른쪽으로 들어왔다. 가드레일과 트럭 사이로 머스탱이 간신히 빠져나갈 공간이 벌어졌다. 머스탱이 추월하려고 속도를 올렸다. 머스탱이 트럭 운전석 옆쪽을 추월해 지나가려는 순간 트럭은 왼쪽으로 틀어 머스탱을 밀었다. 머스탱은 가드레일과 트럭 사이에 끼어 가드레일을 세게 긁는 굉음을 내며 차체에서 불꽃이 일어났다. 바퀴는 세게 돌았지만 빠져나오지 못했다.

큰 곡선의 중간 지점에 이르러 트럭이 머스탱을 더 강하게 왼쪽으로 밀었다. 운전석에 앉아 있는 두 사람과는 상관없이 벌어지는 크고 작은 두 마리 야생 짐승의 목숨을 건 싸움인 듯 금속으로 이루어진 두 짐승은 서로 뒤엉켜 귀를 찢는 괴성을 냈다.

가두어진 상태에서는 힘으로 머스탱이 트럭을 이길 수

없었다. 큰 곡선의 끝 부분에서 거대한 짐승의 원심력을 최대로 받은 가드레일이 터지고 머스탱은 절벽 아래로 떨어졌다. 트럭은 몸을 가누어 위태롭게 도로 안쪽으로 다시 들어왔다. 트럭이 멈춰 섰고, 절벽 아래쪽에서 폭발음이 들렸다.

그녀는 트럭에서 내려 터진 가드레일 아래쪽으로 떨어져 불타는 머스탱을 내려다보는 따위의 짓은 하지 않았다. 볼 생각도 없었다. 트럭은 다시 출발했다. 운전석 옆쪽과 타이어 휠의 긁히고 찌그러진 부분은 그녀의 돈으로 보수해야 할 것이다. 그녀는 심장이 빨리 뛰고 있지도 않았다. 순식간에 일어난 일이었다. 그녀가 아니라 트럭이 그녀 대신 스스로 해버린 일 같기도 했다.

마커스의 얼굴은 다시 아날로그 종이 사진 속으로 들어가 빛을 잃었다. 머스탱을 몰던 남자의 얼굴도 마찬가지였다. 그녀와 트럭은 함께 협곡에 놓인 길을 따라 천천히 달렸다. 지난 밤과 조금 전에 아무 일도 일어나지 않았다는 듯이. 길게 놓인 길 위에 그녀와 트럭, 그렇게 둘만 존재하는 듯이.

명동결혼

영우는 버스에서 내려 신호등이 바뀌기를 기다리다가 건너편 낡은 건물 3층 세 개의 유리창에 커다란 글자가 하나씩 붙어 '사진관'이라고 표기된 것을 보았다. 사진관의 이름도 없이 그냥 '사진관'이었고 글자체도 오래 전에나 쓰던 것이었다. 어쩌면 그곳에서는 아직도 필름 카메라로 사진을 찍어줄지 모른다는 생각을 했다. 영우는 잠시 그 사진관에서 기념사진을 찍는 것이 어떨까 생각하다가 이내 다른 아이디어가 떠올랐다. 신호등이 보행신호로 바뀌었고 영우는 길을 건너 휴대폰 지도 앱을 켜고 오늘 연희를 만나기로 한 커피숍의 위치를 찾아 그쪽으로 방향을 잡고 걸어갔다.

거리에 사람들이 많았다. 다양한 인종의 사람들이 여기저기 보였고, 여러 언어로 말하는 소리가 들렸다. 몇 년 전

코로나가 창궐하던 때 텅 비었던 명동 거리가 이제는 다시 북적거렸다. 하얀 바탕에 커다란 빨간 글자로 '불신지옥'이라고 쓴 피켓을 들고 확성기로 예수 믿으라고 읊조리는 사람도 다시 나왔다. 영우는 연희와 만나기로 약속한 커피숍으로 들어갔다. 커피숍에도 사람들이 가득 앉아 있었다. 구석자리에 돋보기 안경을 끼고 휴대폰을 보고 있는 연희에게 가서 앞자리에 앉으니 연희가 고개를 들어 영우를 보고 웃었다.

"오늘 이 동네, 사람들 무지 많네."

"그렇더라. 코로나 때는 텅 비었는데, 진짜 오랜만에 와보니 예전으로 돌아갔어."

두 사람은 커피를 마시고 나와 명동성당으로 걸어갔다. 성당으로 가는 주도로에는 오만가지 가판과 온갖 피부색의 사람들이 가득했다. 영우는 돌계단을 올라 성당 앞으로 올라가다가 예전에 있던 귀엽고 졸린 예수상이 없어진 것 같아서 연희에게 말했더니 연희는 그런 게 있었는지 잘 모르겠다고 했다. 영우와 연희는 본당 사무실을 찾아가 두 사람 이름과 영세명으로 그날 저녁 6시 생미사 신청서를 작성해 5만 원을 넣은 봉투와 같이 냈다. '이 아오스딩'과 '박 헬레나'. 꾸준히 성당에 다닌 연희와는 달리 성당에 나가지 않은 지 무려 40년이 다 돼 가는 영우는 그렇게 쉽게 생미사 신청이 되는 것인지 처음 알았다.

영우는 오래 전에 신앙을 잃었지만 다섯 살 때 세상을 떠난 아버지 연미사 때문에 1년에 한 번씩 대부분 아직 신앙을 잃지 않은 가족들과 같이 의무적으로 성당에 왔고, 덕분에 명동성당에도 몇 번 왔다. 영우가 연희에게 지옥이 있다고 믿느냐고 물었을 때 연희는 아니라고 했다. 천국이 있다고 믿느냐고 물었을 때는 모르겠다고 했다. 어릴 때 몇 년간 복사도 했던 영우는 그래도 개신교 교회보다는 천주교 성당 분위기가 더 자연스럽고 친숙했다. 조금은 더 거룩한 느낌이 들기도 했다. 영우는 무슨무슨 불사라며 돈 내라고 적혀 있는 안내문이나 돈 낸 사람들 이름이 적힌 종이등이 빼곡히 걸려 있는 것들을 빼고는 사찰의 분위기도 좋아했다.

미사시간인 6시까지는 시간이 남아 두 사람은 다시 명동 거리로 내려왔다. 영우는 연희에게 버스에서 내려 본 사진관 이야기를 꺼냈다.

"그걸 보고 그 사진관에서 기념사진을 찍으면 어떨까 생각했어."

"아우, 그건 좀 아니다 싶다."

"다른 아이디어가 떠올랐어."

"뭔데?"

"요즘 유행하는 네컷사진을 찍자."

"그거 좋다."

두 사람은 휴대폰으로 검색을 해서 가까운 곳에 있는 포토 스튜디오를 찾아가다가, 영우가 닭강정 좌판을 보고 전날 본 허무맹랑한 '닭강정'이라는 드라마 생각이 나서 연희에게 닭강정을 먹자고 했다. 요기할 겸 닭강정 한 통을 사서 이쑤시개로 찍어 우물우물 먹으며 골목을 뱅뱅 돌다가 검색했던 포토 스튜디오를 찾아냈다. 빈 종이통과 이쑤시개를 대충 근처 쓰레기 모인 곳에 버리고 두 사람은 그리로 들어갔다. 영우는 이 사이에 끼여 손톱으로 파도 잘 안 나오는 닭고기 조각이 거슬리고 신경에 쓰였다. 연희가 모자와 머리장식과 색안경을 챙겨 들어간 빈 부스에 영우도 들어갔다. 연희가 꺼내 준 치실로 영우는 그 안에서 닭고기 조각을 뺐다.

네컷사진 기계를 처음 조작해 보는 두 사람은 터치스크린의 메뉴들을 유심히 보면서 헤매다가 영우가 어찌어찌 기계를 작동시키고 신용카드로 결제도 했다. 뭔가 더 눌러야 할 줄 알았다가 준비도 안 된 상태에서 갑자기 기계가 돌아가며 몇 초 후 첫 장을 찍는다는 메시지가 뜨자 두 사람은 허겁지겁 모자와 머리장식을 되는 대로 쓰고 포즈를 취했다. 두 번째, 세 번째, 네 번째 사진도 그렇게 모자, 머리장식, 색 안경을 바꿔 가며 급히 찍었다. 인쇄되어 나온 네컷사진을 보니 자동으로 보정도 들어간 것 같고 둘 다 표정이 좋았다.

"이게 우리 웨딩사진이야."

"재밌네. 사진 잘 나왔다."

아직 미사시간까지 시간이 남아 커피숍에 들어와 커피를 마시면서도 연희는 네컷사진을 탁자 위에 올려놓고 계속 보면서 좋아했다. 영우가 주위를 둘러보니 대부분 다 젊은 사람들이었다. 둘 다 젊었던 30여 년 전 시시하게 헤어져 그동안 각자 다른 삶을 살다가 3년여 전에 다시 만난 두 사람은 30여 년 전 그들이 그랬던 것처럼 그래도 꽤 많은 가능성을 품은 미래가 앞에 놓인 젊은 사람들에게 둘러싸여 이제 앞으로 얼마 남지 않았을 삶의 시간을 가늠해볼 생각도 없이 서로를 보며 웃고 있었다. 어떻게 이렇게 됐는지 모르겠지만, 운명이라는 건 둘 다 믿지 않았지만, 두 사람은 아무나 쓸 수는 없는 흔치 않은 이야기를 써 내려가고 있었다. 과연 누가 오래도록 기억해 줄지 모르겠는 이야기, 두 사람이 죽고 나면 다 잊히겠지만 그때까지는 두 사람이, 그리고 하나가 먼저 죽으면 뒤에 남은 한 사람은 기억할 이야기.

아무리 의미 있고 기억에 남을 만하더라도, 이야기는 만들어졌다가 잊혀진다. 영우의 부모인 달영과 영숙은 1959년에 명동성당에서 결혼했다. 영우가 본 흑백 결혼식 사진 속에서 달영과 영숙의 얼굴에서는 약간의 긴장 섞인 행복감이 느껴졌다. 사진 이미지 뒤에 숨어 있을 신랑과 신부 각자의 꿈, 그리고 미래에 대한 기대와 불안은, 그들이 그후 어떻게 살았다가 죽었는지 알고 있는 영우를 조금 슬프게 했다. 불과 십여 년 후에 죽을 신랑의 사진 속 얼굴에 당연히 그런 불길한 조짐은 보이지 않았다. 영우와 연희가 네컷사진을 앞에 놓고 커피숍에 앉아 있는 날로부터 2년여 전에 세상을 떠날 때까지 힘들었던 신부의 사진 속 얼굴에 당연히 그런 긴 홀어미 삶의 조짐은 보이지 않았다. 네컷사진 속 두 사람의 웃는 얼굴에서도 오지 않은 미래의 불길한 조짐은 당연히 보이지 않았다. 지금은 그것으로 좋았다.

영우와 연희는 커피숍에서 나와 명동성당으로 올라갔다. 성당 앞에서 어떤 사람에게 부탁해 성당을 배경으로 휴대폰으로 사진도 몇 장 찍었고, 미사시간 30분 전에 성당으로 들어가 맨 앞에서 세 번째 자리에 가서 앉았다. 제대가 바로 앞에 보였고, 그 뒤에 예수가 매달린 십자가가 조금 높은 곳에 달려 있었고, 그 아래쪽에 줄지어 열두 제자의 상이 서 있었다.

"여기서 이렇게 앞에 앉아 보는 건 처음이네."

"나도."

한 칸 앞쪽 자리 왼쪽의 여자가 맨 앞자리의 노인에게 왜 성당에서 욕을 하느냐, 신자면 신자답게 행동하라고 질책하는 소리가 들렸다. 노인이 뭔가 구시렁거리자 여자는 조금 전에 '씨발'이라고 욕하지 않았냐, 조용히 하시라고 다시 꾸짖었다. 노인은 대꾸하지 못하고 입을 닫았다. 여자가 노인을 혼내는 소리는 그리고 나서도 몇 마디 더 이어졌다.

"저 여자 무섭다, 야."

"그러게."

미사 시간이 거의 다 되니 두 사람이 앉은 긴 나무의자에 빈틈없이 사람들이 들어와 앉았고 뒤돌아보니 뒤쪽에도 사람들이 가득 찼다.

"이 사람들이 다 우리 하객들이야."

"많이도 왔네."

둘은 웃었다. 곧 신부와 복사들이 들어왔다. 신부는 씨름 선수처럼 몸집이 좋았고, 얼굴에도 살집이 붙어 있었다.

"신부님, 강호동 닮았다."

"그렇네."

미사가 시작됐다. 신부가 생미사를 봉헌하는 사람으로 '이 아오스딩'과 '박 헤레나'를 부르고 나서는 연미사를 봉헌하는 사람들을 불렀다.

"생미사는 딱 우리 둘밖에 없네. 신기하다."

"우리 결혼식이니까."

연희의 부모인 성훈과 정숙은 1960년 4·19 혁명 이후의 가을에, 서울에 있는 어느 예식장에서 결혼했다. 결혼사진을 봐도 어느 예식장인지는 알 수 없었다. 사진 속에서 자신감 넘치는 표정의 신랑은 행복하게 미소 짓는 신부와 팔짱을 끼고 카메라 렌즈를 씩씩하게 쳐다보고 있었다. 신랑신부의 옆과 뒤에 줄지어 선 가족들은 그 시대에는 대부분 그랬는지 조금은 굳고 엄숙한 표정으로 신랑신부와 함께 앞에 놓인 미지의 미래를 내다보고 있는 것 같았다. 신랑은 훗날 그를 쓰러뜨린 식도암 따위는 생각도 하지 않았을 것이고, 신부는 남편이 죽은 후 아이들을 키우며 긴 세월을 혼자 살아가는 세월을 짐작하지 못했을 것이다. 그날은 좋은 날이었다. 피할 수 없이 누구나 늙고 고통받고 죽어간다는 사실을 군이 생각할 필요가 없었다. 그것은 맞닥뜨렸을 때 마주보면 될 것이다.

영우와 연희는 신부의 강론이 두 사람을 위한 주례사려니 하며 들었고, 앞으로 나가 헌금함에 각자 만 원권을 하나씩 넣었고, 미사 중 신도들끼리 서로 평화의 인사를 나누는 대목에서 서로 마주 보고 고개 숙여 인사도 했다.

"우리, 신랑신부 맞절도 했다." 영우가 연희에게 속삭였다.

영우는 거의 40년만에 영성체도 했다. 그동안은 믿음도 없고 미사도 안 나가니 아버지 연미사에 가도 영성체는 하지 않았지만, 연희가 그냥 해도 괜찮다고 하는 바람에 나가서 동그랗고 하얀 밀병을 받아먹었다. 영우는 그 미사는 둘만의 결혼식이니까 그렇게 한 번 영성체 밀병을 받아먹는 것도 의미가 있겠다고 생각했다. 그것이 예수의 몸이라고 믿지는 않았지만, 자리에 돌아와서 눈을 감고 기도도 하지 않았지만. 전국 최고 중 하나일 성가대의 노래는 두 사람을 위한 축가였다.

미사가 끝나고 영우와 연희는 밖으로 나왔다. 그새 밤이 됐고 아래쪽 거리에 색색가지 불빛들이 들어와 있었다. 영우는 연희를 이끌고 성모상이 있는 성당 뒤쪽으로 가다가 작은 지하성당을 발견하고 그리로 들어갔다. 어두운 실내에 사람들이 많이 앉아 있었다. 앞쪽에는 작은 제단과 십자가가 있었다. 둘 다 지금껏 명동성당에 그런 곳이 있는 줄 몰랐다. 잠시 거기 서서 노란 불빛 속 어둡고 고요한 느낌에 잠겼다. 세상의 종말이 곧 오리라 믿으며 고대 카타콤에 몰래 모여 기도를 하던 초기 신자들은 다 어떻게 됐을까?

두 사람은 지하성당에서 나와 성모상에서 좀 떨어진 곳에 잠깐 멈춰 섰다. 영우는, 나는 박연희를 남은 삶을 같이 할 배우자로 맞습니다, 라고 말했고, 연희에게 한 마디 하라고 했다. 연희는, 내가 이 사람에게 좋은 사람이 되고자 합니다, 라는 말을 몇 번 더듬으며 했다. 둘은 거기 선 채로 짧게 키스했다. 그리고, 두 사람은 성모상 앞에 가서 거기에 놓인 장궤틀에 무릎을 꿇었다.

"뭐든 기도해 봐." 영우가 말했다.

연희가 눈을 감고 속으로 남은 삶을 같이 하기로 한 두 사람의 길지 않은 미래를 위한 기도를 했다.

영우는 성모상 앞에 놓인 꽃다발을 보고 연희에게 말했다.

"저기 부케 있네. 뒤로 던져 봐라."

연희가 웃었다.

두 사람은 일어나서 성모상 옆으로 가서 연희가 2천원을 저금통처럼 만들어진 상자 구멍에 집어넣고 분홍색 봉헌초를 하나 골라 불을 붙였고, 영우가 봉헌초 올려놓는 자리 중 위쪽에 그것을 올려놓았다. 많은 알록달록한 봉헌초 사이에서 두 사람이 올린 봉헌초도 나란히 줄지어 흔들리는 불꽃에 하나를 보탰다. 두 사람만의 결혼식이 끝났다. 기념촬영을 할 가족과 친지는 없었다. 웨딩사진은 네컷사진으로 이미 찍었다. 피로연은 두 사람이 어디든 식당이나 술집에 가서 저녁 먹으며 술이나 한잔하는 것으로 대신하기로 했다.

두 사람은 밤이 되어 더욱 붐비는 명동거리로 내려섰다. 휴대폰으로 여기저기 검색해 보았지만 근처에 마땅한 데가 없었다. 그래서 명동을 벗어나 길을 건너가 보기로 했다. 명동 주도로를 따라 큰 길로 나갈 때 중앙아시아 어느 나라에서 간경화로 죽은 남자와 21층에서 뛰어내려 죽은 여자에 대한 기억은 회오리감자의 나선 미끄럼을 타고 어느 중국인 관광객의 어두운 뱃속으로 들어갔다.

지하도를 통해 길을 건너가서 무교동 골목길로 접어들어

이리저리 흐르다가 두 사람은 어느 쪽갈비집에 들어갔다. 자리잡고 앉으니 옆자리에는 젊은 부부와 어린아이 둘이 앉아 쪽갈비를 뜯어먹고 있었다. 아빠 앞에는 하나는 비고 하나는 3분의 1만 남은 소주 두 병이 놓여 있었다. 영우는 종업원을 불러 쪽갈비 2인분과 소주를 시켰다. 쪽갈비와 소주를 먹으며 두 사람은 즐거웠다. "두 사람은 결혼해서 그후 쭉 행복하게 살았습니다"라고 끝나는 동화의 결말을 믿지는 않았지만, 그들 각자의 부모가 결혼한 후 겪은 일처럼 앞으로 두 사람에게 과연 어떤 일이 있을지 몰랐지만, 적어도 그날만큼은 그런 미래의 일에 대한 걱정 없이 둘 다 행복했다. 둘은 2차로 근처 맥줏집에 가서 맥주를 마셨다.

적당히 취해서 나온 영우와 연희는 버스정류장으로 왔다. 아직은 같이 살고 있지 않았다. 며칠 후 합쳐서 같이 살 것이다. 같이 침대와 소파도 보러 다녔고 도배가게에 가서 도배지도 골랐다. 조만간 어디로든 해외로 신혼여행도 갈 것이다. 연희가 탈 버스가 먼저 왔다. 영우는 연희를 버스에 태워 보내면서 "오늘이 따로 집에 가는 마지막 날이야"라고 말했고, 버스에 올라타 창을 통해 손을 흔드는 연희에게 손을 흔들었다. 연희가 탄 버스가 멀어지고 영우가 탈 버스가 왔다.

영우는 버스에 타서 자리를 잡고 앉아 눈을 감았다. 잠시 후 눈을 뜨고 버스 창 밖을 보니 금세 꺼져버릴 신기루 같은 도시와 사람들이 보였다. 연희는 버스 창에 비친 이제는 주름도 지고 나이 든 자기 얼굴을 보았다. 두 사람은 얼마 남았는지 모를 앞으로 살아갈 날들을 상상해 보았다.

제이슨 리

머리가 세기 시작한 손자가 밀어주는 휠체어에 앉아서 그는 선글라스가 걸러 준 햇빛에도 눈이 부셔 눈을 가늘게 뜨고 담배 연기를 코로 내뿜으며 이제 곧 100살이 되는 자신의 삶을 음미했다. 100년을 살고 보니 인생이란 생각보다 참으로 길고 긴 것이었다. 젊었을 때부터 죽을 기회, 아니 위기가 그렇게 많았는데, 술과 담배도 줄창 하고 살았는데, 이렇게 아직도 살아있다니. 게다가 치매도 걸리지 않았고! 잘 하면 19세기부터 21세기까지 세 개의 세기를 다 보고 가겠다. 아주 어릴 적 19세기 시절은 기억도 나지 않았지만. 물론 더 오래 사는 데에 별 의미는 없었다.

바야흐로 서기 2,000년이 되면 Y2K인가 하는 것 때문에 컴퓨터 시스템에 오류가 생겨 온 세상에 난리가 날 수도 있다는데, 그는 과연 어떤 난리가 일어날지 기대하고 있었다. 그리고, 이미 '오일피크'가 지났다고도 하고, 곧 올 거라고도 하고, 온실가스 방출이 점점 많아져서 수십년 후에는 재앙이 일어날 수도 있다고 하고, 소련은 붕괴했지만 그 여파로 오히려 여기저기서 크고 작은 전쟁이 끊임없이 일어날 거라고도 하는데, 인류의 미래를 걱정하는 사람이 아닌 데다가 할 짓 안 할 짓 다 하며 과하게 살 만큼 산 그는 파국, 재앙, 재난, 전쟁 같은 것이 도래하기를 즐거이 기다렸다. 죽기 전에 세상에 뭔가 큰 일이 일어나는 걸 봐야 하는데 말이지.

그가 꽤나 큰 일들을 벌여 세상에 소란을 일으키던 시절이 있었다. 이제는 직접 그럴 수 없으니 다른 사람들이 일으키는 살육 또는 어리고 젊은 것들의 야무진 미래까지 박살내는 장대한 천재지변을 보고 싶었다. 그 와중에 자기가 죽어도 상관없었다. 100년을 산 사람이 죽음을 두려워하랴. 세상을 휘젓고 다니던 시절, 그는 사람을 많이 죽이기도 했다. 아니, 자기 손으로 직접 죽인 경우보다는 그의 명령을 따르는 누군가에게 다른 누군가를 죽이도록 시킨 경우가 더 많았다. 그는 그것에 대해 후회나 가책을 느끼지는 않았다. 다 죽을 만한 놈들이었다.

성실하게 일하면서 보잘것없는 월급을 받아 가족과 고만고만한 삶을 살고 공화당이든 민주당이든 투표도 꼬박꼬박 열심히 하는 녀석들은 죽인 적이 없었다. 그런 녀석들은 굳이 죽일 가치도 없었다. 이유야 어찌 됐든 그가 주무르는 세계에 발을 들여놓고 그가 자기 것이라고 여기는 것을 단 1달라라도 빼앗아 가려는 녀석들이 죽어 마땅한 악당들이었다. 그런 파렴치한 악당들은 자비 없이 다 죽였다. 그는 살아남았고, 번성했다.

그는 그의 사업 파트너, 경쟁자, 그리고 그와 거래한 정재계의 크고 작은 악당들 모두보다 오래 살아남아서 그들의 반론을 되받을 일 없이 그들 모두에 대한 비하와 조롱의 평을 원하는 누구에게라도 가볍게 씹어뱉어 줄 수 있다는 점이 좋았다. 절대 그런 코멘트가 무거우면 안 된다. 그들을 조금이라도 높이 평가하는 듯한 인상을 주면 안 된다. 무시하듯이, 가볍게, 별것도 아니라는 듯이. 타인에 대한 최종심급의 평가자가 될 수 있다는 것이 오래 산 자의 특권이 아닌가?

그러나, 그가 너무 오래 산 나머지 그가 평하고자 하는 사람을 기억하는 사람도 이제는 거의 다 죽었다는 것이 아쉬웠다. 간혹 기억을 하는 자가 살아 있더라도 그가 평가하려는 인물에 대해 더 이상 아무 관심도 없었다. 그의 휠체어를 밀고 있는 초로의 손자도 그런 인물들을 잘 몰랐고 그 자들에 대한 그의 평가에 대해 마리화나 쪼가리만큼의 관심도 없었다.

그의 손자는 할아버지가 누구인지 알고 있었다. 지금은 이름을 바꿨지만 할아버지는 1930년대부터 시작해서 한참 동안 시카고의 암흑세계를 주물렀던 마피아 보스 중 하나였다고 일컬어지는 제이슨 리였다. 하와이 농장에서 일하던 한국인 아버지의 아들인 그는 하와이를 떠나 여기저기 떠돌다가 시카고로 와서 알 카포네의 졸개로 그 바닥 생활을 시작해서 나중에는 알 카포네와 거의 대등한 관계의 보스가 됐다고 했다. 손자는 그것을 할아버지와 아버지에게서 들어서 알기도 했고, 이런저런 기사나 책에서 봐서 알기도 했지만 정말로 그랬는지 좀 미심쩍기도 했다.

그는 세상에는 필리핀인지 미국 어디선가 죽은 걸로 알려졌지만, 사실은 죽음을 위장하고 다른 이름으로 살기 시작했다. 그렇게 한 이유를 묻자 그는 짤막하게 "과거에서 벗어나 새 삶을 살고 싶어서"라고 답했지만, 손자는 그 말을 믿지 않았다. 손자가 전해들은 이야기가 사실이라면 할아버지는 여전히 악당이었다. 다만, 힘과 영화를 잃은 악당. 그 이상 알고 싶지도 않았다. 아버지도 먼저 죽은 마당에 할아버지가 죽고 난 후에 자기가 상속받을 재산에 관심이 있을 뿐이었다. 그것이 어떻게 벌어들인 것이든 간에, 신분 세탁한 후의 새로운 이름으로 그것을 어떻게 넘겨왔든지 간에, 아무튼 할아버지에게 막대한 재산이 있다고 하니까. 그것이 손자가 수시로 할아버지를 찾아와 휠체어를 밀며 바깥 바람을 쐬게 하고 이야기 상대가 돼 주는 이유였다. 유언장이 있는지, 있다면 거기에 자기 이름이 들어 있는지 없는지는 아직 몰랐다. 물어봐도 절대 대답해주지 않을 것이다.

제이슨의 손자 본인도 얼마 전에 갓 태어난 손자가 있었다. 세상에, 무려 고조할아버지라니! 악당질을 일삼으며 살았다는 사람이 이렇게 천수를 누리며 오래 살아도 되는 것인가 하는 생각이 들어 울컥하다가도, 그렇게 산 할아버지의 삶이 내심 부럽기도 했다. 사나이로서 한 번 살아보고 싶은 삶이 아닌가 말이다. 만약 손자가 들은 이야기가 다 사실이라면, 이민자 출신 동양인이 냉혹한 그 세계에서 정상에 올라 권력을 오래 유지했다는 것 자체는 인정해 줘야 한다. 존경할 만하다. 대단한 사람인 건 맞다. 그래도, 악당은 악당이다. 좌우지간 그는 이젠 요양병원에서 죽음을 앞둔 99세 노인일 뿐이고, 손자는 할아버지의 재산이 죽은 뒤에 어디로 가는지가 궁금했다.

그가 손자에게 어쩌다가 혼잣말처럼 한 인생 충고는 이런 것이었다.

누군가를 죽일 때는 보자마자 다짜고짜 죽여야 한다. 영화를 보면 꼭 자기가 상대를 왜 죽이는지, 상대가 무슨 일을 했는지 구시렁구시렁 얘기하다가 틈을 줘서 오히려 자기가 당하는 경우가 있는데, 정말로 멍청하기 그지없는 짓이다. 죽으면 끝이다. 죽은 자가 죽고 나서 자기가 왜 죽어야 했는지를 곱씹을 일은 없다. 죽은 자보다 더 오래 살아남을 죽이는 자의 마음속에 죽인 이유가 남아 있으면 된다. 실제로 그를 죽이러 와서 총구를 들이밀고 그가 저지른 일과 그 때문에 자기와 가족이 겪은 고통 따위를 장황하게 약간의 눈물까지 보이면서 이야기하다가 도리어 그에게 당한 녀석도 있었다. 그러니, 몰래 뒤에서 다가가 대체 누가 자기를 죽이는지도 모르게 뒤통수를 쏴 버려도 좋다. 떠벌리지 말아야 한다. 살인은 조용하고 차갑게.

그리고, 영화에 나오는 더 어이없는 행태는 어느 정도 시간이 지난 후에 어떤 장치가 작동하게 해 놓는 등 자기가 없는 곳에서 상대가 죽도록 만들어 놓고 떠나는 것이다. 실제로 저런 아둔한 짓을 하는 자가 있는지는 모르겠다. 그러면 영화에서도 그 자가 절대 안 죽고 탈출해서 자기를 잡으러 오지 않던가? 저런 짓을 하는 자는 살아남을 자격이 없다. 눈앞에서 숨이 끊어지는 것을 반드시 확인해야 한다. 필요하면 확인사살이라도 해야 한다. 저런 변태적인 미친 짓을 하는 자는 자기가 무슨 살인의 예술가라고 생각하는 하수 중의 하수이다. 살인은 간결하고 확실하게.

아마 그가 너무 늙어서 자기 이야기를 듣는 손자가 오래전 그가 악당질을 할 때라면 절대 죽일 가치도 없다고 여겼을 평범한 시민이라는 사실을 잊었거나 자기가 누군가에게 이야기를 하고 있다는 것도 깜빡하고서 그저 혼잣말하듯이 스스로 우쭐해서 주절거린 말이었을 것이다. 다 거짓말일 지도 모르고. 손자는 그저 고개를 끄덕거리면서 자기는 살면서 당최 써먹을 일이 없을 것 같은 주옥같은 인생 충고를 들었다. 그런데, 손자가 생각해 보니 상황은 좀 달랐지만, 아내가 아무 말도 없이 아무 쪽지도 남기지 않고 자기를 떠난 것이나, 상사가 납득할 만한 이유도 제시하지 않고 자기를 느닷

없이 해고한 것이 바로 할아버지가 말한 것처럼 그들이 조용하고 차갑고 간결하고 확실하게 자기를 처단해 버린 것 같기는 했다.

제이슨은 손자에게 몇 시냐고 묻더니 손가락으로 한쪽을 가리키면서 그리로 가자고 했다. 평소에는 잘 가지 않던 쪽이었다. 손자는 잠자코 휠체어를 할아버지가 가리킨 쪽으로 천천히 밀고 갔다. 화창한 날이었다. 제이슨과 같은 요양병원에 있는 백인 노인이 어느 중년여자가 미는 휠체어에 앉아 같은 쪽으로 가는 것이 앞에 보였다. 제이슨은 노인을 앞질러가면서 손만 들어 인사를 했다. 무뚝뚝하면서도 좌절감에 싸인 듯한 얼굴의 노인도 가볍게 인사를 했다. 제이슨이 손자에게 그 노인이 베트남에서 베트콩들 꽤나 죽인 작자라고 말해줬는데, 할아버지에게 자주 왔던 손자는 그 얘기를 벌써 몇 번째 듣는 건지 몰랐다. 그 다음에 나올 얘기도 알았다. 전쟁에서 적을 왜 죽이는지 구구절절 얘기해주는 거 봤나? 어차피 베트남에서는 서로 말도 안 통했겠지만. 그런 점에서 저 치와 나는 비슷한 면이 있지.

앞쪽에 사람들이 모여 있었다. 제이슨은 그곳에 가까워지자 손자에게 손을 들어 멈추라고 했다. 베트남전 참전용

사 노인이 탄 휠체어도 근처에 와서 멈췄다. 사람들이 그냥 모여 있는 것이 아니라 뭔가를 조직적으로 하고 있었다. 뭐라뭐라 지시하는 안경잡이 젊은 남자가 빨간 베레모를 쓰고 가운데 의자에 앉아 있었고, 머리가 벗겨지고 하얀 턱수염이 난 늙수그레한 남자가 커다란 카메라 뒤에 서 있었고, 다양한 옷차림의 사람들이 카메라 앞에 서서 빨간 베레모를 쓴 사람의 말을 유심히 듣고 있었고, 몇몇 사람이 뭔지 모르겠는 이런저런 장치를 조작하거나 요상하게 생긴 기구를 들고 우왕좌왕하고 있었다. 영화나 드라마를 찍는 현장이었다. 손자는 호기심이 일어났다. 할아버지는 저기서 저런 촬영을 지금 이 시간에 한다는 사실을 알고 있었나? 이건 물어봐도 될 것 같아서 물어보니 제이슨은 고개만 까닥거렸다. 곧 스텝 한 명이 빨간 베레모를 쓴 사람의 '레디, 액션' 신호에 맞춰 클래퍼보드의 클랩스틱을 쳤다. 그때 손자는 보았다. 클래퍼보드에 써 있는 제목은 놀랍게도 '제이슨 리Jason Lee'였다.

———

　미국에서 투자자가 생겼다는 소식에 수일은 깜짝 놀랐다. 게다가 수일이 바랐던 것보다 훨씬 많은 액수를 투자한다는 것이었다. 수일이 자고 있던 새벽시간에 전화를 걸어 소식을 전한 미국의 제휴 제작사 담당자의 목소리는 들떠 있었다. 그는 수일과 오래 전부터 '제이슨 리' 영화 제작을 도모하며 수없이 많은 기대와 좌절을 같이 했던, 물론 수일보다는 강도가 아주 많이 약하게 기대와 좌절을 같이 했던, 한인 교포인 마이클 박, 한국 이름으로는 박봉철이었다.

　수일은 금세 마음을 진정시켰다. 투자 의향이 있다고 나섰다가 그와 계약조건을 협상하던 중에 결국 못 하겠다고 제안을 철회한 자가 어디 한 둘이었던가. 수일은 전화기 너머 봉철에게 진정하라고 하고 몇 가지 물어보겠다고 했다. 투자자는 누구인지, 개인인지, 회사인지, 투자 조건으로 제시한 내용이 있는지, 미국으로 가서 직접 만날 수 있는지. 봉철은, 투자자는 처음 들어보는 어떤 펀드이고, 투자 조건은 아직 모르고, 변호사하고만 이야기해서 펀드매니저가 누구인지, 투자자들이 누구인지도 아직 모르고, 곧 다시 연락이 올 텐데 조만간 수일이 미국으로 와서 변호사든 펀드매니저든 만나야 할 거라고 했다.

전화를 끊고 수일은 지금까지 줄곧 그래왔던 것처럼 투자에 관해 확실한 것은 아무것도 없다는 것을 확인했다. 그러면 그렇지. 두고 봐야 할 것이다. 그래도 미국에서 투자자가 나섰다니, 신기하긴 했다. 한국영화가 미국에서는 저기 어디 촌구석 모조품처럼 느껴질 것이고, 영화의 무대는 주로 미국이지만 주인공이 아시안이고, 수일이 대표로 있는 제작사는 흥행 참패한 '백마강 모텔'이라는 컬트 영화 하나밖에 제작해 본 이력이 없고 사실은 직원도 몇 명도 없는데(이 사실을 투자자는 모르겠지만), 미국의 어떤 펀드가 선뜻 '제이슨리'에 그 많은 액수를 투자하겠다는 것인지, 수일은 이해할 수 없었다.

일단 부딪쳐 보면 알 것이니 너무 크게 기대하지 말자고 마음먹었지만, 수일은 수화기를 내려놓고 다시 잠을 이루기 어려웠다. 수일은 몇 년 전 한강변에서 무겁게 흐르는 검은 강물을 내려다봤던 때가 생각났다. 그 위에 보이는 높은 대교 위가 아니니까 거기서 물에 뛰어들어도 금방 다시 돌아

나올 것이라는 생각이 그 순간에도 들었지만, 아무튼 그가 잠시 강물의 유혹을 받은 것은 사실이었다. 여기서 구구절절 이야기할 건 아니나, 그는 '제이슨 리' 때문에 많은 것을 잃었다. 그는 그런 얘기는 꺼내지도 말라는 듯이 혼자 손사래를 치고 고개를 흔들고는 냉장고로 가서 우유를 꺼내 한 잔 들이켰다. 술은 사 놓지 않았다. 밖에서도 마시지 않았다. 술을 마시기 시작하면 걷잡을 수 없을 것 같기 때문이었다.

수일은 좋다면 좋은 소식을 들었는데도 왠지 자꾸 불안해져서 결국 잠을 다시 이루지 못하고 아침 9시가 넘기를 기다렸다가 지난 수년 동안 보수도 받지 않고 법률자문을 해 주고 계약서도 봐 주고 했던 고등학교 동창 변호사 친구인 문성에게 전화를 해서 점심이나 같이 하자고 했다. 좀 편하게 같이 있을 수 있는 사람을 만나 이야기를 해야 불안이 가실 것 같았다. 찬장에 몇 개월째 안 먹고 처박아 놓은 공황장애 약을 다시 먹어야 할까, 생각하다가 그러지 않기로 했다.

수일은 문성을 만나 순댓국밥을 먹고 커피를 마시며 사실은 가장 중요한 얘기였지만 미국 투자자 얘기는 간단히만 했다. 그리고 나서 예전에 한 번 아니 몇 번 했던 것도 같은 이런저런 이야기를 했는데, 그러다 보니 좀 마음이 진정됐다. 문성은 차분하지만 차갑지 않은 표정으로 앞에 앉아서, 차 근차근 무심한 듯하지만 냉정하거나 지루하지 않은 어조로 말하고, 나쁘거나 좋은 일에 어떤 방향으로도 과한 반응은 절대 보이지 않으며, 다 들어주고 자기 생각을 이야기했다. 결론은, 어떻게 될 지는 모르겠지만, 잘 될 것 같고, 잘 안 되면 이미 많이 겪어 본 일이니 잘 받아들이고 또 다음 기회를 기약하면 된다는, 뭐 그런 뻔한 것이었다. 때로는 뻔한 이야 기라도 다른 누군가의 입을 통해 다시 듣고 싶은 법이다.

얼마 후 수일은 시카고로 갔다. 비행기 안에서 수일은 가는 내내 거의 잠들지 못했다. 밤낮이 뒤바뀐 도시에 내려 공항에 마중 나온 봉철의 차를 타고 호텔에 투숙해 시차 때문인지 불안함 때문인지 잠을 이루지 못한 또 한 번의 밤을 넘기고 호텔 조식을 먹는 둥 마는 둥 하고 진한 커피를 한 잔마시고 나서 로비에 온 봉철을 만나 투자를 제안한 펀드매니저를 만나러 갔다. 차창 밖으로 보이는 너무 다른 이국의 풍경은 수일에게 아무 감흥도 주지 못했다. 이틀째 잠을 못 잔탓인지 눈에 들어오는 모든 것이 얕은 잠에 살짝 걸친 몽롱한 꿈 속에서 흐느적거리는 허상 같았다.

수일은 시카고 어디에 붙어 있는 건지 감도 안 잡히는 어느 빌딩 지하주차장에서 차를 내려 봉철을 따라 평소 타던 것보다 꽤나 넓은 엘리베이터를 타고 빠르게 높은 층까지 올라갔다. 고급스러운 테이블과 의자들이 놓여 있고 창으로는 시카고 시내의 경관이 내려다보이는 널찍한 회의실에 들어가 수일은 봉철과 나란히 조망이 보이는 쪽 자리에 앉았다. 목을 꺾어 위를 보니 천장도 높았다. 수일은 한쪽에 커피머신으로 여과한 커피가 담긴 유리용기를 보고 그리로 가서 맨들맨들한 머그잔에 커피를 한 잔 따라서 자리로 돌아왔다. 곧 문이 열리고 이제 막 늙음의 문턱에 들어선 남자가 몇 살인지 가늠하기 어려울 정도로 아주 연로해 보이는 남자가 앉은 휠체어를 밀고 들어왔다. 의외로 둘 다 아시안이었다.

노인을 제외한 세 사람이 영어로 인사하고 악수하고 명함을 교환했다. 노인은 그런 그들을 재미있다는 듯이 웃으며 물끄러미 보고만 있었다. 휠체어를 밀고 들어온 사람이 바로 펀드매니저였는데, 자기가 코리안 아메리칸이라고 한국말로 말했다. 회의도 한국말로 하면 된다고 했다. 회의에서 해야 할 이런저런 말들을 영어로 준비했던 수일은 좀 긴장이 풀리면서 이제야 펀드가 '제이슨 리'에 투자하겠다는 이유가 스물스물 지렁이 기어가듯 좀 짐작이 갔다.

자기가 펀드매니저라고 밝힌 사람은 휠체어에 앉은 사람을 역시 코리안 아메리칸이라고 소개하고는 그가 펀드에 가장 많은 출자를 했고, 제이슨 리 전성기 당시 바로 그 밑에서 일했으며 제이슨 리와 거의 친구 사이였다고 할 수 있는 사람인데, 이름은 존 리라고 했다. 제이슨 리를 직접 옆에서 본 사람이라니! 그럼 지금 대체 몇 살이란 말인가? 수일은 잠이 확 깨면서 노인에게 악수 대신 고개를 숙여 인사했다. 존 리라고 소개된 노인은 아무 말없이, 별 표정변화도 없이 수일을 보고 같이 고개를 까닥했다. 이상하지, 수일이 판권계약을 한 원작자의 소설에 존 리라는 인물은 나오지 않았는데 제이슨 리의 친구라고 할 정도의 한국인이 있었다면 그도 소설에 등장해야 하지 않았을까? 회의가 시작되자 수일은 그 의문을 곧 잊었다. 뭐, 아무려면 어떤가.

수일, 봉철, 펀드매니저가 회의를 하는 동안 노인은 그들이 하는 말을 듣는지 마는지 모르겠는 태도로 휠체어에 삐딱하게 앉아 있기만 했다. 펀드매니저가 제시한 계약조건은 나쁘지 않았다. 그래서 수일은 또 놀랐다. 한국에서 그보다 훨씬 적은 투자를 제안했던 회사나 개인도 수일에게 지금 펀드가 제시한 것과 비교할 수 없을 정도로 무지막지하게 불리한, 거의 강탈 수준의 조건을 제시했는데, 지금 이게 대체 무슨 일인가? 게다가 미국에서 최고 수준의 작가와 감독까지 붙여 주겠다니! 수일은 너무 좋아하는 티를 내지 않으려고 노력하면서 너무 좋아하는 듯한 봉철의 옆구리도 손가락으로 몰래 찔러가면서 스스로 대견할 정도로 의젓한 태도로 회의를 진행했고, 결국 기분 좋은 악수로 회의를 마무리했다. 펀드매니저는 회의에서 합의된 내용대로 작성된 계약서안을 변호사를 통해 곧 보내주겠다고 했다.

수일은 펀드 최대 출자자라는 존 리도 일이 이렇게 잘 된 마당에 뭔가 한두 마디 할 것을 기대하고 그쪽을 보고 잠시 기다렸지만 그는 씨익 한 번 웃고는 펀드매니저가 미는 휠체어를 타고 회의실 밖으로 나가면서 고개는 안 돌리고 그저 뒤를 향해 오른손을 들어 한 번 흔들어 줬다. 매우 연로한 그가 곧 죽지 않는다면 머지않아 다시 볼 기회가 있을 것이다. 수일은 다음에 그를 다시 만나면 전성기의 제이슨 리를 직접 접했다는 그에게 이것저것 물어보리라 결심했다.

수일은 그날 밤은 그럭저럭 잘 잤다. 그리고, 기왕 비싼 비행기표 사서 온 김에 며칠 놀다 가라는 봉철의 말에, 실은 한국에 돌아가서 해야 할 바쁜 일도 없으면서, 봉철에게 한국에 바쁜 일이 있는 척 허세를 떨 생각은 조금도 없이, 수일은 그냥 일을 마쳤으면 돌아가야 한다며 바로 그날 오후 비행기를 타고 한국으로 돌아왔다. 그래야 할 것 같았다. 아마도 시카고에서 다시 회사가 있는 로스앤젤레스로 돌아가야 하는 봉철은 말은 놀다 가라고 했지만 아마도 수일이 그렇게 바로 가 버려서 좋았을 것이다. 비행기가 태평양 한 가운데 상공에 떠 있을 때 선잠에 들었다 깼다 하던 수일은 좀 놀다 올 걸 그랬나 잠깐 후회했다. 꿈 속에서 휠체어에 탄 노인이 그를 보고 익살스러운 표정을 지으며 웃었다.

미국에서 계약서안이 왔고, 문성이 이번에는 수육국밥으로 밥 한 끼 얻어먹고 검토를 해 줬다. 수일이 문성에게 자기 쪽 변호사는 꼭 문성이 있는 펌으로 할 거라고 약속하면서 돈 주고 문성에게 일을 맡기는 것이 꿈이었다고 밝혔고, 문성은 잘 되면 수일 회사에 자기 자리라도 하나 마련해 달라고 했다. 수일은 오래 전 다른 일을 하며 잘 나가고 있을 때 동창회에서 만난 문성이 자기한테 "너 언제 망하냐"라고 농담한 것이 생각났고, 그걸 문성에게 얘기하고 같이 웃었다. 수일은 문성에게 미국에서 만난 정체 모를 노인 얘기를 했고, 문성은 그 노인이 다름아닌 제이슨 리 아니냐고 물었고, 수일은 제이슨 리는 오래 전에 죽었다고 말했다. 문성은 시체를 뒤바꿀 수도 있고, 그건 모르는 일이라고 했다. 수일은 재밌다고 웃었다. 문성은 만약 그 노인이 제이슨 리라면 자기를 주인공으로 하는 영화에 거액을 투자하는 확실한 이유가 있는 거라고 했다. 딴은 그랬다. 수일은 절대 그럴 리 없다고 생각하면서도 혹시 정말로 그렇다면 참 좋겠다고 생각했다.

―

삶에서는 이야기가 쥐어짜진다. 선택한 소수의 기억들을 잇고 조직하고 해석하고 나아가 조작해서 그 기억의 주인공인 '나'에 대하여 시간의 흐름 속에서 '나'라는 동일성을 유지하며 이어지는 하나의 이야기를 '나'는 계속 만들어낸다. '나'라는 것 자체가 그렇게 만들어진 이야기의 일부이다. 그 이야기는 시간이 지남에 따라 재구성되고 내용과 의미가 달라지지만 그렇게 달라진 그 시점의 '나'를 재구성한다. 죽기 직전의 '나'는 의식이 멀쩡하다면 그 이야기를 재빨리 다시 돌려보고 최후의 수정을 가할 수 있을 것이다. 그렇게 완결된 '나'의 이야기는 죽은 몸과 같이 썩어 없어진다.

'나'를 아는 다른 사람들이 '나'에 대해 만들어내는 이야기는 딴판이다. 생전에 자서전을 출간했더라도 그 또한 타인들에게 보여주기 위해 제3자의 시선으로 만들어낸 이야기라고 하는 게 맞을 것이다. 그들이 만든 다른 이야기들은 몸과 같이 썩어 없어진 이야기보다는 상대적으로 꽤나 오래 세상을 떠돈다. 제이슨처럼 세상에 제법 알려졌던 자라면 그 이야기들은 평범하게 살다 간 사람보다 훨씬 더 오래 이승에 볼 일 남은 유령처럼 세상을 떠나지 못한다.

제이슨은 긴 세월을 거쳐 자기 안에서 만들어진 이야기가 썩 만족스럽지 않았다. 남들에게는 차마 말하지 못할 부끄러운 일이나 후회스러운 일도 많았다. 특히 제이슨 리가 죽은 걸로 조작해 놓은 이후 존 리라는 다른 이름으로 살다가 요양병원에 들어와 있는 지금까지의 삶은 그 이전의 삶과는 너무 달라서 꽤 긴 시간을 그렇게 살았으면서도 그것은 제이슨 리가 아니라 존 리라는 다른 사람의 삶 같다고 느껴졌다. 점점 늙어가며 많은 일들이 잊혀 생각나지 않기도 했다.

그래서 그는 자기의 과거를 다시 기억하기 위해 오래 전

신문기사나 그 시절의 시카고, 알 카포네에 대한 책들을 도서관에 가서 찾아보기도 했는데, 그에 대한 기록은 매우 단편적이었고 그에게 남아 있는 기억과도 많이 달랐다. 그는 자기에 대한 기록이 너무 적고 게다가 아주 짧고 편파적이라는 것에 실망했고 그게 일종의 인종차별의 결과가 아닌가 생각하기도 했다. 알 카포네에 대한 책이나 영화는 많지 않는가! 심지어 동양인인 그가 시카고의 마피아 보스 중 하나였다는 것은 그 당시 상황으로는 절대로 있을 수 없는 거짓이라는 자료도 있었다. 이제 다른 사람으로 살고 있으니 자서전을 낼 수도 없었다.

그런데 그는 제이슨 리가 죽은 것으로 위장한 지 그리 오래 지나지 않았을 때 한국에서 '제이슨 리'라는 제목으로 소설이 출간됐다는 소식을 아버지가 제이슨 리라는 사실을 알고 있는 아들로부터 들었다. 아들은 소설이 출간되기 전에는 같은 제목으로 라디오 드라마도 방송됐는데 한국에서 무척 인기가 높았다고 했다. 아들이 구해 온 소설을 읽고 그는 자신이 그렇게 이야기될 수 있다는 사실에 놀랐고 또 흥분했다. 좀 창피해서 손이 오글거릴 정도였다. 그건 실제의 제이슨 리에 관하여 자기나 그를 잘 아는 사람이 만들어낸 이야기가 아니라 한창 때의 제이슨 자신이 정말로 되고 싶었지만 뜻했던 그대로 되지는 못했던 어떤 남자의 이야기였다. 과연 정말로 소설 속 제이슨 리처럼 그렇게 되고 싶었는데!

제이슨은 아들에게 부탁해 어렵사리 라디오 드라마가 녹음된 카세트 테이프 세트도 구해서 그것을 처음부터 끝까지 마치 자신이 추앙하는 어떤 남자에 관한 이야기를 듣듯이 몇 번이고 반복해서 들었다. 소설보다도 더 실감나게 제이슨 리의 삶을 극적으로 구성해 놓은 라디오 드라마는 그가 자기 삶에서 취사선택해서 만들어내 스스로 진짜라고 생각하는 이야기의 조악한 모조품이었고 뻔한 클리셰투성이였지만, 어쨌거나 '진짜 이야기'보다 근사했다. 주제가가 마음에 들어서 수시로 입에 달고 혼자 부르고 다녔다.

사나이 주먹 하나 믿고서 살아온 인생, 소쩍새 슬피 울던 고갯길에 달이 비칠 때 어머니 어머니 우리 어머니… 어쩌고 저쩌고.

그래, 생각났다. 그가 일본에 있을 때 어느 술집에서 색소폰을 연주하던 한국인에게 술을 사 주며 자기 이야기를 장황하게 늘어놓은 적이 있었다. 그 자의 이름이 길오균이라는 사실은 후에 알게 됐다. 그가 색소폰 불던 자에게 해 준 이야기는 그가 품고 있는 '진짜 이야기'가 아니라 그 '진짜 이야기'를 기초로 거기에 오만가지를 집어넣고 버무려서 그가 그렇게 되고 싶었던 남자, 물론 다름아닌 '제이슨 리'라는 이름을 가진 남자에 대하여 만들어낸 이야기였다. 한국도 미국도 아닌 일본에서 술도 마셨고, 거기서 미국인인 자기한테 술 얻어먹는 처음 보는 한국인 색소폰 연주자에게 무슨 소리인들 못했겠는가? 라디오 드라마의 작가와 소설의 작가는 어떻게 연결됐는지 모르겠으나 아마도 색소폰 연주자한테서 그 이야기를 듣고 나서 자료조사를 하고 거기에 또 자기 나름의 이야기들을 보탰을 것이다. 그가 미국의 도서관에서도 찾지 못한, 다른 어디에서도 찾기 어려운 이야기들이 라디오 드라마와 소설에 담겨 있었다.

점점 나이가 들어 인지능력에 문제가 생겼기 때문인지 그가 늙어갈수록 드라마와 소설 속 제이슨 리의 이야기가 야금야금 그 전까지 그가 만들어온 이야기를 침범하여 서로 뒤섞였다. 그는 얼마 전부터는 어느 것이 그가 원래 기억하던 이야기이고 어느 것이 드라마와 소설에서 스며들어온 것인지 정확히 구별하기 어려운 지경에 이르렀다. 그는 그가 겪지 않은 일을 마치 실제 겪었던 일처럼 생생하게 기억하기도 했고, 실제 겪은 일을 그저 꿈 속에서 본 것으로 치부하기도 했다. 좀 과하게 독실한 기독교 신자들이 구약이든 신약이든 성경에 나오는 이야기들이 한 치의 어긋남도 없이 쓰여진 그대로 실제 일어난 일이라고 믿는 것처럼 100살을 바라보는 그는 아직 그의 방 책꽂이에 남아 있는 '제이슨 리' 소설에 나오는 이야기들이 쓰여진 그대로 일어난 일이라고 믿을 때가 많았다. 가끔은 일본 술집의 색소폰 연주자에게 그가 이야기해주는 장면을 떠올리고, 아니야, 아니야, 라고 고개를 젓기도 했지만.

원작소설에 기초해서 '제이슨 리' 영화를 만든다는 말은 오래 전부터 꾸준히 나돌았다. 한때 한국에서나 읽혔던 소설을 할리우드에서 세련된 영상으로 옮겨 걸작을 만들면 그는 세계적으로 두고두고 전설적인 인물로 기억될 것이다. 존 리는 처음부터 없었던 것이고, 오래전에 죽은 제이슨 리는 새로운 전설로 부활해 오랫동안 살아남을 것이다. 그는 죽기 전에 영화가 완성되는 것을 보고 싶었다. 나아가 그 영화가 작품상이라면 제일 좋겠지만 어떤 상이든 오스카상을 수상하는 모습도 보고 싶었다. 한국인이 주인공으로 나오는 영화가 최초로 오스카상을 타는 것이다. 그러나, 영화제작 계획은 전부 흐지부지 없었던 일로 됐다. 그는 이 또한 미국 사회의 인종차별 때문이라고 생각하며 분개했다.

그러던 중 그의 자산을 관리해 주며 그가 출자한 몇 개의 펀드도 운영하는 자가 한국에서 원작소설에 기초해 '제이슨 리' 영화를 만들려고 수 년째 자기 집도 날려가며 공을 들이는 제작자가 있는데 어디서도 투자를 받지 못해 일을 진행시키지 못하고 있다는 소식을 알려주었다. 알다시피 한국 영화는 아직 세계무대에서 거의 인정받지 못한다. '제이슨 리' 영화는 촬영의 대부분을 미국에서 해야 하고 거의 모든 역에 미국 배우가 투입되어야 하는 사정상 꽤 많은 자금이 필요할 텐데, 그는 그 정도의 자금을 한국에서든 미국에서든 구할 능력이 없어 보인다.

그가 죽기 전에 '제이슨 리' 영화가 미국 전역의 극장에 걸리는 것을 간절히 보고 싶어한다는 것을 알고 있었던 펀드매니저는 영화에 대한 투자를 주선해서 영화가 완성되도록 해 주는 것을 대가로 그로부터 상당한 대가를 받기를 요구했고 혼자 힘으로는 그런 일을 더 이상 할 수 없게 늙어버린 그는 펀드매니저의 제안을 수락했다. 침대와 휠체어에 매어 있어 어디 가서 마음대로 쓸 데도 없는 돈은 가지고 있어

봐야 뭐하겠는가 말이다. 여기저기 투자해서 돈을 늘리는 것도 그저 계좌에 찍히는 숫자가 올라가는 것일 뿐 더 이상 의미 없는 짓거리였다.

다시 젊어진 제이슨 리가 실제보다 더 잘 생긴 외모로 스크린에 부활할 것이다. 영화 속 제이슨의 이야기는 드라마와 소설 덕분에 대부분의 깨어 있는 시간 동안 그가 자신의 것이라고 믿게 된 이야기 그대로이겠지만, 할리우드 영화 특유의 극적인 연출로 인해 제이슨 리는 더욱 근사하고 매력적인 인물로 되살아날 것이다. 늙은 존 리가 된 그는 곧 죽겠지만 젊은 제이슨 리는 영화 안에 담긴 채 오래도록 그렇게 기억될 것이다. 그의 유령이 되어 세상을 떠돌아다닐 것이다. 어쩌면 세상 곳곳의 스크린 위에 명멸하는 그 유령의 눈으로 그는 그를 추앙하는 각양각색 인종의 사람들을 볼 수 있을지도 모른다. 그는 죽어도 죽지 않을 것이다.

———

시카고. 수일은 처음 와 봤다. 60여년 전 제이슨 리가 활

보하던 때와는 아주 많이 달라졌겠지만, 제이슨 리를 통해서만 시카고를 상상한 수일은 21세기의 도래를 앞둔 시카고에 들어서자 시대착오적인 음험하고 비밀스러운 공기를 느꼈다. 원작소설에서 제이슨 리가 참여한 걸로 돼 있는 성 발렌타인 데이 학살이 일어난 노스클락 스트리트를 지날 때는 가슴이 서늘하면서 곧 어디선가 총소리가 들려올 것 같았다. 그곳이 이제는 너무 변해 60여 년 전의 모습을 찾아보기 어려웠기 때문에 성 발렌타이 데이 학살 씬은 캘리포니아의 세트장에서 찍기로 돼 있는 것이 아쉬웠다.

곧 미시간호가 보였다. 바다처럼 넓은 호수. 고작 60여 년으로는 미시간호가 변하지 않는다. 1만년으로도 부족하다. 멀리 수평선이 보였다. 차에서 내리니 시원한 바람이 불어왔다. 육지 쪽으로는 아마도 60여 년 전에는 없었을 고층빌딩들이 즐비하게 서 있었다. 주변이 가장 오래 전 느낌이 나는 듯한 호숫가에서 뒤쪽 빌딩들을 등지고 호수 쪽을 향하여 카메라가 서 있었다. 빨간 베레모를 쓴 남자가 중앙에 앉아서 확성기로 수일은 잘 못 알아듣겠는 빠른 영어로 뭐라뭐라 소리치고 있었다.

수일은 오늘 특별히 촬영현장에 와 봤다. 시카고, 바로 이곳이다. 제이슨 리가 활약했다는 도시. 도시 구석구석에 숨어 있는 60여 년 전의 흔적을 따라가 볼 생각으로 다음날 '마피아 및 범죄 버스투어'도 예약해 놓았다. 수일도 마피아는 절대 그냥 두면 안 되는 사회악이라고 생각했지만, 60여 년이라는 시간적 간격과 원작소설에 그려진 제이슨 리의 장쾌한 모습 때문에 적어도 제이슨 리만은 일반적인 마피아 갱과는 달리 '한민족의 애환을 품고 이역만리 타향에서 주먹 하나로 시카고 암흑가를 주무르는 보스가 된 영웅적인 사나이'로 보아야 한다는 의견에 동의했다. 미국 작가가 쓴 영화 대본은 그런 기조에서는 조금 벗어나 있는 것이 수일의 마음에 들지 않았다. 그래도 스릴 넘치는 할리우드 느와르 흥행작으로 만들기에는 제격이었다.

수일이 다가가서 인기척을 내자 감독과 스텝들이 그를 알아보고 인사했다. 카메라 앞쪽으로 호수를 등지고 서 있는 배우들은 60여 년 전 스타일의 양복을 입고 중절모를 쓴 채 대열을 갖추고 감독의 신호를 기다리고 있었다. 그중 제이슨 리 역을 맡은 키도 크고 잘 생긴 한국 배우는 이 영화로 한국의 스타를 넘어서서 세계적인 스타로 떠오를 꿈을 꾸며 곧 해야 하는 영어 대사를 속으로 중얼거리고 있었다. 영화 찍는 것을 구경하는 사람들도 곳곳에 흩어져 있었다.

수일은 주변에 있는 사람들을 별 생각 없이 돌아보다가 그에게서 오른쪽으로 그리 멀지 않은 곳에서 휠체어에 앉아 있는 존 리를 발견했다. 수일은 제대로 본 게 맞나 싶어 다시 유심히 보았는데, 존 리가 틀림없었다. 휠체어 뒤에 서 있는 남자는 지난번 존 리를 만났을 때 휠체어를 밀던 펀드매니저가 아니라 처음 보는 다른 사람이었다. 존 리 덕분에 지금의 이 촬영현장도 있을 수 있었던 것이기에 수일은 반갑고 기쁜 마음에 인사라도 하려고 그쪽으로 걸어갔다. 그때 감독이 '액션'이라고 외쳤고, 그에 맞춰 스텝 한 명이 클래퍼보드의 클랩스틱을 쳤다. 배우들이 움직이기 시작했다. 수일은 존 리에게 가던 걸음을 멈추고 맹렬히 돌아가는 필름에 촘촘히 박혀가는 순간들에 빨려 들어갔다.

제이슨은 자기 역을 맡은 배우가 60여 년 전의 자기보다 과하게 잘생겨서 썩 마음에 들지는 않았다. 갱스터 다운 얼굴이 아니었고, 배우나 하면 딱 어울릴 얼굴이었다. 그래, 그러고 보니 진짜로 배우지. 한편으로는 제이슨 리가 그렇게 훤칠하고 잘생긴 모습으로 기억될 것이라는 점이 나쁘지만은 않았다. 할아버지가 젊었을 때 저런 모습이었을 리가 없다고 믿는 손자는 제이슨 리 역 배우 캐스팅에 할아버지가 관여한 것이 아닌가 생각했다. 할아버지에게 물어보지는 못했다. 손자는 오히려 자기가 젊었을 때 제이슨 리 역 배우와 비슷한 모습이 아니었을까, 하며 기억을 되살려 보았지만, 그런 것 같지는 않았다. 손자는 몇 대에 걸쳐서도 집안에 저런 외모는 없었던 것이라고 결론지었다. 베트남전 참전용사라는 노인은 휠체어에 앉아서 꼬박꼬박 졸고 있었다.

제이슨의 눈앞에서 그의 과거가 되살아나고 미래가 창조되고 있었다. 과거의 제이슨과 미래의 제이슨이 현재의 제이슨을 끌어들여 다같이 춤을 추었다. 제이슨은 그의 역을 맡은 배우의 몸짓과 대사를 그가 배우의 몸을 빌어 직접 하는 듯이 느꼈다. 변함없는 미시간 호를 배경으로 새로운 모습의 젊은 제이슨 리는 100살을 눈앞에 둔 늙은 제이슨 리가 미래를 향하여 쏜 화살이 되어 중절모 벗겨진 화살촉 같은 머리를 들이밀고 호숫가를 달렸다. 과거와 미래와 현재가 일체가 된 신성한 제이슨 리의 머리 바로 위에 성령이 강림한 듯하얀 새가 빙글빙글 날았다. 제이슨도, 감독도, 그 새의 출현이 몹시 마음에 들었다. 제이슨은 휠체어에서 내려 무릎을 꿇고 생전 믿어본 적도 없는 신에게 기도라도 하고 싶었다.

그때 총소리가 났다. 한 발이 아니라 연발로 갈기는 자동소총 소리였다. 수일은 아주 잠깐 그것도 영화촬영의 일부인 줄 알았다. 구경 나온 사람들도 다들 처음에는 그랬을 것이다. 그러나, 극본을 수없이 반복해서 본 수일은 미시간호에서 찍는 씬들에 총질을 해대는 대목은 없다는 것을 깨달았다. 사람들이 픽픽 쓰러지는 것이 보였다. 피가 튀었고 비명이 들렸다. 잠시 얼어붙었던 수일은 급히 몸을 낮춰 바닥에 엎드렸다. 심장은 미친 듯이 벌떡거리며 펌프질을 해대는데 정신을 가다듬고 살짝 고개를 들어 보니 어떤 백인 남자가 부채처럼 좌우로 몸을 돌려가며 마구잡이로 총을 쏘고 있었다. 아, 이것이 말로만 듣던 무차별 총기난사로구나! 여기서 이렇게 죽을 수는 없는데!

　　수일은 그 와중에 감독과 제이슨 리 역을 맡은 배우를 찾아보았다. 빨간 베레모는 바닥에 떨어졌고 감독은 바닥에 납작 엎드려 꼼짝 안 하고 있었는데, 잘 보니 고개를 살짝 들어 주위를 살피고 있었다. 살아 있었다. 제이슨 리 역 배우는 어디에 있는지 보이지 않았다. 둘 다 지금 죽어서는 안 된다. 존 리에게도 생각이 미쳐 그쪽을 보았다. 그도 아직 죽어서는 안 된다. 영화는 완성되어야 한다. 노인은 어쩔 수 없이 휠체어에 앉은 그대로 그 광경을 보고 있었는데, 아직 총을 맞은 것 같지는 않았다. 수일은 땅에다 대고 혼자 중얼거렸다. 부디 다들 살아 있으라!

일어나서 도망가는 사람들이 여기저기서 총에 맞아 쓰러졌다. 달아나는 사람들을 쫓아다니며 쏘느라 범인은 아직 꼼짝 않고 바닥에 엎드려 있는 사람들을 향해 총을 쏘지는 않았다. 제이슨도 처음에는 그것이 영화촬영의 일부라고 생각했다가 곧 아니라는 것을 알았다. 오랜만에 접하는 총질에 그는 흥분했다. 60여년 전 영광의 순간들도 생각났다. 다만, 지금 눈앞에서 벌어지고 있는 것은 품위 없는 미친 총질이었다. 그것은 총과 총알과 나아가 피살자에 대한 모독이었다.

총은 저렇게 쏘아대서는 안 된다. 지금 총을 쏘는 자는 콤플렉스와 피해의식과 복수심과 원한과 우울증의 늪에 빠진 미친 놈일 것이다. 천박한 총알은 나, 제이슨 리를 피해갈 것이다, 그는 그렇게 믿었다.

총알 하나가 슝 하고 제이슨의 귀를 스쳐 지나가더니 뒤에 서 있던 손자가 뒤로 쓰러졌다. 아직 바닥에 엎드리지도 않았던가, 멍청하게! 제이슨이 어깨 너머로 손자를 불러봐도 대답이 없었다.

총소리가 멈췄다. 용케 아직 무사한 수일이 두리번거리다가 조금 떨어진 앞쪽에서 범인을 발견했다. 어깨에 맨 가방 속을 뒤적거리는 걸 보니 탄창을 갈려는 모양이었다. 범인 주변에는 총에 맞아 쓰러져 죽었거나 다쳤을 사람들이 즐비했다. 수일이 망할 경찰은 대체 언제나 나타날 것인지 알고 싶던 차에 범인 뒤쪽으로 누군가 살그머니 기어가는 것이 눈에 들어왔다. 제이슨 리였다. 아니, 제이슨 리 역을 맡은 배우였다. 수일은, "하지 마, 하지 마", 혼자 읊조렸다.

검은 옷을 입은 젊은 제이슨 리는 먹이를 덮치는 맹수처럼 튀어 올라 범인을 쓰러뜨렸다. 그리고 사정없이 범인의 목과 머리를 주먹으로 내려치더니 곧 총을 낚아채 빼앗았다. 수일은 그 배우가 무슨 무술 유단자라는 기사를 어디선가 본 기억이 번쩍 떠올랐다. 이번에는, "잘 했어, 잘 했어", 혼자 읊조렸다.

제이슨은 휠체어에 앉아 젊은 제이슨 리가 범인을 제압하고 총을 빼앗아 범인에게 겨누는 것을 보았다. 그는, "슛Shoot, 슛Shoot", 이라고 소리치듯 말했지만 노쇠한 성대는 목소리를 그 배우에게 닿을 정도로 크게 내지는 못했다. 수일은 감독이 일어나는 것을 보고 안도했다. 주변의 남자들

몇 명이 범인에게 달려와 팔을 뒤로 꺾고 몸을 눌러 젊은 제이슨 리를 도왔다. 멀지 않은 곳에서 앰뷸런스와 경찰차 사이렌이 들렸다.

수일은 존 리를 찾아보았다. 휠체어에 멀쩡히 앉아 있는 그를 보고 수일은 몸을 일으켜 그쪽으로 갔다. 휠체어 뒤에는 휠체어를 밀던 초로의 남자가 가슴에 총을 맞은 채 쓰러져 있었다. 코에 손을 대 보고 심장에 귀를 대 보니 그는 이미 죽었다.

"무사하시군요. 다행입니다. 존 리씨, 저를 기억하시나요?"

제이슨은 수일을 힐끗 보고 그저 고개를 가볍게 한 번 끄덕거리고는 황홀하고 도취된 표정으로 제이슨 리 역 배우를 손가락으로 가리키며 이렇게 말했다.

"댓쓰 미That's Me!"

수일은 제이슨 리 역 배우와 존 리를 번갈아 보다가 자기 눈앞에 있는 이 나이를 짐작하기 어려운 노인이 존 리가 아니라 다름아닌 제이슨 리라는 것을 눈치챘다. 수일은 제이슨의 뒤로 와서 휠체어를 잡고 어디로 가야 하느냐고 물었다. 제이슨은 말없이 오른손을 들었는데, 수일은 그것을 자기에게 닥치라 하고 잠시 그곳에 더 있고 싶다는 의사를 표시한 것으로 이해했다.

상황이 진정되자 제이슨은 젊은 제이슨 리가 범인을 쏘지 않은 것이 잘 한 짓이라고 생각했다. 한국에서 온 배우가 미국에서 누군가를 총으로 쏴 죽인다면 죽은 자가 총기난사범이라고 해도 경찰조사를 받는 등 성가신 일에 말려들게 될 것이 아닌가! 영화촬영은 끊김 없이 계속되어야 한다. 제이슨은 감독도 무사한 것을 확인했다. 뒤에서 그의 휠체어를 잡고 있는 사람이 한국에서 온 제작자라는 작자이든 누구든 상관없었다. 제이슨은 60여 년 전 시카고의 어느 거리에서 그가 그랬을 것처럼 악당에게 딱 어울리는 그런 웃음을 소리 내어 내뱉었다.

잠시 그렇게 있다가 제이슨은 수일에게 가야 할 방향을 가리켰다. 요양병원 쪽이었다. 수일은 잠자코 휠체어를 그쪽으로 밀고 가기 시작했다. 수일은 총에 맞아 죽거나 다친 사람들에게는 미안하지만 감독과 주연배우와 필시 제이슨 리 본인일 존 리가 다 무사하니 영화제작에 큰 차질은 없을 것이고 오히려 이 사건이 '제이슨 리' 영화에 대한 완벽한 노이즈 마케팅을 해 줄 것이라고 생각하며 흡족했다. 어쩌면 존

리로 이름을 바꾼 후의 제이슨 리의 이야기를 꾸며내 속편을 만들 수도 있을 것이다. 방금 있었던 총격사건과 수일이 휠체어를 밀고 가는 장면을 끝부분에 넣어서 말이다. 그때 제이슨이 수일 들으라고 하는 말은 아닌 듯 툭 시를 읊는 것처럼 한 마디 했다.

"라이프 이즈 원더풀Life is Wonderful!"

수일과 제이슨이 멀어지는 뒤쪽 범행 현장에서는 시신 수습 작업이 이루어지고 있었다. 그 가운데 한 자리를 잡고 눕혀진 제이슨의 손자는 더 이상 아무것도 못 보는 눈을 하늘을 향해 뜬 채로 있었다. 그 옆에는 베트남전에서 베트콩들 꽤나 죽였다는 노인도 오른쪽 눈에 구멍이 뚫린 채 누워 있었다. 하늘에는 조금 전 젊은 제이슨 리의 머리 위를 돌던 하얀 새가 죽은 자들 위를 빙빙 돌고 있었고, 미시간호는 아무 이름도 붙어 있지 않았을 1만년 전과 마찬가지로 무심하게 찰랑거리고 있었고, 호수에서 불어오는 바람은 시원했다.

은발의 아리사

창석이 초등학생, 아니 그 시절에 부르던 명칭으로 국민학생이던 때, 다섯 명의 누나들 중 하나가 집에 온갖 게 다 있다는 친구에게서 만화책을 종종 빌려왔다. 대부분 하나의 이야기가 여러 권으로 이루어진 만화였는데, 창석은 첫째 누나부터 차례대로 보고 나서 끝 차례로 한 권씩 받아 보았다. 그중 금세 시들어버리지 않고 어린 창석의 마음속에 뿌리를 내리고 사방으로 가지를 치며 나무를 키워간 것은 '은발의 아리사'였다. 그 나무는 오십 대 중반이 넘어선 지금까지도 오랜 세월을 거쳐 창석의 안에 생겨난 숲 한 구석에 처음의 모습과는 다르게 많이 변한 모습으로 아직도 서 있을 것이다.

아리사는 원래 은발이 아니었다. 오랜 시간 햇빛이 들지 않는 지하동굴에 갇혀 살다가 간신히 탈출해 햇빛 아래서 보니 머리가 모두 은색으로 변해 있었다. 그렇게 지하세계에서 살아 돌아온 아리사가 자기를 죽이려 했던 친구들에게 차례로 복수하는 이야기는 소설 몬테 크리스토 백작을 변형해서 만든 것이었는데 창석은 그때는 그런 줄 알지 못했다.

초등학교, 아니 국민학교 저학년이고 실제 세상에서는 아직 좋아하는 여자애 하나 마음에 품어 보지 못했던 창석은 아리사에게 매료되었다. 바람에 흩날리는 긴 은발, 치밀하고 가차 없이 행하는 복수, 다 끝난 후 홀연히 떠나는 모습, 그 모든 것이 창석의 뇌리에 끈적하게 들러붙었다. 앞으로 커가면서 창석이 접하게 될 숱한 소설, 영화, 만화에 반복해서 등장하는 클리셰일 그런 것들을 아직 어린 창석은 그 모든 비슷한 표현의 원형이라고 할 만한 것으로 자기도 모르게 받아들이게 됐을 것이다.

아리사는 창석의 상상 속에서 나이 들지 않고 항상 같은 나이에 머물며 창석을 사랑해 주는 여자가 되었다. 창석은 만화에는 나오지 않는 아리사의 알몸을 꿈꾸었고, 자기도 옷을 벗고 나신의 아리사와 껴안고 키스하고 살을 부비고 또 그녀의 몸 구석구석을 만지는 상상을 했다. 조금씩 나이가 들면서는 아리사는 창석의 상상 속 섹스 파트너가 되었다. 만화에 그려진 아리사의 얼굴은 눈이 얼굴의 거의 1/3쯤 되고 눈동자에는 별이 몇 개 떠 있는 순정만화 특유의 것이었는데, 비록 그것이 시발점이기는 했지만 창석이 몽상하는 아리사의 얼굴은 차차 그것에서 이탈해 실제 사람의 얼굴로 변형되었다. 더 이상 종이책의 틀 안에 담긴 '은발의 아리사'라는 만화는 중요하지 않았다.

하지만, 그런 아리사의 얼굴은 수시로 변하면서 어느 하나의 얼굴에 고정되지 않았다. 늘 상상했지만 명확한 선과 형태로 그 얼굴을 그려낼 수는 없었다. 상상 속에서 기억할 수 있는 어느 하나의 얼굴로 그려보려고 해도 그 얼굴은 곧 알아보기 어려운 형체로 변해 버리기 일쑤였다. 마치 아리사의 얼굴이 일렁이는 물결로 이루어진 것인 듯이. 항상 불 하나 안 킨 어두운 방에서 섹스하고는 밝기 전에 떠나버리는 여자의 얼굴인 듯이. 창석은 아리사가 상상의 연인이고 현실에서는 만나지 못할 여자라는 것을 모르지는 않았다. 그래도 그녀와 같이 하는 것을 상상하다 보면 행복해졌다. 영원히 떠나지 않고 모든 것을 해 줄 여자. 창석은 상상 속에서도 아리사를 함부로 대하지 않았다.

상상이 아닌 꿈 속에 아리사가 나오기를 바라면서 잠이 들기도 했다. 꿈 속에서 상상의 여자가 아니라 실제 여자인 듯 아리사를 만나 사랑하기를 바라면서. 실제로 종종 그러기도 했는데, 꿈 속에서도 아리사의 얼굴은 정확히 그려내기 어려웠다. 상상 속에서나 꿈 속에서나 아리사의 목소리는 눈의 결정처럼 오묘한 구조를 품고서 차갑게 아름다웠다. 현실 세계에서 그 목소리가 어떻게 공기를 울려 귀에 들어올지는 알 수 없었다. 머리도 항상 은발은 아니었다. 옷은 주로 하얀 재킷에 하얀 바지를 입었다. 자기를 공격하는 자를 상대할 때면 아리사는 처음에는 맞고 베이고 넘어지며 피를 흘려 창석을 애타게 하다가도 이내 가능할 것 같지 않던 반격을 가해 극적으로 상대를 제압하거나 죽였다. 창석은 다친 아리사를 방으로 데리고 가 상처를 치료해주고 보살펴 주었다.

조금 더 자라서는 아리사에게는 다른 이름이 붙기도 했다. 창석이 붙여 준 성은 거의 '유'씨였고, 이름은 '지현', '혜원', '미리' 등 그때그때 달랐다. 왜 '유'씨였는지 그 정확한 이유는 몰랐지만, 창석은 '유'라는 성을 발음할 때 나오는 소리가 좋아서 그런 것이 아닐까 생각했다. 창석은 '곽'씨였는데, 그 성을 발음할 때 나오는 소리가 마음에 들지 않았다.

'곽창석', 이름을 소리내어 말해보면 딱딱한 소리들이 부딪치면서 답답한 느낌이 들었다.

정확히 떠올리기는 어려웠어도 창석의 마음속 아리사의 얼굴은 만화에 그려진 얼굴에서 완전히 탈피했다. 오랜 시간이 지난 후 만화책을 펼쳐봤을 때 창석은 아리사의 얼굴이 그렇게 생겼다는 것에 깜짝 놀랐다. 그렇지만, '생명의 나무'처럼 시간이 지남에 따라 생겨나는 여러 분기점에서 다른 방향으로 뻗어 나가며 진화해 온 수많은 아리사의 시작이 거기에 있었다.

———

창석과 경숙은 통영에서 같은 해에 태어나 어릴 때부터 한 동네에 살았고, 같은 국민학교에 다녔다. 가족들끼리도 서로 잘 알았다. 둘이 잘 어울려 노는 걸 보고 친지, 이웃들은 나중에 커서 둘이 결혼하라고 하면서 웃었다. 현실에서는 아리사 같은 여자를 만날 수 없다는 것을 모를 정도로 어리석지는 않았던 창석은 경숙이 좋았고 실제로 나중에 결혼해서 같이 살면 좋겠다고 생각했다. 경숙과 같이 하는 미래를 상상해 보니 썩 좋았다. 경숙에게는 아리사 이야기는 한 번도 하지 않았다. 아리사는 혼자만의 상상으로 충분했다. 경숙과 같이 있을 때 창석은 아리사는 잊었다. 생각나지 않았다. 그렇게 성장하는 것이려니 했다.

경숙도 창석이 좋았다. 인물도 괜찮아 보였고, 이야기도 재미있게 잘 했고, 공부도 썩 잘했다. 통영항에서 바다로 나가는 물길을 사이에 두고 갈라져 창석은 통영고등학교에, 경숙은 통영여자고등학교에 다닐 때도 둘은 충무교를 남쪽으로, 북쪽으로 건너 다니며 수시로 만났다. 경숙은 창석이 현실 세상에서 처음으로 좋아한 첫사랑이었다. 경숙도 그랬다. 경숙에게는 창석의 아리사처럼 만화에서 유래한 상상 속 연인이 아니라 현실 세계에서 현실을 뛰어넘은 이미지로 유통되고 소비되는 몇몇 연예인이 동경과 몽상의 대상이었다. 하지만, 그들이 그저 그렇게 조작되고 만들어진 것임을 모르지 않았던 경숙은 현실에서는 성실한 창석과의 미래를 꿈꾸게 되었다. 상상과 허구 속 존재를 제외하고, 창석과 경숙은 서로에게 첫사랑이었다.

고3이 되기 직전 방학에 둘은 통영항에서 배를 타고 1시간 반 걸려 소매물도에 갔다. 처음 가 보는 곳이었다. 배 난간을 잡고 나란히 서서 추운 바닷바람을 맞으며 배가 물을 가르며 내는 하얀 거품길이 배 뒤로 나는 것을 보다가 하늘을 보면 갈매기가 이리저리 날았다. 둘 다 사진기는 갖고 있지 않아서 사진은 찍지 못했다. 찬 바람에 사람들은 대부분 선실에서 나오지 않았지만 둘은 얼굴 시린 줄도 모르고 계속 밖에 있었다. 그냥 좋아서 웃음이 났다. 고3이 되어 공부를 어떻게 할지, 원하는 대학과 학과에 갈 수 있을지 따위는 아리사가 지하에서 발견한 비취 같은 색깔로 요동치는 바다 위에서 잠시 다 잊었다.

통영에서 그리 멀지 않은 섬이었지만 배에서 내려 섬에 닿으니 그곳은 두 사람이 지금까지 살아온 곳과는 많이 다른 세상으로 보였다. 둘 다 바닷가 도시에 살면서도 섬에 가 본 적이 없었다. 항구에 작은 식당이 있었고 그리 높지 않은 봉우리 중턱에 집들도 있었다. 안내표지판을 따라 작은 산을 오르듯이 오르막길을 따라 걸어가는데 커다란 흰 개 한 마리가 둘을 따라왔다. 둘 다 그 개가 무슨 종자인지 입에서 이름이 맴돌다가 생각은 안 났다. 먹을 걸 주지 않자 개는 다른 곳으로 가 버렸다. 섬 주민이 풀어 놓고 키우는 개였을 것이다.

섬의 가장 높은 곳에 올라 창석과 경숙은 바다와 섬과 나무와 새를 보며 앉아서 가지고 간 도시락을 까 먹었다. 보온 도시락통이 아니어서 차가워진 밥알이 입 안에서 오글거렸지만 살짝 언 것 같은 김치는 샤베트처럼 사각사각 시원하고 좋았다. 물병에 담아 온 물도 아리사가 어둠 속에서 마신 지하수처럼 차가웠다.

둘이 그곳에서 바라보는 세상의 모습은 차갑지 않았다. 두 사람 앞에는 긴 시간이 놓여 있었고, 많은 가능성이 남아 있었다. 나이 들어 되돌아보니 더욱 그랬다. 그날 창석과 경숙이 앞을 향해 바라본 삶은 나이 들어 뒤돌아본 삶과 많이 달랐다. 얼마나 다를 수 있었는지! 그 다른 삶이 과연 얼마나 더 좋았을지는 모르는 일이지만.

둘이 만나면 으레 하는 이야기를 하다가, 잠시 아무 말도 생각도 없이 눈앞에 놓인 세상을 바라보다가, 둘은 고개를 옆으로 돌려 서로를 보았다. 누가 먼저랄 것도 없이 둘은 조용히 입을 맞췄다. 처음이었다. 입술은 차가웠고 밥과 김치 냄새가 조금 났다. 복수를 끝낸 아리사는 저 멀리 집을 떠나는 바다 위 배 안에 있었다. 잠깐 세차게 분 찬 바람이 입술 사이를 파고 들어와 둘을 떼어놓았다. 둘은 잠시 말없이 다시 앞으로 눈길을 두고 조용히 앉아 있었다. 오래 기억될 완벽한 순간이었다. 정말로 그랬을까? 둘 다 오래도록 이 순간을 잊지 않았을까? 둘은 통영으로 돌아오는 배 뒤쪽 난간에서 멀어지는 소매물도를 보았다. 둘 다 섬에 자기의 일부를 남겨놓고 왔다. 둘은 한 번 더 입맞췄다.

창석과 경숙은 서울에 있는 대학에 합격했다. 대학교는 서로 달랐다. 창석은 부모님이 바라는 대로 다른 길은 생각해보지도 못하고 너무나도 당연히 법학과에 들어갔고, 경숙은 영어를 좋아했고 교사가 되고 싶어서 영어교육과에 들어갔다. 둘은 각자의 대학 기숙사에 들어갔다. 고향과 가족을 떠난 해방감과 너무 크고 낯선 도시에서 살게 된 불안감이 공존했지만, 둘은 곧 서울과 학교에 적응했고, 만족했다. 둘은 대학 들어가면 누구나 한다는 미팅이나 소개팅도 안 하고 시간 날 때마다 만났다. 다른 사람을 만날 필요도 없었고 그럴 생각도 없었다.

아직 전두환이 대통령이던 시절, 수시로 학교 정문에서 최루탄이 터지고 화염병이 날아다녔지만, 끔찍한 전쟁통에도 서로 사랑하고 아이를 낳는 커플이 있는 것처럼 이러니 저러니 해도 독재자는 물러나고 세상은 결국 더 좋아질 것이라 생각하면서 두 사람은 젊은 날의 사랑에 행복했다.

창석의 어머니는 창석이 보내준 수업시간표를 보고 매일 수업이 끝나고 창석이 방에 들어와 있을, 아니 들어와 있어야 한다고 자기가 생각하는 무렵에 전화를 했다. 창석이 받을 때까지 일정한 시간 간격을 두고 계속 했다. 어쩌다 하루라도 전화를 못 받기라도 하면 다음 날 난리가 났다. 아들을 질책하다 울 때도 있었다. 그때만 해도 휴대폰이 없었으니 어머니가 전화를 할 만한 시간에 창석은 웬만하면 방에 들어와 있어야 했다. 창석은 동기들, 선배들과 정치 얘기, 여자 얘기 등을 하며 주거니 받거니 술을 마시다가도 시계를 보고는 먼저 일어나 돌아와야 했다. 아들을 너무 사랑해서 그런 것이라고 이해하려고 해도 좀 정도가 심하다는 생각이 드는 것은 어쩔 수 없었다.

창석은 어머니가 다섯 명의 누나들보다 유독 막내 외아들인 자기를 챙기고 위하고 간섭하는 것도 너무 부담스럽고 싫었다. 누나들에게도 미안했는데, 누나들은 어머니가 창석만 위하고 자기들을 학대한다는 말을 한 적도 있었다. 어머니에게는 치료가 필요한 것이 아닐까 하는 생각은 아직은 하지 못했다. 어머니가 하는 이야기는 늘 똑같았다. 공부 열심히 해라, 밥 잘 먹어라, 절대 데모하지 말아라, 아픈 데 있으면 말해라. 중요한 것은 통화 내용이 아니라 창석이 올바른 시간에 올바른 장소에서 전화를 받는 것이었다.

창석은 사법시험에 계속해서 떨어졌다. 중간에 군대에 갔다 오고 복학해서 졸업하기까지 또 졸업한 후에도 시험은 몇 번 더 봤지만 시험장에만 가면 생기는 울렁증 때문에 평소 실력을 발휘하지도 못하고 시험을 망치곤 했다. 스터디그룹에서 모의시험을 볼 때와 비교할 수 없을 정도로 엉망으로 쓰고 나왔다. 이상하게도 그건 몇 번을 더 해도 나아지지 않았다. 경숙은 서울에 있는 어느 중학교의 영어교사가 되었다. 실망하고 자책하는 창석을 위로해준 것은 언제나 경숙이었다.

"이 길은 내 길이 아닌가 봐."

"그러면 그만 두고 다른 길을 찾아봐."

"어머니가 나한테 얼마나 실망할까?"

"네 인생이야. 그동안 할 만큼 했어. 어머니를 위해 사는 건 이제 그만 해도 돼."

창석도 그 말을 머리로는 다 이해했고 경숙 말대로 그래야 한다고 생각했지만 실제로 그것을 실천에 옮기는 것은 너무 어려운 일이었다.

창석은 결국 사법시험을 포기하고 어느 금융계 회사에 입사해 법무팀에 배속됐고, 어머니는 며칠을 앓아 누워 누나들에게 심한 소리를 해 댔고, 아들이 애비 닮아서 물러 터졌다고 반복해서 말했고, 경숙이 그년이 아들을 망쳐 놓았다고 중얼거렸고, 그 옆에서 돈도 잘 못 벌어오고 소심하고 무력한 아버지는 아무 소리도 못하고 가만히 웅크리고 있다가 밖으로 나가 담배를 피워 물었다.

창석이 어느 주말 통영 집에 와서 어머니, 아버지가 같이 있는 자리에서 취직도 하고 자리도 잡았으니 이제 경숙과 결혼하고 싶다고 말했을 때, 어머니는 창석의 말이 끝나기도 전에 절대 안 된다고 소리질렀다. 어릴 때부터 쭉 알아 왔던 경숙을 어머니가 반대하는 것에 충격을 받은 창석은 잠시 입을 벌리고 아무 말도 못하고 있었는데, 어머니가 창석이 묻기 전에 안 되는 이유를 말했다.

"내가 너희들 궁합을 봤다. 결혼하면 절대 안 된다고 하더라. 네가 일찍 죽을 수도 있다고 한다. 신랑 잡아먹을 팔자다. 경숙이는 안 된다."

창석은 얼마 전 어머니가 경숙의 생일과 태어난 시를 물어본 것이 생각났다. 궁합을 보려나 생각을 하긴 했는데, 그것 때문에 이렇게 나올 줄은 몰랐다. 평소의 모습을 생각해보면 능히 그럴 수 있는 분인데, 창석은 미처 대비하지 못했다. 어머니에게 알려주기 전에 궁합이 좋게 나오도록 경숙이 태어난 시를 조정할 수도 있었을 텐데. 그것 가지고는 부족했을까? 어머니가 찾아가는 점쟁이를 사전에 매수해야 했을까? 아버지는 어머니에게 뭔가 다른 의견을 제시할 요량이었는지 잠깐 말을 꺼내려 입을 열었다가 어머니 눈치를 보고 바로 닫아버렸다.

"궁합이 안 맞아서 안 된다고요?"

"그래. 그게 제일 중요한 거다."

한 번 어떤 생각이 박힌 어머니는 그 생각이 다른 사람이 볼 때 아무리 어리석고 어이없는 것이라도 누구도 어떤 논리로도 설득해 바꿀 수 없다는 것은 창석이 어릴 때부터 그때까지 살아오면서 뼈와 살에 새겨진 철통 같은 집안 법칙이었다. 절대 흔들리지 않았다. 예외도 없었다. 그럴 분이 아니었다. 어쩌면 궁합은 핑계이고 경숙보다 훨씬 나은 조건의 여자라야 아들의 배필로 어울린다고 생각해서 그런 것일지도 몰랐다. 어떻든 더 이상의 대화는 가능하지 않았다. 창석은 한숨을 푹 쉬고 눈물이 글썽글썽해서 그 방에서 물러나 나왔다. 누나들도 다 경숙과 친하고 또 그녀를 좋아했지만 창석을 편들어 어머니에게 다른 소리를 하지는 못했다.

"창석아, 어머니와 연을 끊을 게 아니라면 이건 안 되는 거 너도 알지? 마음 접고 다른 여자 만나라."

창석은 그날 밤 버스를 타고 바로 서울로 돌아왔다. 경숙과 헤어지는 것은 생각도 하지 못하고 살았다. 들어오는 길에 가게에서 소주를 몇 병 사 와 집에서 혼자 다 마셨다. 술에 취해 경숙에게 전화하니 어머니가 벌써 경숙에게 전화해서 두 사람 결혼은 절대 안 된다는 이야기를 해 놓았다. 창석은 더욱 화가 났다. 어떻게 사람이 그럴 수가!

"왜 안 된다는 얘기도 하셨냐?"

"궁합이 안 맞는다고 하시더라."

"그래서 어쩔 건데?"

"그건 내가 묻고 싶은 건데, 넌 어쩔 거야?"

창석이 머뭇거리자 경숙이 말했다.

"나는 네가 어머니하고 연을 끊고 나하고 결혼하자고 하고 싶다. 근데, 너는 못 그러겠지? 네가 그러지 못하면 나도 네 어머니 감당할 자신이 없다. 두렵다."

창석은 전화기를 잡고 울었다. 경숙이 먼저 전화를 끊었다. 그 후 둘은 몇 번 더 만나기는 했지만 창석이 바뀌지 않는 한 도리가 없었다. 창석은 어머니를 떨궈버릴 수 없었다. 그래서 어렸을 때부터 서로 다른 사람은 생각해 보지도 않은 창석과 경숙은 그렇게 일월성신과 우주의 기운이 창백한 푸른 점 지구 한 구석의 호모 사피엔스 남녀 한 쌍의 미래를 출생 시부터 결정해 준다는 괴이한 이론, 아니면 그 이론을 핑계로 내세운 한 여인의 고집에 밀려 우습게 헤어졌다.

창석은 준영과 점심시간에 돼지불백을 먹으며 한라산 소주를 같이 마시고 있었다. 창석이 다니던 회사가 파산신청을 했을 때 파산관재인이 됐던 어느 변호사의 제의로 창석은 그 변호사가 대표로 있는 로펌의 송무팀으로 들어와 어느덧 20여년을 일했고 이제는 송무팀을 총괄하는 송무국장이었다. 어느덧 50대 후반으로 접어든 준영은 1년 전부터 재택근무를 하면서 고정 급여는 없이 수임이든 수행이든 일해서 매

출을 올린 것의 일부를 받아가는 시스템으로 일하고 있었는데, 일주일에 한 번 정도 출근해 서로 시간이 맞으면 창석과 점심과 반주를 같이 했다. 낮술을 하고 나오면 세상이 아름다웠고 행복했다. 둘은 동갑이었다.

그날도 창석은 첫사랑 얘기를 했다. 들을 때마다 많이 안타까운 사연이었다. 준영은 그 다음 얘기도 알고 있었다. 변호사가 되면서 떠났다는 어느 여자 이야기. 창석이 성에 안차 창석이 인사하러 갔을 때 몸을 옆으로 돌리고 눈도 안마주쳤다는 여자 어머니가 극구 반대해서 결혼이 틀어진 어느 여자 이야기. 창석은 쭉 혼자 살았다.

"얼마 전에 고향 친구 아버지 장례식에 갔는데, 거기서 경숙이 오빠를 만났습니다. 경숙이 잘 사느냐고 물으니 잘 산다고 하대요. 애가 둘인데 다 컸답니다. 경숙이 오빠가 나보고 경숙이 한 번 만나 보겠냐고 물어서 괜찮다고 했습니다."

"왜, 한 번 만나 보지 그러세요?"

"됐습니다. 걔는 옛날 젊은 모습으로만 기억하고 싶습니다. 이 나이 돼서 늙은 모습은 굳이 안 보고 싶습니다. 뭐할라고요?"

"나 같으면 한 번 만나보겠는데."

창석은 그 얘기는 그만 하고 새로 받은 거라면서 휴대폰을 꺼내 송무팀에서 자기 밑에서 일하다가 다른 사무실로 이직한 여직원의 쌍둥이 애기 사진을 보여주었다. 온 얼굴로 웃으며 너무 귀엽다고 하는 것이 꼭 손주들 사진을 보는 할아버지 같았는데, 결혼해서 아이를 낳았으면 엄청 예뻐했을 것이다. 준영이 그리 얘기하니 자기도 그랬을 것 같다고 했다. 그 여직원의 어머니와 남편하고도 친하게 지낸다고 했다.

"여행이라도 좀 다니시죠."

"전 여행 별로 안 좋아합니다. 지금까지 해외에 나가본 건 고객사 부장이자 제 대학 동기인 녀석하고 일 관계로 괌에 갔던 게 유일합니다. 저는 휴가 때도 주로 집에 틀어박혀 밖으로도 잘 안 나옵니다."

"요즘도 게임, 그 뭐더라, 월드 오브 워크래프트 게임 하세요?"

"예전 같지는 않네요. 제가 역할이 '힐러'인데 좀 까다롭고 질리기도 했고 좀 그렇습니다. 그래도 자주 합니다."

창석은 준영이 사별한 것은 알고 있었는데, 그의 아내가 왜 죽었는지는 몰랐다.

"사모님은 암으로 돌아가셨나요?"

"아니요, 실은 조울증을 오래 앓다가 자살했습니다."

그 얘기 때문인지 창석은 평소에는 각자 내던 음식값을 그날은 자기가 다 냈다.

혼자 사는 창석은 하남에 작은 아파트도 하나 샀고, 예금도 꽤 모았고, 별로 돈 쓰는 데도 없었고, 많이 오르면 벤츠라도 한 대 사려고 쟁여 놓은 삼성전자 주식은 처음 살 때 기대했던 것만큼은 안 오르고 있었지만 벤츠를 못 살 뿐 큰 문제는 아니었다. 그저 그렇게 혼자 늙어가는 삶이 조금은 쓸쓸할 뿐이었다. 곧 맞이할 은퇴 후 일찌감치 혼자 들어가 살까 해서 실버타운을 검색해 보기도 했다.

첫사랑을 깨뜨렸고, 창석이 서울에서 직장 다닐 때도 대학생 때처럼 매일 일정한 시간에 집전화로 전화를 해서 귀가를 확인했던 어머니는 이제 치매에 걸려 요양병원에 들어가 있었다. 첫 번째 입원한 병원에서는 하도 유별나게 굴고 다른 환자들을 괴롭혀서 원장이 창석에게 어머니를 다른 곳으로 모셔가 달라고 부탁했다. 그래서 두 번째 병원으로 옮겼는데, 거기에서는 상태가 악화되어 다른 사람을 힘들게 하기도 어려웠다. 그러면서 어느새 90세 중반으로 접어들었다. 아버지는 오래 전에 암으로 세상을 떠났다.

그러다가 영화, 드라마, 만화 이야기가 나왔는데, 준영이 어릴 때 은발의 아리사 만화를 봤냐고 물어서 창석은 깜짝 놀랐다. 은발의 아리사는 지금까지 그 누구도 기억하는 사람이 없어서 오직 창석 혼자만이 아는 만화라고 생각했는데, 준영이 그걸 봤다는 것이었다. 딱딱한 해골 속 깊은 곳에 봉인되어 잊혔던 아리사가 회백질 무덤을 뚫고 손 하나를 밖으로 내민 순간이었다.

아리사는 영 잊고 살았다. 어디에 숨어 있다가 준영의 한마디에 다시 살아났는지? 그래도 그 모습은 만화에 그려진 모습이 아니라 창석의 머릿속에서 가지 치며 다양한 모습으로 변모한 여러 아리사들이자 그것들이 하나로 합쳐지는 정확한 얼굴을 모르겠는 하나의 아리사였다.

"은발의 아리사를 아신다고요?"

"네, 아주 좋아했는데요."

"제 주위 사람들 중 그걸 기억하는 사람은 변호사님밖에 없는 것 같습니다."

"그래요?"

창석과 준영은 은발의 아리사 만화에 대해 기억나는 것을 한참 이야기했다. 창석은 아리사가 어릴 때 자기의 상상의 애인이었다는 말은 하지 않았다. 준영도 혹시 그렇지 않았을까? 상상 속에서 삼각관계가 형성되는 것인지도 모를 일이었다.

"그런데, 제가 나이 들면서 요즘 되려 메탈음악을 좋아하게 됐는데요."

"아리사 얘기하다가, 갑자기 메탈이요?"

"국장님도 메탈 좋아하세요?"

"싫어하진 않습니다."

"유튜브로 이런저런 밴드를 검색해서 들어보다가 '알리사'라는 여자가 보컬인 밴드를 알게 됐습니다. '아치 에너미'라고."

"알리사?"

"알리사 화이트-글루즈. 은발의 아리사가 일본만화였으니 아리사는 일본식 표기이고 영어든 뭐든 서양 언어로는 앨리스나 알리사가 맞겠죠?"

"그런데요?"

"보컬인 알리사가 한 때는 머리를 은발로 염색했습니다. 은발의 알리사. 지금은 파란색입니다."

"한 번 보고 싶네요. 찾아보겠습니다."

"근데, 그 밴드가 곧 한국에 공연하러 옵니다. 보자마자 티켓을 두 장 예매했는데, 국장님, 생각 있으면 저랑 같이 가실래요?"

"가시죠."

창석은 젊은 사람들만 가득한 가운데 두 사람만 중늙은이일 거라고 생각해 조금 신경이 쓰여 마음을 다잡고 왔는데 입구에 줄 서 있는 사람들을 보니 의외로 나이 든 소위 '아재'들도 꽤 있어서 마음이 놓였다. 티켓 번호대로 입장을 해서 공연장에 들어가서 자리를 잡고 섰다. 전부 스탠딩석. 둘 다 이런 건 처음이었다. 창석은 공연에 오기 전에 유튜브로 검색해 아치 에너미의 동영상을 몇 개 보기도 했다. 보컬인 알리사는 지금까지 창석이 상상했던 것과는 또 다른 모습으로 세상에 투영된 새로운 모습의 아리사였다. 아리사라면 응당 그렇게 거침없이 소리를 질러야 한다. 실제로도 보고 싶었다. 파란 머리의 아리사.

동영상으로 봤을 때 수 천명 넘게 모인 것 같은 외국 공연 현장과는 달리 티켓이 매진됐다고는 하지만 실내의 지하에 있는 공연장에는 5, 600명 정도가 모인 것으로 보였다. 창석과 준영은 앞쪽으로 밀고 나가 자리를 잡았다. 서서 30분

정도를 기다리니 밴드 멤버들이 나왔다. 기타, 베이스, 드럼이 먼저 온 몸 속의 장기들까지 쿵쿵 울려대는 연주를 시작했고 곧 알리사가 등장했다.

그녀가 마이크를 들고 공간을 찢는 그로울링Growling으로 청중에게 자신의 도래를 알리자 모두들 팔을 치켜들고 괴성과 환호를 질렀다. 여러 머리 달린 금속성 짐승이 청중의 귀를 뚫고 들어가 몸 속을 헤집고 다니며 일으키는 급류의 물결을 타고 서 있는 알리사의 목소리는 거칠고 맑게 폭발했다. 공연 시작부터 끝까지 어떻게 시간이 지나갔는지도 모르겠다.

실제 세상에 존재하는 사람에게 아리사의 이미지가 투영된 것은 처음이었다. 그래서 알리사는 창석의 상상 속 아리사와는 달랐다. 알리사는 수많은 아리사들에게 공통적인 면을 가지고 있었지만, 그녀는 실재하는 구체적인 한 명의 여성이었기 때문에, 창석과 같이 병들고 늙어갈 살과 뼈를 가진 인간이었기 때문에, 늙지도 않고 늘 다른 모습으로 변하는 아리사와는 달랐다. 알리사는 아리사의 그림자 한 조각이었다.

그래도 좋았다. 아리사는 허상이었고 알리사는 실재였다. 역시 실재인 경숙과 삶을 같이 하고 싶었던 창석은 동영상에서 본 것보다 이제는 좀 나이 들어 보이기도 하고 동영상에서 봤던 것처럼 마이크 스탠드를 돌리다가 한 번 떨어뜨리기도 한 알리사가 너무 좋았다. 유치했던 시절 꿈꿨던 아리사는 만화 속 모습에서 오래 전에 벗어나 한 모습에 고정되지 않고 끊임없이 성장하고 변모하던 몽롱한 형체를 그나마 완전히 잃고 이제는 세상에서 늙어가는 경숙이나 알리사 안에서 그녀들의 빛을 꺼지지 않게 할 희미한 광원 역할을 하면 되지 않겠는가?

땀에 젖어 공연장 밖으로 나오자 세상은 복잡하고 왁자지껄했지만 너무나 조용하게 가라앉아 있었다. 꿈을 꾸고 나온 것 같았다. 창석과 준영은 근처 술집에 들어가 맥주와 소주를 마셨다. 젊은 사람들이 대부분인 술집에서 두 사람은 공연 이야기를 하며 즐거웠다. 지나간 일, 이렇게 저렇게 떠나간 여자, 지고 있는 책임, 얼마 남지 않았을 삶, 은발의 아리사 같은 이야기는 하지 않았다. 다음에 이런 공연이 또 있으면 같이 오자고 약속도 했다. 이제 아리사는 죽었을 것이다.

꽃 피는 봄에 어머니가 돌아가셨다. 96세. 드디어, 급기야, 마침내, 라는 말을 써도 될 만했지만, 이상하게도 슬픔과 회환이 없는 것도 아니었다. 창석의 다섯 누나들도 아주 오래 된 짐을 벗은 해방감을 느끼면서도 삶의 큰 한 축이 없어진 것 같은 느낌을 받는 듯했다. 어머니는 창석에게 단 한 번도 경숙과 헤어지게 만들어 미안하다는 말을 하지 않았다. 첫째 누나가 어머니 때문에 결국 창석이 결혼도 못 하게 됐다는 말을 해도 어머니는 들은 척도 안 했다.

장례식은 통영에서 했기 때문에 주로 고향 친구들, 친지들, 가족들이 조문하러 왔다. 서울에 있는 직장 동료나 친구 중 직접 장례식장까지 온 사람은 많지 않았다. 준영도 조의금만 보내왔다. 서울 어느 대학 교수인 경숙의 오빠는 경숙의 이름이 뒤에 적힌 조의금 봉투를 보여주며 말했다.

"경숙이도 오려고 했는데 다른 일이 있어서 조의금만 보냈다."

"고맙다고 전해줘."

"최근에 같이 찍은 사진이 있는데 한 번 봐라."

젊은 모습의 경숙만 기억하고 싶어했던 창석은 잠시 망설이다가 보겠다고 했다. 경숙의 오빠가 휴대폰으로 보여준 경숙은 창석이 기억하는 모습을 가지고 있으면서도 창석이 늙은 것처럼 그새 많이 늙었다. 머리도 창석처럼 군데군데 하얗게 세어서 3분의 1 정도는 은발이었다. 염색도 안 한 머리였다. 눈가에 자글자글 주름은 가도 웃는 눈매는 그대로였다. 창석은 한동안 그렇게 휴대폰을 들고 그동안 변한 경숙의 모습을 보고 있었다. 진작 한 번 만나볼 걸 그랬다 싶기도 했다.

"한 번 만나볼 수 있을까? 그냥 옛 친구로서."

"그래? 내가 물어볼게."

어머니의 시신을 화장해 유골을 근처 납골당에 봉안하고 나서 6남매는 같이 저녁을 먹었다. 어렸을 때부터 나이 들었을 때까지 그들 모두의 목에 끈을 매고 어떤 식으로든 끝까지 놓아주지 않고 당겼다 풀었다 했던 어머니가 사라졌지만, 모두의 기억 속에, 자기도 모르게 형성되어 고치기 어렵게 된 습관과 생각 속에, 어머니의 흔적은 여전히 남아 있었다.

창석이 자기가 그냥 그렇고 그런 별로인 남자라는 생각

을 오래 전부터 가지게 된 것에 필시 어머니도 큰 역할을 했을 것이다. 이제는 그런 생각을 떨쳐 버리기도 힘들었다. 젊었을 때는 약간이나마 있었을 매력도 이제 나이가 들어 다 사라졌고, 벗겨진 머리와 불룩 나온 배와 푸석해진 피부와 저하된 체력에 이제 얼마 안 남은 은퇴를 앞둔 창석은 앞으로 남은 인생에서 크게 기대할 것이 없다는 것을 잘 알고 있었다. 뭐가 남아 있으려나? 딱히 별다른 재주도 없었다. 쓸쓸한 노년이 될 것이다. 죽을 때 편히 죽을 수나 있으면 좋을 텐데.

창석은 돌아오는 열차 안에서 졸다 깨다 하며 이어지는 생각 끝에 경숙을 다시 만나보지는 않기로 했다. 경숙의 오빠에게도 다시 그렇게 말하기로 했다. 창석은 경숙에게 젊은 시절의 창석으로만 남아 있고 싶었다. 한 번 만난다고 해서 무슨 의미가 있을까 싶었다. 할 얘기도 없었다. 그동안 혼자서 지리하게 살아온 이야기는 하고 싶지 않았다. 그렇다고 오래전 같이 하던 시절의 이야기를 다시 꺼내 하고 싶지도 않았다. 마음만 아플 것이다. 만나지 말자.

집에 돌아와서는 같은 생활의 반복이었다. 출근해서 일하다가 집에 오고 집에서 밥해먹고 설거지하고 게임하고 가끔 친구들 만나고, 그렇게 시간이 갔다. 어머니가 돌아가시니 그동안 창석이 거의 전부를 부담했던 요양병원비가 안 나가게 돼서 돈이 남았다. 평소에도 식비와 교통비 말고는 별로 돈 쓸 데도 없었던 창석은 생활비와 저축을 빼고 남은 돈이 많이 남길래 뭘 할까 생각하다가 우선 백화점에 가서 500만 원이 넘는 침대와 매트리스를 퀸 사이즈로 하나 샀다. 집에 들여놓고 누워 보니 푸근하고 편안했다. 잠도 잘 왔다. 밤마다 자러 침대에 올라가 누우면 기분이 좋았다. 진작에 침대를 바꿀 걸 그랬다. 싱글침대를 싼 걸로 사서 18년쯤 쓴 것 같았다. 다음에는 좋아 보이는 걸로 양복을 한 벌 골라서 결제를 하려다 보니 가격이 200만원이 넘는다고 해서 이번에는 있지도 않은 마누라 핑계를 대며 이거 사면 집에서 쫓겨날 거라 하고 그냥 내려놓고 나왔다. 이런 거 말고 진짜로 벤츠나 한 대 사야 할까?

가끔 누나들이 전화를 했다. 한 명이 걸어서 전화기를 돌려가면서 한 마디씩 했는데, 어머니 돌아가시고 나서 수시로 다섯 자매가 같이 여기저기 놀러 다닌다고 했다. 자기네들이 어릴 때 외아들인 창석 때문에 어머니한테 '학대'를 받은 일은 다 용서하겠다고 농담을 했다. 전화기 너머로 같이 깔깔

대는 소리가 들렸다. 잘들 사시네. 누나 한 명이 결혼을 안 했어도 조카만 11명이었다. 이제 대부분 다 커서 엄마 손 갈 일도 별로 없었다.

창석은 경숙의 오빠에게 경숙은 다시 만나 보지 않겠다고 했다. 경숙의 오빠는 이유는 묻지 않고 알겠다고만 했다. 가끔 사무실에 나오는 준영과는 종종 점심을 먹으며 한라산 소주를 마셨다.

"어머니 돌아가시니 좀 홀가분하시죠? 몇 년 전 저도 그랬습니다."

"그건 그래요. 해방됐다는 느낌인데, 좀 쓸쓸하기도 하고 그렇네요."

준영은 자기가 쓴 거라면서 단편소설집을 한 권 창석에게 줬다. 표지 안쪽에 날짜와 서명한 것도 보여줬다.

"오, 책을 내셨네요. 감사합니다. 읽어보겠습니다."

"거의 안 팔립니다. 하하."

"원래 글 쓰는 걸 좋아하셨나 봐요?"

"그냥 오래 전부터 하고 싶었습니다. 안 읽어도 됩니다."

창석은 집에 와서 준영이 준 책을 읽어 보았다. 평소에 책은 거의 읽지 않고 살았는데, 준영의 책은 좀 괴상하면서도 그런대로 재미있었다. 창석은 자기는 앞으로 뭘 하고 싶을까 다시 생각해 봤다. 잘 떠오르지 않았다. 살던 대로 그대로 살게 될 것 같았다. 대체 남은 삶을 뭘 하며 보내야 좋을까?

———

창석은 여름휴가 내내 집에서 밥 먹고 게임하며 지냈다. 집 근처 마트에 장 보러 갈 때 말고는 밖에 나가지도 않았다. 이미 수없이 봐서 중요한 장면의 대사는 거의 외울 정도인 드라마를 다시 찾아보기도 했다. 몇 번을 봤어도 다시 보면 또 같은 대목에서 눈물이 났다. 창석에게 최고의 휴가는 그런 것이었다. 여행은 부질없었다. 특히 혼자서 여행 갈 생각은 조금도 없었다.

휴가가 끝나고는 다시 출근해 예전과 다름없이 살았다. 삶은 그렇게 지나가는 것이었고, 이제 얼마 남지도 않았다는 걸 알았다. 준영과 다른 변호사와 부하 직원과 커피숍에 앉아서 커피를 마시다가 다리가 길쭉한 외국인 여자의 뒷모습을 보고는 가서 한 번 뽀뽀해 보고 싶다는 농담도 했다. 국제 결혼하는 사람들에게 정부가 특별지원을 해야 한다고도 했다. 준영은 30대인 직원에게 아직 삶의 가능성이 많이 남아 있다고 말했는데, 창석은 과연 그런 것일까 의문이 들었다. 자기가 30대일 때는 이미 많은 문이 닫혔던 것 같았다. 실제로 취직한 이후에는 새로운 가능성 따위는 찾을 기회나 여유도 없었다.

가끔은 콘서트에도 갔던 아치 에너미의 곡을 듣기도 했다. 소리를 내지르는 청발의 알리사. 나이 들어서 이런 음악을 좋아하게 될 줄은 몰랐다. 어릴 때 창석의 상상에 들어온 아리사는 그가 아직 끊지 않고 피우는 담배연기에 실려 올라가 이미 오래전에 구체적인 형체는 잃었으나 그동안 가까스로 하나로 유지됐던 이미지가 완전히 원소들로 분해되어 허공으로 흩어진 것 같았다. 만화 속 이미지도, 그 이미지가 분화되고 진화하여 다양하게 변모했던 여러 모습도, 세상에 실재하는 어느 여성에게 정령처럼 내려와 빛을 밝혔다고 몽상한 신비로운 기운도, 다 사라졌다. 세상 어디에서도 아리사는 느껴지지 않았다. 더 이상 기억할 가치가 없었다.

가을은 금세 지나갔고, 겨울이 됐다. 창석은 크리스마스가 지나고 새해를 맞이해 장례식 이후 한 번도 보지 못한 누나들 얼굴이나 보러 며칠 휴가를 내서 통영에 가기로 했다. 어머니 유해를 모신 곳에도 한 번 가 보자 했다. 통영으로 가는 열차 창 밖으로 눈이 날렸다. 눈이 오는 꼴을 보니 다른 건 생각이 안 나고 소주나 한잔하고 싶었다. 연말연시라고 해도 별로 할 일도 없을 것 같은 준영이나 꼬셔서 통영에 같이 가자 할 걸 그랬나 싶기도 했다.

누나들은 얼굴이 밝아 보였다. 다들 잘 어울려 놀면서 사는 모양이었다. 시시한 얘기들을 하면서 와자지껄 저녁을 먹었다. 소주도 마셨다. 누나들도 남은 삶이 얼마 길지 않을 텐데 저렇게 즐겁게 지내는 것을 보니 창석은 자기도 그러지 못할 법은 없다고 생각했다. 과연 정말로 그렇게 살 수 있을 것인지는 몰랐다.

다음 날 다들 같이 어머니 유해를 모신 추모원에 갔다. 그 앞에서는 거의 5분도 있지 않았다. 아무도 교회나 성당에도 다니지 않으니 기도도 하지 않았다. 그저 몇 천원 주고 산 미니 꽃다발을 어머니 봉안함 앞에 붙어 있는 집게에 꽂아놓고 잠깐 한 두 마디씩 인사하고 눈 감고 있었다. 창석은 별로 슬프지 않았다. 누나들도 슬퍼 보이지 않았다. 돌아와서 또 다 같이 밥을 먹으면서 술을 마셨다. 전날과 내용도 별로 다르지 않은 이야기가 오고 갔다.

다음날 아침 약간의 숙취가 있는 상태로 잠에서 깨니 창석은 아직 하루 더 통영에 있어야 한다는 걸 알고 남은 하루는 뭘 할까 생각해 보았다. 또 누나들과 밥을 먹고 같은 이야기를 하면서 술을 마시는 건 하고 싶지 않았다. 전날 밤 자는 중에 또 눈이 많이 와서 일어나서 밖을 보니 거리와 나무는 온통 눈으로 하얗게 뒤덮였다. 이틀 연속 술을 마신 탓인지 열차에서 눈 날리는 걸 본 때와는 달리 소주 생각이 나지는 않았다.

창석은 아침을 먹고 나서 갑자기 마음이 동해 통영항으로 가서 소매물도로 가는 배를 탔다. 경숙과 둘이 소매물도에 갔던 것이, 거의 40년 전이었다. 그 이후에 그 섬에 한 번도 가 보지 않았다. 창석은 그때와는 달리 선실 밖으로 나갔다가 바닷바람이 너무 차서 1분도 못 있고 바로 선실로 들어왔다. 선실 바닥에 누워서 엔진소리, 물 가르는 소리, 바람소리를 들었다. 40년 전 생각이 났다. 늙은 경숙을 직접 만나는 것은 그만두고 40년 전 아직 젊었던 경숙을 느끼러 그때 그 자리로 가는 것인가, 생각하니 창석은 스스로 한심하기도 했다. 그래도 가 보고 싶었다. 그 섬의 그 자리에.

섬에 내리니 40년 전과는 다른 섬에 온 것 같았다. 펜션과 카페가 생겼고 횟집도 새 건물에 있었다. 추운 겨울이라 그런지 섬에 내린 사람들이 많지는 않았다. 돌아가는 배편 시간을 확인하고 창석은 40년 전에 올랐던 길을 찾아보았다. 그때와는 달리 표지판에 커다란 화살표와 함께 오르는 길이 큼지막하게 표시되어 있었다. 눈이 많이 내렸다고 해서 창석은 등산화는 준비 못했지만 배낭에 조카에게 빌린 아이젠도 넣어 가지고 왔다. 입구부터 운동화에 아이젠을 끼고 천천히 올라갔다. 평소에 등산은 물론이고 별 운동도 하지 않았기 때문에 높이 올라가야 하는 길도 아니었지만 창석은 숨이 차고 힘이 들었다. 40년 전에는 이러지 않았다.

걸을 때 발 밑에서 눈이 폭폭 꺼지면서 바닥을 딛는 느낌이 좋았고 발에 밟혀 뭉쳐지는 눈에서 기분 좋은 소리도 났다. 숨차서 내쉬는 숨에서는 담배 필 때처럼 하얀 김이 나왔다. 비록 옆에 경숙은 없었지만 시간과 나이를 잊고 그때로 돌아간 것 같은 기분도 들었다.

이윽고 그 자리에 왔다. 눈이 많이 내려 오르기 힘들어서인지 창석 말고는 털모자를 깊이 내려쓴 중년 남자 한 명만이 그곳까지 와 있었다. 40년전에 둘이 앉았던 바위는 주변이 온통 눈으로 덮여 있어서 찾을 수 없었다.

남쪽으로 등대섬이 보였다. 눈이 다시 내리기 시작했다. 창석은 배낭에서 모자를 꺼내 썼다. 보온병에 넣어 온 따뜻한 커피 한 잔을 캠핑용 컵에 따라 홀짝홀짝 마셨다. 털모자를 쓴 남자는 그곳을 떠나 내려갔다. 창석은 혼자 남았다. 그곳에 다시 올 수 있어서 기뻤다. 죽기 전까지 다시 보지 못할 경숙 생각에 슬펐다.

젊은 경숙이 아니라 사진에서 본 나이 든 경숙의 얼굴이 섬에 날리는 눈과 함께 창석 주위에 떠돌았다. 늙은 모습을 사진으로 볼 수 있어서 좋았다. 경숙과 헤어진 후 나이가 들어가면서 같이 나이 들어가는 경숙의 얼굴을 가끔씩 사진으로 계속 볼 수 있었다면 좋았을 걸. 비참함이나 비통함이 아니라 눈처럼 하얗게 내려앉는 그런 슬픔이었다. 앞으로 그냥 그대로 조금만 더 살면 된다고 생각하니 오히려 마음이 가볍기도 했다. 어머니에 대한 원망도 남아 있지 않았다.

창석은 생각을 그만두고 눈을 들어 주위를 보았다. 소매물도의 모든 나무들이 가지와 줄기에 내려앉은 눈 때문에 하얗게 변해 바람에 흔들렸다. 하얀 물결이 이는 것 같았다. 누군가 멀리서 창석을 부르는 듯한 바람소리가 새처럼 공중을 돌았다. 섬 전체가 하얀 머리를 흩날렸다. 창석의 마음속에서 아름답게 늙은 경숙을 따라 한순간에 함께 늙은 아리사의 은발이 섬 전체를 감싸고 휘날렸다. 소매물도의 은발을 보고 창석이 아리사를 기억한 것이 아니라 아리사가 더 이상 자기를 기억하지 않는 창석을 기억하고 소매물도의 하얀 머리다발이 되어 마지막 작별인사를 하는 것 같았다. 부질없는 복수를 뒤로 하고, 사람의 형체를 버리고, 누구에게 깃들 이유 없이, 섬의 정령이 되어, 늙은 아리사는 은발을 풀어헤치고 바람의 소리로 창석을 불렀다.

창석은 비로소 알아보았다. 그 찬란한 은발을.

천국으로 가는 계단

"나중에 나 죽고 나면 하지 않고!"

일구는 엘리베이터 벽에 붙은 공고문을 보고 혼자 중얼거렸다. 1주일 후부터 엘리베이터 교체공사를 하는데, 무려 25일이 걸린다고 쓰여 있었다. 혹시 잘못 본 것이 아닐까 생각해 돋보기를 꺼내 쓰고 다시 보았지만 25일이 맞았다. 요즘 세상에 그깟 엘리베이터 하나 교체하는 데 25일씩이나 걸리다니! 땡동, 소리가 나면서 일구의 뒤로 엘리베이터 문이 열렸다. 혼자 타고 있었으니 올라가는 중에 문이 열렸다면 그가 내려야 할 층이었다. 일구는 문이 다시 닫히기 전에 얼른 열림 버튼을 누르고 엘리베이터 밖으로 나왔다. 1001호, 그가 혼자 사는 집이다. 10층이다.

폭염과 열대야가 그간의 기록을 경신하며 끝도 없이 이어지는 여름이었다. 일구도 86년을 살아오면서 그런 여름은 처음이었다. TV 뉴스를 보면 지구온난화 때문에 앞으로는 더 심해질 수도 있다고 했다. 일구는 앞으로 살 날이 얼마 안 남았으니 먼 미래는 어찌 되든 상관없다는 편이었지만, 못 살겠는 더위에 걸어서 10층을 오르내려야 하는 코앞에 닥친 25일은 과연 살아서 넘길 수 있을까 생각이 들면서 안 그래도 부쩍 희미해진 정신머리가 뿌연 사골국물 안에 퐁당 떨어진 것처럼 사방으로 한 치 앞도 안 보이고 아득했다. 기후변화로 재앙이 닥칠지도 모른다는 수십 년 후나 자신이 죽을지도 모르는 몇 년 후보다 더 멀게만 느껴지는 25일 후였다.

일구에게는 딸이 둘 있었다. 첫째 딸은 60을 넘겼고 얼마 전에 그녀의 딸이 낳은 손자도 보았다. 첫째 딸이 일주일에 한 번 일구에게 와서 같이 밥도 먹고 커피도 마시고 산책도 했다. 일구는 집에서는 샤워하기도 귀찮아서 딸이나 와야 딸에게 끌려 목욕탕에 가서 목욕을 했는데, 딸인지라 같이 목욕탕에 들어갈 수는 없어서 남탕 여탕 분기점에서 갈라져 들어갔다. 둘째 딸은 미국에 이민 가서 살고 있어서 얼굴 볼 기회도 거의 없었다. 캘리포니아라고 했던가, 알래스카라고 했던가, 그것도 모르겠다. 가끔 전화는 했는데, 마지막으로 언제 봤는지는 잘 기억이 나지 않았다.

엘리베이터 교체공사가 시작된 날로부터 사흘째 날, 그전 이틀은 집에서 안 나오고 잘 버티던 일구는 큰 딸은 며칠 후에나 오는데 먹을 게 떨어져 동네 마트에 가려고 큰 마음먹고 문을 열고 나섰다. 쉬엄쉬엄 내려오는데도 6층부터는 다리가 후들거렸다. 계단참은 창문도 없어 에어컨 틀어놓고 있던 집 안에 비하면 한증막처럼 뜨거워 숨이 턱 막히고 온몸에 땀이 줄줄 흘러내렸다. 내려갈 때 그 정도인데 올라올 때는 어떨지 걱정이 앞섰다.

어찌어찌 다 내려와서 밖으로 나오니 칼을 담금질하는 쇳물처럼 뜨거운 햇볕이 정수리 끝으로 무자비하게 내리꽂아 떨어졌다. 눈을 뜨기 힘들 정도로 강하게 쏘아대는 햇빛에 앞을 보기도 힘들었다. 사막의 모래바람을 헤치고 가는 순례자처럼 일구는 집에서 동네 마트 사이에 놓인 보도와 놀이터를 가까스로 지나 우유, 바나나, 빵, 라면, 맥주 등을 사는 데 성공한 후 다시 그 길을 고통스럽게 다리를 끌며 돌아와서 아파트 안으로 들어와 1층에서 올라가는 계단 앞에 섰다. 젊은 시절 설악산 대청봉에 올랐던 기억이 떠올랐다. 올라갈 수 있다. 집으로 가야지.

얼마나 오래 걸렸는지 모르게 다리를 후들거리며 10층을 다 올라와서 집에 들어온 일구는 일단 그대로 마루바닥에 뻗어 누웠다. 에어컨을 켜 놓고 나간 것이 다행이었다. 땀으로 범벅이 되어 소금에 절인 생선처럼 된 일구는 잠시 그렇게 누워 있다가 간신히 몸을 일으켜 비닐봉지에서 맥주부터 꺼내 따개를 따고 몇 모금 게걸스럽게 들이켰다. 좀 덜 차가운 것이 아쉬웠지만 살 것 같았다. 앞으로 22일 더 남았다는 말이지!

일구에게 그날의 일을 들은 큰 딸은 바로 관리사무소에 전화해서 공사기간을 단축할 수는 없는 거냐, 계단참마다 쉬었다 갈 수 있는 의자라도 갖다 놓아야 하는 거 아니냐, 선풍기라도 갖다 놓을 수 없냐, 나이 드신 어르신들 하나라도 잘못되면 책임질 거냐, 등등 언성을 높여 마구 쏘아붙였다. 그래서 그랬는지 큰 딸이 며칠 후 가서 일구와 같이 10층을 오르내릴 때 보니 계단참마다 의자가 두 개씩 놓였다. 선풍기는 없었다. 공사기간을 고려해서 먹거리와 맥주를 넉넉하게 잔뜩 가져온 딸이 부축도 해주고 목욕탕에도 데려다 주고 의자에 나란히 앉아 이야기도 해 주고 하니 일구는 혼자 오르내릴 때보다는 덜 힘들었다.

일구는 그렇게 큰 딸이 왔다 간 후 며칠 동안 꼼짝 않고 집에 있었다. 큰 딸은 오래 전에 계획한 가족여행으로 며칠 간 사이판에 간다고 하면서 그동안 엘리베이터 잘 되는 자기 집에 와 있으라고 했지만 일구는 사양했다. 먹을 것도 많이 남아 자주 나갈 필요가 없을 것이고, 두 번 해 봤는 데다가 계단 중간에 의자도 놓였으니 몇 번은 혼자서도 잘 할 수 있을 것이라 생각했다. 그러다가 참 사는 게 구차해서 이제 정말 그만 살고 싶기도 했다.

일구는 큰 딸이 사이판으로 떠난 후 이틀은 별 문제없이 집에서 안 나가고 잘 지냈다. 먹을 것도 아껴서 조금씩만 먹었다. 그런데, 캔맥주는 한 번 따개를 따서 열면 뚜껑을 닫아 다시 보관해 놓을 수도 없고 다 먹어야 해서 맥주가 먹을 것보다 빨리 줄었다. 일구에게는 맥주 마시는 것이 삶의 큰 낙 중 하나였는데 쟁여 놓은 맥주가 다 없어지고 나니 허전하고 아쉬웠다. 자꾸 생각이 났다. 엘리베이터 작동이 안 되니 배달을 시킬 수도 없었다. 택배상자나 배달음식들은 다 현관의 경비실 앞에 놓였다. 게다가 아껴 먹었어도 먹을 것들이 줄었고 사 놓지 않은 것들 중에 먹고 싶은 것도 생겼다. 나가야 했다. 용기를 내서 떨쳐 일어나 나가자! 그런데, 아직 한낮이었다. 좀 기다렸다가 밤에 나가도 됐을 텐데 일구는 당장 맥주가 마시고 싶었다.

일구는 몰랐지만 그날 한낮의 최고기온은 38도를 찍었다. 습도는 엄청났고 시커먼 아스팔트에서 올라오는 열기는 무시무시했다. 1층까지 내려온 일구는 밖으로 나오자마자 집 밖으로 나온 걸 후회했다. 그래도 일단 나왔으니 뜻한 바를 이루고 돌아가야 했다. 그날은 햇빛을 가리려고 우산도 하나 가지고 내려왔다. 검은 우산을 펼쳐 들고 일구는 동네 마트에 이르는 길을 걸어갔다. 길에 사람들이 거의 보이지 않았다. 마트에서 이것저것 산 까만 비닐봉지를 한 손에 들고 일구는 다시 검은 우산을 펼쳐 들고 마른 땅 위로 올라온 지렁이처럼 꿈틀꿈틀 걸어 돌아왔다. 오는 중간에 너무 뜨거운 나머지 그만 어지러워 쓰러질 뻔하기도 했는데, 집에 가서 맥주를 마실 생각으로 정신을 차리고 후들거리는 다리를 움직였다.

분투 끝에 일구는 드디어 아파트 현관 안으로 들어왔다. 그러나, 아직 끝나지 않았다. 이제부터 10층을 올라가야 했다. 앞에 놓인 계단을 쳐다본 일구는 머릿속이 몽롱해지면서 그것이 꿈인지 현실인지 모를 지경이 됐다. 까만 비닐봉지 안의 맥주 캔 네 개가 벽돌 네 개인 듯 무겁게 느껴졌다. 맥주 말고 다른 건 뭘 샀는지 잘 기억도 안 났다. 계단을 올라가다가 중간에 쓰러져 죽는 것이 아닐까 생각이 들었는데, 그래도 상관없겠다 싶었다. 죽기 전에 맥주 한 캔이나 따서 마시고 죽을 것이다. 일구는 깊은 숨을 들이마셨다 내쉬고 접은 우산을 지팡이 삼아 딛고 용감하게 첫 발을 첫 번째 계단 위로 내디뎠다.

올라가 보니 1층과 2층 사이의 계단참에 놓인 의자에 남자아이가 하나 앉아 있었다. 엘리베이터에서도 종종 보던 아이였다. 7층에 살던가? 두 번 계단으로 10층을 올라가 보고 나서는 층마다 한 번씩 쉬다 가기로 정한 일구는 아이 옆 의자에 앉았다. 바닥에 닿지 않는 다리를 까불거리며 아이스바를 먹던 아이는 일구가 옆에 앉자 힐끗 곁눈질로 그를 보았다. 일구가, 안녕, 이라고 인사하니 아이는 고개만 까딱했다.

일구는 자기가 거의 약 80년 전 그 아이 나이일 때를 떠올려 보았다. 어떤 기억은 놀랍게도 여전히 선명했지만, 대부분의 기억은 흐릿한 안개 속에 있는 듯이 뿌옇기만 했다. 아이도 언젠가는 일구처럼 늙겠지만 적어도 그 순간 일구는 아직 많은 미래가 앞에 놓인 아이가 부러웠다.

"몇 살이니?"

"일곱 살이요."

"7층에 살던가?"

"네. 할아버지는요?"

"10층."

아이가, 와우, 하면서 놀라더니 문득 뭔가 생각났는지 손목에 찬 노란색 시계를 보았다. 아이는 일구에게 집에 가야 한다며 일어났다.

"학원에 가야 돼요. 늦으면 엄마한테 혼나요. 바빠요 바빠."

아이는 빠르게 계단을 뛰어올라갔는데 그 뒷모습이 사람이 아니라 옷 입은 고양이로 보였다. 귀가 쫑긋 머리 위로 올라왔고, 엉덩이에 노란 꼬리가 달려 있었고 두 발이 아니라 네 발로 뛰어갔다. 일구는 헛것이 보이는 것 같아서 머리를 한 차례 흔들고 다시 앞을 보았는데, 이미 아이는 사라지고 없었다. 참, 이상하기도 하지. 노망이 들었나? 수십년 전 키웠던 회색 고양이가 생각나서 일구의 입가에 잠시 미소가 지어졌다.

"고양이가 뭐 바쁠 게 있다고."

일구는 의자에서 일어나 일단 한 층 더 올라가기 위해 걸음을 옮겼다. 긴 복도를 따라 세대가 늘어선 2층으로 들어가는 입구를 지나 일구는 또 한 번 쉬고 갈 2층과 3층 사이의 계단참으로 올라갔다. 우산으로 계단을 짚는 힘이 약해 진짜 지팡이를 가져올 걸 그랬다고 후회했다. 왼손에 든 비닐봉지는 여전히 무거웠다.

거기 의자에 중년 남자가 앉아 있었다. 배가 불룩 튀어나와 보이는 티셔츠는 땀으로 지도가 그려진 것처럼 젖었고 남자는 머리칼이 많이 줄어든 이마에 줄줄 흘러내리는 땀을 손등으로 닦고 있었다. 남자가 옆에 앉은 일구에게 먼저 인사했다.

"이렇게 더운데 25일이나 엘리베이터를 세우다니요."

"그러게 말입니다. 나 같은 늙은이는 아주 죽을 지경입니다."

일구는 남자가 양복 차림에 넥타이를 매고 엘리베이터에 타던 모습이 기억났다. 요일 가는 것도 잘 모르고 살았는데 곰곰 따져보니 일요일이었다. 그래서 남자가 낮시간에 추레한 티셔츠를 입고 그렇게 허덕대며 앉아 있는 것이었다. 미치도록 더운데 계단을 걸어 올라가야 한다는 것에서 오는 낙

담뿐만 아니라 남자의 얼굴에는 삶 자체에 대한 피로와 좌절이 진하게 배어 있었다. 자기도 남자 나이 때 그래 봤기 때문에 일구는 시간을 뛰어넘어 과거의 자신을 거울로 보는 듯 그것을 알아볼 수 있었다.

나이는 들어가고, 버는 돈은 여의치 않고, 직장에서 미래는 그다지 밝지 않고, 집 안에서도 밖에서도 알아주는 사람은 별로 없는데 이것저것 요구하고 기대하는 사람은 여럿 있고, 다 버리고 떠나버리고 싶고, 수시로 술을 마셔대 배도 나오고, 한때 환했을 빛은 꺼져가는 그런 시절.

일구는 비닐봉지에서 맥주 한 캔을 꺼내 남자에게 권했지만, 남자는 손사래를 치며 괜찮다고 사양하고는 힘겹게 일어나 일구에게 인사하고 다시 계단을 올라갔다. 몇 층에 사는 남자인지는 생각나지 않았다. 그런데, 그 뒷모습이 사람이 아니라 개로 보였다. 귀는 길게 아래로 늘어졌고, 누런 털이 북실북실 제멋대로 났고, 꼬리는 뒷다리 사이로 말려들어가 있었다. 또 헛것이 보이는구나. 개의 뒷모습을 한 남자는 금세 사라졌다.

"사는 게 개 같기 마련이지."

일구는 다시 일어나 천천히 계단을 올라갔다. 끙끙대며

다리를 움직여 곧 3층과 4층 사이의 계단참에 이르렀다. 옆으로 퍼지면서 천장까지 닿는 아담한 나무 한 그루가 서 있었고, 풀들이 무성했고, 꽃들이 피어 있었다. 나무와 풀과 꽃이 뿌리를 내린 아래는 콘크리트 바닥이 아니라 흙이었다. 일구가 손가락을 넣어 찔러보니 그것은 콘크리트 바닥 위에 얇게 깔린 흙이 아니라 바깥의 화단처럼 깊은 땅의 맨 윗부분에 놓인 흙 같았다. 게다가 누가 물을 줬는지, 비가 왔는지, 흙은 촉촉히 젖어 있었다. 일구는 자기가 병원 침대에 누워 인공호흡기를 달고 있거나 아니면 이미 죽었을지도 모르겠다고 생각했다. 아니면, 이 모든 것이 다 꿈속에서 보는 것일까? 잠에서 깨면 엘리베이터는 예전처럼 그대로 작동하고 있지 않을까?

일구는 나무 아래, 풀과 꽃 사이에 놓인 의자에 앉았다. 아래층 계단참과는 달리 그곳에는 아무도 없었다. 조용했고, 나무와 풀 때문인지 덜 더웠다. 열린 유리창도 없는데 어디선가 바람도 불어왔고, 바람에 나뭇잎 흔들리는 소리도 들렸다. 잠시 그러고 있다가 옆에 놓인 의자를 보니 누가 두고 갔는지 책 한 권이 놓여 있었다. 일구는 주머니에서 돋보기를 꺼내 쓰고 책을 집어 들었다. 상태를 보니 나온 지 몇 십년은 된 것 같은 낡은 책이었다. 일구는 책의 제목을 보았다.

'천국으로 가는 계단'

일구는 깜짝 놀라 책을 펼치고 책장을 이리저리 넘겨가며 군데군데 읽어 보았다. 오래 전에 몇 번이나 읽은 책인 듯 무슨 내용인지 다 알 것 같았다. 벌린 입을 다물지도 못하고 일구는 책장을 닫고 제목 아래를 보았다.

'이일구 지음'

그것은 일구가 수십년 전에 쓰다가 끝내 완성하지 못했던 소설이었다. 그러니 책으로 나왔을 리도 없었다. 마지막장을 보니 일구가 구상했던 것과 같은 내용으로 결말이 나 있었다. 오랜 세월이 지났지만 다 기억이 났다. 나무와 풀과 꽃과 책, 어느 것도 현실일 리가 없었다. 그래도 종이의 질감과 냄새가 나무와 풀과 꽃의 향처럼 이렇게 생생한데. 일구가 만들어낸 소설 속 등장인물들도 오래 전에 헤어졌다가 다시 만난 친구나 연인처럼 반갑기 그지없었다. 따옴표 안에 담긴 그들의 말은 자기들끼리 주고받는 것이 아니라 책 밖의 일구에게 건네는 것 같았다.

소설은 행복하게 끝나지 않았다. 행복한 결말로 바꿔 끝까지 다 써낼 걸 그랬다. 일구의 삶은 행복하지도 불행하지도 않게 끝을 향해 가고 있었다. 천국으로 가는 계단이라니. 일구는 책을 두 손을 쥐어 가슴에 대고 10층 집을 향해 올라가는 계단 끝에 그가 있다고 믿지도 않는 천국이 기다리고 있는 것이 아닐까, 생각했다. 집의 문을 열고 들어가면 다른 세상이 열리는 것이 아닐까? 그런다면 과연 좋을까? 그냥 집으로 들어가 맥주 네 캔을 다 비우고 그대로 쓰러져 잠들 듯 죽어 더 이상 어디에서도 존재하지 않는 것이 좋지 않을까?

한참 전에 좋아했던 '스테어웨이 투 헤븐Stairway to Heaven' 이라는 곡도 생각나 가사도 다 잊은 곡조를 흥얼거렸다. 그 곡의 가사와 일구의 미완성 소설의 내용은 제목 말고는 별 상관이 없었지만, '천국으로 가는 계단'이라는 책을 쥐고 10층으로 오르는 계단 위에 선 일구에게는 그 곡이 자연스럽게 떠올랐다. 나무 깊숙한 곳에 턴테이블이라도 숨어 있는지 나뭇잎 사이에서 오래 돼 지직거리는 LP에서 나오는 듯 그 곡이 들려왔다. 이건 꿈이야. 꽃봉오리 네 개에 '레드 제플린Led Zeppelin'의 멤버들 얼굴이 방긋방긋 피어나 일구를 보고 입을 벙긋거리며 웃었다.

일구는 잠시 망설이다가 책을 있던 자리에 내려놓고 일어났다. 세상에 없었던 책이니 들고 올라가도 사라질 것이다.

지금 와서 보니 자기가 썼던 내용이 마음에 들지도 않았다. 노래는 잘 들었다. 고맙다. 일구는 비닐봉지를 들고 우산을 지팡이 삼아 다시 계단을 올라갔다. 조금 전에 만났던 아이가 가방을 메고 일구를 지나쳐 뛰어내려갔다. 일구는 아이에게 나무와 풀과 꽃이 보이냐고 묻고 싶었는데, 아이는 뭐가 그리 바쁜지 아는 척도 안 하고 휙 지나가 버렸다. 고양이 꼬리를 흔들거리며. 아이 머리 위에 노란 나비 한 마리가 맴돌고 있었다.

　일구는 4층과 5층 사이의 계단참에 이르렀다. 이번에는 누구를 만날지, 무엇을 볼지, 기대가 되기도 했다. 한 층 한 층 올라가며 각 층을 지키는 괴물을 차례로 물리쳐야 꼭대기 층에서 주인공의 일생을 바꿀 잠자는 공주나 그 비슷한 대단한 존재를 만나게 된다는 동화나 게임이 있지 않았던 기? 지금까지 만나거나 본 것이 괴물은 결코 아니었지만, 일구는 자신이 그런 동화나 게임의 주인공이 됐다는 상상을 해 보았다.

　의자에 나이를 가늠하기 어려운 남자가 앉아 있었다. 아래위로 말쑥한 검은 양복에 하얀 셔츠를 입고 넥타이는 매지 않았다. 군살 없는 몸매와 중간 키에 앉은 자세는 허리

구부림 하나 없이 꼿꼿했다. 오일인지 무스인지 젤인지 아무튼 뭔가를 번들번들하게 바른 머리는 정갈하게 뒤로 다 넘겨져 있었다. 반짝반짝 광이 나는 까만 구두를 신은 발 옆에는 의자 다리에 기대어 번지르르 윤이 나는 까만 서류가방이 놓여 있었다. 일구가 본 적 없는 얼굴이었다. 아파트에 사는 주민은 아닌 것 같았다. 무조건 쉬었다 가야 하는 일구는 내키지 않았지만 그 옆 의자에 앉았다.

남자는 음산한 표정으로 일구를 보더니 고개를 까딱여서 인사했다. 일구도 그렇게 인사했다. 남자는 일구 얼굴을 계속 음미하듯이 훑어보다가 이렇게 물었다.

"사람을 죽여본 적이 있으십니까?"

깜짝 놀란 일구는 바로 답을 하지 못하고 남자의 얼굴을 보았다. 살짝 웃고 있었다.

"없으시군요."

"당연하죠."

남자는 잠시 눈을 가늘게 뜨고 일구의 입술을 보다가 다시 물었다.

"누군가를 죽이고 싶었던 적은 있으십니까?"

방금 전만큼은 아니지만 역시 놀란 일구는 이번에도 바

로 답을 하지 못하고 남자의 얼굴을 보았다. 역시 살짝 웃고 있었다.

"있으시군요."

"아닙니다."

"아직도 죽이고 싶은 누군가가 있다면 제가 대신 죽여드 릴 수 있습니다. 이 가방 안에 계약서가 있습니다. 선생님 같 은 고령자에게는 특별할인도 해 드립니다."

"늙은이한테 농담이 지나치군요. 그만 하세요."

일구는 생각해 보았다. 오래오래 전에 누군가를 죽이고 싶었다. 그의 삶을 비참하게 만든 자, 도저히 참을 수 없는 어떤 존재를 세상에서 지워버리고 싶었다. 물론, 생각뿐이었 다. 일구가 그 사람을 떠나 도망쳤고, 그 사람은 계속 세상에 서 잘 나갔다. 멀어지니 미움도 약해졌다. 그러다가 그 사람 은 70도 못 채우고 병에 걸려 죽어버렸다. 알아서 고꾸라져 죽었으니 죽이고 싶고 자시고 할 것도 남아 있지 않았다. 그 사람보다 오래 살아남은 것이 이긴 것이다.

일구는 그런 상념에 빠져 있다가 남자를 보았다. 남자 발 치에 놓여 있던 서류가방은 없어지고 빨간 끈으로 묶인 하얀 상자가 놓여 있었다. 생일 케이크인가 했다. 남자는 일구가 상자를 보는 눈길을 보고 미소를 지었다.

"상자 안에 뭐가 들어 있을 것 같습니까?"

"당신이 죽인 사람의 머리라도 잘라서 넣어 놓았나요?"

"아주 마음에 드는 생각입니다."

"맞나요?"

"아니면, 제 딸 아이의 생일 케이크이거나."

"생일 케이크이기를 바랍니다."

남자는 상자를 들고 일어나 일구에게 반가웠다고 말하고는 아래로 내려갔다. 일구는 남자의 뒤에다 대고 이렇게 말했다.

"해피 버쓰데이"

곧 일어나서 계단을 올라간 일구는 5층과 6층 사이의 계단참에 이르렀다. 이제 뭐가 눈앞에 나타나도 놀라지 않을 것 같은 일구는 30년 전에 세상을 떠난 아내가 나타나면 좋겠다는 생각이 들었다. 아내가 살아 있을 때 물어보지 못한 것이 있었다. 아마도 답을 듣기 두려워서 못 물어본. 하지만, 사실 이제는 그 질문에 대한 답이 뭐든 별 상관이 없었다. 가여운 사람. 사랑했고, 미안했다. 정작 계단참에 아내가 갑자기 나타나면 별로 할 얘기도 없을 것 같았다. 믿지도 않는 유령에게 저승에서 잘 살고 있냐고 묻기도 뭣하고, 가물가물해진 옛 추억 얘기를 하기도 뭣하고. 안 나타나면 좋겠다.

젊은 여자가 앉아 있었다. 긴 생머리에 하얀 원피스를 입고 하얀 구두를 신고 있었다. 처음 보는 얼굴이었는데, 어디선가 본 것 같기도 했다. 아름다운 여인이었다. 일구는 얌전히 그 옆에 앉았다. 그녀가 일구에게 웃으며 인사했고, 일구도 인사했다. 일구가 다시 보니 조금 슬퍼 보이는 그녀는 일구가 젊었을 때 짝사랑했던 어떤 여자와 너무 닮았다는 것을 알았다. 아니, 시간을 뛰어넘어 어떻게 그곳에 와 있는지는 알 수 없었지만, 일구는 곧 그녀가 바로 그 여자라고 믿었다. 오래 같이 산 아내가 아니라 짧게 혼자 사랑했던 여자가 나타나다니. 아내보다 나이가 많은 그녀는 실제로는 아직 살아 있을까? 그녀는 이미 죽었고 유령이 나타났을까? 어차피 말도 안 되는 계단이었다.

그녀는 6층 쪽을 바라보고 있었다. 마치 거기서 누가 나타나기를 기다리는 듯이. 6층 어느 집에 그녀가 짝사랑하는 남자가 살고 있는 듯이. 깊은 밤 6층 복도에 서서 그녀가 사랑하는 남자의 방 불빛이 아직 켜 있는 것을 보고 그가 무엇을 하고 있나 상상해 보는 그런 눈빛이었다. 일구는 자기가 그런 절절하고 그리운 눈빛의 대상이 돼 본 적이 없다는 것을 알고 있었다. 그래서 한때는 아내를 포함해 세상의 여자들이 죄다 섭섭하고 야속했지만 언젠가부터는 그런 눈빛의 대상이 될 수 있는 남자는 그리 많지 않고 자기는 그런 남자는 못 된다는 사실을 인정하고 받아들이고 나니 별 일도 아니었다. 오히려, 그런 남자가 아니었던 쪽이 더 나았다.

"세상에 이렇게 많은 아파트가 있는데 제 것은 없네요."

일구가 6층 쪽을 바라보던 그녀의 눈빛을 보고 그 마음속에서 피어나고 있을 것으로 상상했던 말과는 꽤나 거리가 있는 말이었다. 이제는 먼 옛일이었지만 일구도 10층에 있는 작은 아파트를 마련하기 위해 젊었던 긴 세월 동안 일하고 돈을 벌어 은행대출 갚는 데 매진하면서 고군분투했다. 그러면서 아이도 둘 낳아 키워야 했으니. 아, 그 세월이라니! 이제는 다 지나갔다. 알량하나마 하나 있는 집은 죽고 나면 두 딸이 알아서 법대로 둘로 나뉘가질 것이다. 일구는 죽은 뒤의 일은 신경 쓰지 않았다. 별로 가진 것도 없었지만, 유증이나 유언으로 둘 중 하나한테 더 많이 주는 따위의 일은 생각도 안 했다. 저 세상도 믿지 않았다. 부디 죽으면 우주의 원소로 돌아가기를.

거기까지 올라오면서 힘이 들고 땀을 흘렸던 일구는 목이 말랐다. 비닐봉지에서 맥주 캔 두 개를 꺼내서 좀 아까웠지만 오래 전 사랑했던 여자의 기억이 되살아난 것을 기념해 하나를 그녀에게 건넸다. 그녀는 고맙다며 받아 뚜껑을 땄다. 일구도 뚜껑을 땄다. 목이 탈 때 마시는 차가운 맥주의 첫모금은 이제 그만 죽어도 좋다고 느끼게 할 정도로 좋았다. 일구가 몇 모금을 마시고 캔을 입에서 떼고 옆을 보니 그녀는 캔에서 입 한 번 떼지도 않고 벌컥벌컥 맥주를 들이마셨다.

"갈증이 심했군요."

한 캔을 다 비운 그녀는 캔을 한 손으로 우그러뜨려 일구에게 돌려줬다. 일구는 군소리 없이 찌그러진 빈 캔을 아직 머리뚜껑 붙어 있는 맥주 캔 두 개가 도사리고 있는 비닐봉지에 넣었다. 그녀는 자리에서 일어나 일구에게 인사하고 계단을 내려가기 시작했는데, 몇 발 옮기자마자 그녀의 옷과 몸이 불 속에 던진 얼음처럼 녹아내렸다. 다 녹고 나서 그 자리에 남아 서 있는 것은 해골이었다. 뼈만 남은 그녀가 6층 쪽이 아니라 천장 쪽으로 뻥 뚫린 눈구멍을 돌리더니 그 너머로 무엇을 보는지 한참 그렇게 있다가 말했다.

"우주에 이렇게 많은 별이 있는데 제가 있을 수 있는 곳은 이 별 밖에 없네요."

일구는 아파트 이야기보다는 별 이야기가 훨씬 마음에 들었다. 해골만 남은 그녀가 조금 더 있다 가기를 바랐다. 해골의 발치에 조금 전 입과 식도와 위장이 있던 그녀가 마신 맥주가 그대로 바닥에 흘러 아이 오줌 싼 것처럼 고여 있는 것을 보니 참으로 아까웠다. 해골은 그대로 휘청휘청 계단을 내려갔다. 다른 사람이 보면 놀랄 텐데. 일구는 그녀의 해골도 이내 흙이 되어 세상에 흩어지기를 바랐다. 일구도 곧 그렇게 될 것이다. 서로의 흙이 어디선가 섞일 지도 모른다. 안녕.

맥주를 마저 다 마시고 원기를 회복한 일구는 그 캔도 찌그러트려 비닐봉지에 넣고 계단을 힘겹게 올라 6층과 7층 사이의 계단참으로 올라갔다. 일구는 이번에는 그저 조용히 혼자 쉬었다 갈 수 있는 평범한 계단참이면 좋겠다는 바람을 가지고 올라왔지만 실망스럽게도 거기에도 누가 있었다. 남자로 보이는 그는 귀 끝이 뾰족하고 눈썹이 사람의 얼굴에서 본 적이 없는 각도로 꺾여 있었다. 일구가 보기에 그는 오래 된 어느 미국 드라마에 나오는 외계인을 닮았다. 땀도 안 흘리고 전혀 더워 보이지도 않는 그가 검지와 중지를 붙이고 그와 떨어뜨려 약지와 소지를 붙인 오른손을 들고 일구에게 인사했다.

"안녕하십니까?"

"안녕하세요?"

그는 일구를 찬찬히 보고 나서 오랜 친구나 지인을 알아본 것 같은 표정으로 싱긋 웃었다. 일구는 당연히 그를 처음 봤다. 아파트 주민일 리도 없었다.

"혹시 다른 행성에서 오셨습니까?"

"네, 그렇습니다."

역시 그랬다.

"무슨 일로 오셨습니까? 제가 도울 일이라도?"

"정기적으로 오는 시찰을 위해 왔습니다. 어르신이 저를 도울 일은 없습니다."

"시찰이라니요?"

그는 일구에게 말하면 안 되는 일이 있는 듯 잠시 대답을 하지 않고 머뭇거렸다. 그러다가 그는 더 이상 손쓸 여지가 없는 불치의 병에 걸렸음을 환자에게 알려주는 의사처럼, 아니면 혼자 너무 오래 비밀을 삼키고 있어서 지루해진 나머지 곧 죽을 사람 귀에 대고 깜짝 놀랄 일을 누설하는 고약

한 가족처럼, 지구에 관한 이야기를 해 줬다.

"제가 사는 행성에서 중죄를 저지른 사람은 지구에서 다시 태어나 지구인으로 한 평생을 살아야 합니다. 두 번째 기회는 없습니다. 지구인으로 다시 태어나도록 하는 방법은 설명하기 매우 복잡하고, 설명하더라도 당신이 이해할 수 없기 때문에 생략합니다. 다만, 지구인들이 얘기하듯 영혼이 다른 사람의 몸에 들어가 환생하는 것은 아니고 고도의 과학적 방법으로 그렇게 한다는 것으로만 이해해 주십시오. 그러니까, 지구는 우리 행성 사람들에게는 지구의 표현을 빌자면 지옥인 셈이지요. 그런데, 우리는 한편으로는 너무 너그러운 나머지 지구인으로 다시 태어난 중죄인이 우리 행성에서 살았던 기억을 하지 못하게 했습니다. 저는 이 정책에 반대하지만 아무튼 그렇습니다. 지구에 사는 무수한 사람들 중 얼마나 많은 수가 이곳에 떨어진 우리 행성의 중죄인인지 당신은 짐작도 하지 못할 겁니다. 그들은 여기에서도 계속 악행을 저지르기 일쑤입니다. 그래서 저는 우리 행성에서 살았던 기억을 남겨 놓아야 한다고 주장하지만, 우리 행성의 주류 의견대로 그러면 그들이 지구에서 더 심한 악행을 저지를 지도 모르겠습니다. 어쨌거나 참 놀랍습니다. 이렇게 많은 악당들이라니!"

"믿기 힘든 얘기군요. 그게 사실이라고 치고, 그러면 나도 당신 행성에서 중죄를 짓고 여기 이 지옥에 떨어진 사람인가요?"

그의 뾰족한 귀가 찔끔찔끔 움직이더니 그는 야릇한 미소를 띠며 말했다.

"나는 당신이 누구인지, 아니 누구였는지 알고 있습니다. 말해 줄 수는 없습니다. 직접 한 번 보고 싶기도 했습니다. 이리 보니 부족하나마 충분히 고통받으며 힘들게 살았군요. 당신 이야기도 내 보고서에 들어갈 겁니다. 혹시 살아오면서 처음 보는데 어디선가 많이 본 것 같은 사람들이 있지 않았습니까? 그들은 우리 행성에서 아주 악명 높은 사람이었거나 당신이 개인적으로 알았던 사람일 가능성이 큽니다. 지운다고 지웠지만 기억에 희미한 잔상이 남아 있는 것이지요."

일구는 이래저래 좀 화가 났다.

"지구에 당신 행성의 악인들을 풀어놓다니, 너무 한 거 아닙니까? 그래서 피해를 입는 선량한 지구인들이 얼마나 많겠습니까?"

그는 이번에는 소리내 웃었다.

"우리가 지구를 지옥으로 고른 이유를 모르시는군요."

그는 그 말을 끝으로 일어나서 일구에게 처음에 했던 것처럼 검지와 중지를 붙이고 그와 떨어뜨려 약지와 소지를 붙인 오른손을 들어 인사하고는 그 자리에서 스르르 사라져버렸다. 일구는 그가 한 이야기를 곱씹어보고 또 그의 행성에서 살았을 지도 모르는 자신의 삶에 대해 상상해 보았다. 무슨 죄를 지었길래. 일구는 고개를 흔들어 생각을 떨구고 자리에서 일어나 다시 걸음을 옮겼다. 아무려면 어떻겠는가? 이제 몇 층 안 남았다.

7층과 8층 사이의 계단참에 이르니, 그곳은 밤처럼 어두웠다. 의자에 누군가 앉아 있었다. 일구가 옆에 앉아 자세히 보니 그것은 머리와 팔다리가 있는 건 알겠는데 그 외에는 어떤 신체기관도 알아볼 수 없고 고체에서 녹아 액체로 변하기 시작한 상태로 아직은 간신히 끈적한 모양을 유지하고 있는 검은 덩어리로 보였다. 그것에서 바닥으로 까만 점액질 방울이 조금씩 떨어지고 있었다.

"안녕하세요?"

일구가 인사했지만 그것은 머리로 보이는 부분을 일구에게 살짝 돌렸을 뿐 아무 인사도 말도 하지 않았다. 그때 눈이 붙어 있으면 적당할 것 같은 부위에서 투명한 물방울이 바닥으로 떨어졌다. 아마도 눈물일 것이다. 일구는 그렇게 생각했다. 눈물이 바닥에 떨어지자마자 까만 점액질 방울들이 여러 방향에서 굴러와서 그것을 삼켰다. 일구는 이유를 알 수 없는 슬픔을 느꼈다. 그것이 무섭지는 않았다. 그것은 입이 없어 밖으로 나오지 못해 일구의 귀에 들릴까 말까 한 아주 낮은 소리로 목 안에서 그르렁거렸다. 일구에게는 그 소리가 분노해서 내는 소리가 아니라 슬퍼서 내는 소리로 들렸다.

"슬픈 일이 있으세요?"

일구가 물었지만 그것은 이번에도 아무 말도 하지 않았다. 입이 없으니 말도 못 하겠지. 일구는 맥주라도 한 캔 건네고 싶었지만 입이 없으니 못 먹을 것이라 생각하고 그만뒀다. 일구는 그것 옆에 앉아 있으니 자기도 덩달아 슬프고 우울해지는 것 같았다. 잠시 괜히 오래 전 일들이 생각났고 일구의 눈에도 눈물이 고였다. 이미 오래 전에 다 지나갔다고 생각했는데 그 슬픔들이 갑자기 되살아 돌아왔다. 그것의 손을 잡고 같이 꺼이꺼이 울고 싶었다.

일구는 그것의 어깨라고 짐작되는 부분에 왼팔을 올려 감싸 안았다. 일구의 팔과 손이 깊은 밤 연못의 물 속에 잠기듯 그것의 안으로 들어갔다. 일구의 손과 팔이 그것의 안으로 들어가자 그것의 안에서 희미한 빛이 나서 그것의 몸을 어스름하게 밝혔다. 그것의 안은 차갑기도 했고 따뜻하기도 했다. 그것의 안에는 작은 무엇인가가 헤엄치듯 돌아다니며 일구의 손과 팔을 간질였다. 일구는 그것의 안에서 손과 팔을 조심스럽게 움직였다. 물 속에서 손과 팔을 움직이는 느낌이 들었다. 움직임에 따라 찰랑대는 소리가 났다. 일구는 그 소리가 그것이 웃는 소리라고 생각했다.

일구는 그것의 몸에서 손과 팔을 꺼냈다. 아무것도 묻어있지 않았고 시원했다. 비가 왔다. 아파트 안인데 비라니. 일구는 이제 그 계단에서 일어나는 일이 놀랍지도 않았다. 일구는 지팡이 삼아 짚고 걷던 우산을 펼쳐 그것과 같이 썼다. 잠깐 그렇게 투둑투둑 떨어지는 빗소리를 들으며 있었다. 그것도 있지도 않은 귀를 기울여 빗소리를 듣는 것 같았다. 곧 비가 그쳤고, 그것은 자리에서 일어났다. 앉아 있을 때는 훨씬 더 커 보였는데, 일어나고 보니 그것은 키가 일구보다 약간 작았다.

작별할 때라고 생각한 일구도 일어났다. 그것은 일구에게 악수를 청했고, 일구는 그것의 손을 잡고 악수했다. 일어나서 보니, 그것의 두 다리 끝은 일구의 두 발에 연결돼 있었다. 그것은 다리 끝을 일구의 발에서 떼어내고 일구에게서 떨어져 계단 위로 올라가기 시작했다. 그것이 어디로 올라가는지 일구는 몰랐지만 어쩌면 10층의 자기 집으로 가는 것인지도 모르겠다고 생각했다. 아니면, 옥상으로 올라가거나. 10층이든 옥상이든 그리로 올라가서 뭘 하려는 지는 몰랐다.

그것이 사라진 후 일구는 그것이 앉아 있던 자리에 뭔가 남아 있는 것을 보았다. 잘 보니 네 개의 맥주 캔이 가지런히 놓여 있었다. 만져 보니 냉동실에서 막 꺼낸 듯 아주 차가웠다. 일구는 그것들을 비워서 찌그러트린 두 개의 캔과 아직 안 먹은 두 개의 캔이 들어 있는 비닐봉지에 넣었다. 봉지가 무거워졌지만, 기분은 좋았다. 4개를 샀는데, 2개를 마시고 나서도 이젠 6개가 되었으니!

8층과 9층 사이의 계단참에 왔다. 생소한 옷을 입은 여자가 작은 가스레인지 앞에서 프라이팬을 뒤적이며 뭔가 만들고 있었다. 얼굴을 보니 한국 사람은 아니었고. 동남아시아 어느 나라에서 온 것 같았다. 나이는 가늠하기 어려웠지만 일구는 그녀가 4-50대 정도 되지 않을까 생각했다. 계단참에서 가스레인지를 사용할 수 있는 아파트는 있을 리 없지만 일구는 그 상황이 하나도 이상하지 않았다. 일구는 의자에 앉아 그녀가 요리하는 모습을 지켜보았다. 입맛을 돋우는 좋은 냄새도 났다.

"안녕하세요?"

일구가 인사하자 그녀는 일구를 보고 웃으며 고개를 까닥여 인사했다. 다시 보니 그녀가 입은 옷은 그게 어느 나라 어느 부족의 것인지는 몰라도 전통의상이었다. 알록달록한 모자도 하나 쓰고 있었다. 일구는 86년을 살면서 해외여행을 가 본 적이 없었다. 여행 자체를 별로 좋아하지 않았다. 이제는 늙어서 다니지도 못하지만 한 친구가 오래 전 수많은 나라를 여행하면서 행복한 표정과 포즈로 찍은 온갖 사진을 보여줘도 하나도 부럽지 않았다. 주위 사람들을 보니 여행을 많이 다닌다고 사람이 성숙해지는 것도 아니었다. 그런데, 지금 알지 못할 나라에서 온 그녀를 보고 있으니 일구는 문득 자기가 맴도는 작은 세상 밖에 놓인 세상과 그곳에 사는 사람들이 궁금해졌다. 크게 다르지 않겠지만.

"웨어 아 유 프롬Where are you from?"

일구의 질문에 그녀가 영어가 아닌 말로 뭐라뭐라 대답했는데, 일구는 그게 무슨 말인지 알아들을 수 없었다. 그녀가 일구의 질문을 알아듣고 그에 대해 대답한 것인지도 알 수 없었다. 더 묻지 않기로 했다. 몰라도 좋았다. 다만, 일구는 그녀가 만드는 음식을 자기도 먹고 싶었다. 그래서, 일구는 손가락으로 그녀가 쥐고 있는 프라이팬을 가리키고 그 손가락으로 자기 입을 가리키고는 입을 우물거리는 시늉을 했다. 그녀가 소리 내 웃으며 고개를 끄덕였다. 그리고, 또 일구가 알아들을 수 없는 말로 뭐라 뭐라 했다. 일구도 그저 웃으며 고개를 끄덕였다. 일구는 그녀가 좋아졌다. 수십 년 만에 뜻밖의 장소에서 우연히 다시 만난 오래된 친구 같았다.

그녀가 접시에 음식을 덜어 젓가락과 같이 일구에게 건넸다. 그녀도 한 접시 담아 일구 옆에 앉았다. 볶은 국수 종류였는데 향이 좋았다. 다양한 나라의 음식을 먹어보지 못하고 주로 한식이나 인스턴트 식품만 먹고 살아온 일구는 그것이 어느 나라의 무슨 음식인지는 몰랐지만 한 젓갈 집어 입에 넣으니 아주 맛있었다. 일구는 그녀에게 엄지손가락을 들어 보였고, 그녀는 웃으며 또 뭐라 뭐라 했다. 마침 출출해졌던 차에 일구는 허겁지겁 한 접시를 다 비웠다. 그녀가 일구가 비운 접시를 받아 프라이팬에 남아 있던 것을 싹싹 긁어 담아서 다시 줬다.

"감사합니다."

일구는 자기도 뭔가 주고 싶어서 비닐봉지에서 맥주 두 캔을 꺼내 그녀에게 하나를 권했다. 그녀가 사양하지 않고 캔 하나를 받아 바로 뚜껑을 따고 한 모금 마시고 "캬" 하는 소리를 냈다. 일구도 똑같이 했다. 만국공통의 "캬"로 통한 둘은 나란히 앉아 국수와 맥주를 같이 먹었다. 그녀는 일구에게 뭐라뭐라 계속 이야기했다. 일구는 무슨 얘기인지는 몰랐지만 공감하는 표정으로 "네, 네" 하며 고개를 끄덕였다. 또 자기도 뭐든 얘기를 해야 할 것 같아서 그날 계단을 올라오면서 겪은 일들을 이야기했다. 무슨 말인지 몰랐을 그녀는 미소를 띠고 들었다.

국수와 맥주 한 캔을 다 먹은 일구가 그녀가 마신 캔까지 두 개의 캔을 집어 차례로 우그러뜨려 비닐봉지에 넣고 자리에서 일어났다. 일구가 계단을 올라 가려는데 그녀가 일구에게 무슨 말을 하고 나서 일구를 두 팔로 안고 등을 토닥거렸다. 일구도 그녀의 등을 토닥거렸다. 일구는 그녀에게 다시 감사하다고 말하고 손을 흔들어 인사하고 계단을 올라갔다. 중간에 돌아보니 그녀는 그 자리에 그대로 서서 일구를 보고 있었다. 계단에서 만났던 사람들 중 일구보다 먼저 자리를 뜨지 않은 사람은 그녀가 처음이었다. 일구는 올라가다 두 번, 세 번 뒤돌아보았다. 그녀가 또 손을 흔들었고, 일구도 손을 흔들었다. 입속에는 조금 전에 먹은 국수와 맥주의 맛이 맴돌고 있었다.

그 계단참이 보이지 않는 지점에 이르자 일구는 다시 그리로 내려가고 싶었다. 한참을 그녀 옆에 있다가 한 그릇 더 얻어먹고 싶었다. 그래서 다시 계단을 내려갔는데, 그곳에는 이제 누구도, 아무것도 없었다. 이게 다 무슨 일일까 생각하며 일구는 다시 발을 돌려 계단을 올라갔다. 몸은 10층 집에서 자고 있고 그저 꿈 속에서 계단을 오르고 있는 것일까? 몸은 이미 죽었고 영혼이 천국으로 향하는 계단을 천천히 올라가고 있는 것일까? 믿어본 적도 없는 천국으로?

일구는 곧 9층과 10층 사이의 계단참에 가까워졌다. 이곳이 마지막이다. 사람들 웅성대는 소리와 박수소리가 위에서 들려왔다. 콘크리트로 사방이 막힌 아파트인데 위쪽으로 하늘이 보였다. 사람들이 양쪽으로 줄지어 서서 계단을 올라오는 일구에게 박수를 치고 있었다. 어리둥절한 일구는 이게 다 무슨 일인가 싶었는데, 사람들 뒤로 비석처럼 서 있는 큰 돌이 보였다. 일구는 사람들 사이를 천천히 걸어 그 돌까지 갔다. 거기에는 이렇게 써 있었다.

"일구봉, 1,919m."

여기가 산꼭대기라고! 일구봉이라니, 들어본 적도 없었다. 젊었을 때 전국의 온갖 산을 다 올라갔던 산꾼이었던 일구는 지리산이 1,915미터이고 한라산이 1,947미터인 것을 기억했는데, 일구봉이라는 이름이 붙은 1,919미터짜리 산은 한국에 존재하지 않았다. 그래서 더 좋았다. 일구라는 자기 이름이 붙은 봉우리라니. 성이 김씨가 아니라 오씨나 이씨였으면 혹시 519미터나 219미터짜리 산이 나타났을까?

"수고하셨습니다!"

"대단하십니다!"

"축하드립니다!"

박수 치던 사람들이 일구에게 너나할 것 없이 제멋대로 외쳤다. 일구는 지팡이 대용 우산을 높이 치켜들고 환호에 화답했다. 일구는 계단을 통해 일구봉에 오른 것이 아마도 길었던 삶을 마감하게 됐다는 의미일지도 모른다고 생각했다. 죽어서 흙이 되든, 천국에 가든, 이제 자신만의 봉우리인 일구봉을 다 올라왔으니 끝이라는 것이겠지. 하지만, 마지막 계단참인 일구봉에 올라 젊은 사람들의 축하와 응원의 박수를 받으니 그걸로 좋지 않은가 말이다. 누군가 일구를 정상석 옆에 세우고 그 옆으로 여러 명이 서서 핸드폰으로 기념사진도 찍었다. 마침 일구가 핸드폰을 집에 두고 와서 일구는 그 사진을 받지는 못했다. 안 받아도 됐다.

일구는 정상석 옆에 높인 의자에 앉았다. 사람들이 먹을 걸 가지고 일구에게 와서 주위에 둘러 앉았다. 좁은 줄 알았던 계단참이 많은 사람들로 북적댈 정도로 넓었다. 그 사이로 마치 천사들이 내려와 일구를 천국으로 데려갈 것 같은 하얀 뭉게구름도 보였다. 사람들이 일구에게 과일, 떡, 빵, 막걸리를 권했다. 주는 대로 다 먹을 수는 없어서 조금씩 받아 먹었다. 산 위에서 부는 바람이 불어 일구의 땀을 식혔다. 이대로 죽어도 좋겠다는 생각마저 들었다.

하산할 때가 됐는지 사람들이 하나둘씩 일구에게 작별 인사를 하고 계단 아래로 내려가 사라졌다. 이내 혼자 남은 일구는 그곳이 산이 아니라 아파트 계단이라는 것을 스스로에게 일깨우고 다시 일어났다. 반층만 올라가면 되는 그곳에서 오래 쉬었다. 머리 위는 다시 콘크리트로 막혔고, 게으른 천사들은 구름을 뚫고 내려오지 않았다. 일구를 기다리는 죽음은 그렇게 천국으로 올라가는 죽음이 아니라 혼자 사는 아파트의 소파나 침대 위에서 맥주 한 캔을 마시고 스르르 잠이 드는 듯 숨이 끊기는 홀가분하고 쓸쓸한 죽음일 것이다. 그렇게 갈 수만 있다면 더 바랄 것이 없겠다.

일구는 드디어 10층에 이르러 복도로 들어와 1001호 앞까지 왔다. 비밀번호를 누르고 문을 열었다. 잠시 집 안에도 누군가 기다리고 있을지도 모른다고 기대했지만 집 안에는 아무도 없었다. 여느 때와 다름없이 조용히 가라앉아 있는 자기 집일 뿐이었다. 에어컨을 틀어 놓은 채로 나갔다 와서 집 안은 시원했다. 긴 여행을 마치고 집에 돌아온 것 같은 기분이 든 일구는 비닐봉지에서 찌그러트린 맥주 캔 네 개를 꺼내 재활용 쓰레기 모으는 통에 던졌고, 남은 맥주 캔 네 개를 냉장고에 넣었다. 처음에 네 캔을 샀는데, 해골이 된 아가씨와 같이 두 캔, 국수를 만들어준 여자와 같이 두 캔 등 네 캔을 비우고도 네 캔이 남았다.

일구는 침실 문을 열고 들어가 침대 위를 보았다. 아무도 누워 있지 않았다. 침대 위에 누워 잠을 잤거나 죽었던 것은 아닌가 보다. 하지만, 이렇게 침대를 내려다보고 있는 것 자체가 꿈이거나, 또는 1001호 아파트가 죽어서 당도한 천국이라면? 이토록 소박하고 아무것도 아닌 천국. 아니면, 그가 정신병원 입원실의 침상에 누워 망상에 빠져 있는 것일 수도. 아니, 모든 게 다 실제로 일어난 일일 수도 있었다. 누가 알겠는가? 마루로 나와 리모컨으로 TV를 켜고 채널을 이리저리 돌려보니 늘 보는 그런 방송들이 재잘대고 있었다.

일구는 내일 다시 한번 계단을 내려갔다 올라와 보기로 했다. 내일은 그러지 않을 것 같긴 했지만 그래도 조금 전처럼 그런 계단이기를 기대했다. 아무 특이한 점 없이 의자만 두 개 놓여 있는 평범한 계단참이라면 실망할 것이다. 일구의 휴대폰이 울렸다. 화면을 보니 큰딸이었다. 아직 사이판에 있을 텐데.

"아빠, 잘 지내고 계세요?"

"응, 그럼. 잘 지낸다."

"저희는 며칠 후면 돌아갈 거에요. 그리고, 관리사무소에 전화해 보니까 엘리베이터 교체공사가 원래 예상한 것보다 좀 일찍 끝날 거래요. 25일이 아니라 15일이면 끝난다네요. 무슨 열흘이나 차이가 나. 아무튼 잘 됐어요. 며칠 후에 돌아가서 바로 보러 갈게요. 그동안 잘 계세요. 맥주 너무 많이 드시지 말고."

"그래, 알았다. 곧 보자. 잘 놀고."

"네, 끊어요."

일구는 엘리베이터 교체공사가 생각보다 일찍 끝난다는 소식에 좋기도 하고 안 좋기도 했다. 아니다. 내일 계단을 내려갔다 올라와 봐야 좋은지 안 좋은지 확실히 알 겠다. 오르는 계단이 오늘 같다면 교체공사가 일찍 끝나지 않으면 좋겠고, 그렇지 않다면 그보다 좋은 소식이 없을 것이다. 딸 전화를 받고 나서 일구는 자기가 죽은 건 아니라고 믿기로 했다. 어쩌면 소파에 누워 낮잠을 자며 꿈을 꾸다가 방금 전화벨 소리에 잠이 깬 것일지도 모른다. 일구는 냉장고에 가서 맥주 한 캔을 꺼냈다. 재활용 쓰레기로 버린 우그러진 네 개의 맥주 캔을 확인해 볼 생각은 들지 않았다.

일구는 맥주 뚜껑을 따고 한 모금을 들이켰다. 천국의 맛이었다. 천국이 존재한다면 그곳은 거대한 도서관일 것이라고 말한 철학자도 있었지만, 일구는 생각이 달랐다. 믿어본 적도 없는 천국이 만약 존재한다면 그곳은 고대로부터 지금까지 세상에 나왔던 모든 맥주가 쟁여 있고 아직은 세상에 나오지 않았지만 앞으로 새로 나올 맥주가 계속 들어와 담기는 냉장고들이 끝도 없이 줄지어 서 있는 거대한 맥주창고일 것이다.